La obsesión de Mylan

Rachel RP

Título: La obsesión de Mylan

©Todos los derechos reservados. Bajo las sanciones establecidas en las leyes, queda rigurosamente prohibida, sin autorización escrita del autor, la reproducción parcial de esta obra por cualquier medio o procedimiento, sea electrónico, mecánico, por fotocopia, por grabación u otros, así como la distribución de ejemplares mediante alquiler o préstamo público. La infracción de los derechos mencionados puede ser constituida de delito contra la propiedad intelectual (Art. 270 y siguientes del código penal).

©RachelRP

Diseño de cubierta: RachelRP

Corrección: Nia Rincón

Maquetación: RachelRP

Los personajes, eventos y sucesos presentados en esta obra son ficticios. Cualquier semejanza con personas vivas o desaparecidas es pura coincidencia.

ISBN: 9798399233307

Puedes encontrarme en :

Este libro no es mío, no, es de todas las que junto a mí lo escribieron semana a semana a través del email.
Gracias por estar a mi lado y hacer que la vida sea tan divertida.

NOTA DE AVISO

Este libro se lee de una forma peculiar: en algunos capítulos podéis elegir cómo continúa.
Si no pone nada seguid leyendo el siguiente que toque.
Espero que lo disfrutéis. :)

¡Gracias!

Prólogo

Cat

Miro a mi amiga Samantha y sonrío. Hace años que no nos vemos, pero es una de esas amistades que da igual el tiempo que pase, cuando te reencuentras, es como si no hubiera pasado ni un día.

—Así que aquí es donde vives ahora, ¿no? —pregunta, mirando alrededor desde el centro del salón.

Mi casa es perfecta. De dos plantas, en las afueras, urbanización privada y con jardín delantero y trasero. Me falta el perro y los dos coma cinco hijos para ser el estereotipo de ama de casa americana que encuentras en los anuncios de cereales. Aunque mi aspecto no cuadra demasiado con ese arquetipo. Tengo el pelo negro con mechas rosas y un *piercing* en mi ombligo. Remanentes de un pasado que no quiero dejar ir, pero que no corresponde con mi presente y menos con mi futuro.

—Te prometo que si me llegan a decir que ibas a acabar así me hubiera reído en la cara de cualquiera —se burla.

Mi amiga Samantha es todo lo que yo era hace unos años, salvo que ella ha seguido fiel a su estilo. Es gótica con ropa negra, el delineador oscuro y anillas por todo el cuerpo.

—¿Quieres algo? —le pregunto, dirigiéndonos a mi enorme cocina con isla central y nevera de doble puerta.

—Increíble, ¿a quién has matado para conseguir esto? —Silba y no puedo evitar sonreír.

—Es todo gracias a la carrera de Michael, en pocos años ha logrado ascender dentro del cuerpo.

Ella asiente sin dejar de mirar a su alrededor.

—Es como si la familia Brady hubiese vomitado en tu vida, ¿es en realidad así siempre o tiene este aspecto porque venía yo?

Sonrío. Su pregunta va muy en serio. Aunque no es de extrañar, ella me ha conocido en mis peores épocas y he de decir que era la persona más desorganizada del mundo. Ni siquiera yo sé cómo he acabado siendo la mujer que soy ahora.

—Alguien me ayuda con la limpieza, pero casi todo es obra mía —le contesto, y ella frunce el ceño.

Se sienta en un taburete de la isla mientras le pongo una Budweiser.

—Me alegra ver que no todo ha cambiado.

Ambas nos reímos mientras me abro otra para mí y chocamos las botellas. Empezamos a beber esta marca para hacernos las interesantes en el instituto. El alcohol era bastante difícil de conseguir a nuestra edad, aunque no para nosotras, teníamos nuestros trucos. Nos gustó tanto que no probamos a beber nada más. Me alegra saber que se acuerda de estos detalles que nos hacían únicas.

—Bueno, entonces, ¿me vas a contar qué es lo que ha hecho Michael? —pregunta directamente, mirándome a los ojos.

—¿Cómo sabes que es de él de quien te voy a hablar?

Ella rueda los ojos.

—Cat, desde que lo conociste todos tus problemas han sido su culpa.

Su respuesta es tan sincera y arrolladora que necesito sentarme, ¿es posible que no me haya dado cuenta de algo tan simple?

—Primero deberíamos ponernos al día, hace un par de años que no hablamos —le digo.

—Culpa tuya, desde que te casaste con el idiota dejaste que poco a poco te cambiara y acabaras siendo la versión triste de ti misma que tengo delante.

—Gracias —contesto con ironía.

Pero sé que tiene razón. Por Michael cambié todos los aspectos de mi vida, y ni siquiera puedo echarle a él la culpa. Fuimos mi cabezonería y yo las que provocaron que pasara. Era consciente de todos los cambios que hice por gustarle. Él nunca me pidió nada, al menos no al principio, y después fue demasiado sutil para darme cuenta.

—Es triste —respondo—, pero tienes razón, me convertí en la mujer que Michael quería para poder estar con él.

—Vaya, eso no me lo esperaba —dice sorprendida—, realmente debe estar pasando algo grave si eres capaz de reconocerme eso.

—Oye —me quejo—, que no soy tan idiota como para no ver mis fallos.

Se encoge de hombros y bebe otro trago. La miro y sé que está esperando que le cuente todo. Con ella las cosas son así, da igual que no nos hayamos visto, no necesita una disculpa por haber tenido la cabeza metida en el culo y no darme cuenta de que la perdía a la vez que me perdía a mí misma.

—Lo siento —declaro, y ella me mira—, siempre has estado ahí, a pesar de que he sido una amiga de mierda. Te llamo y vienes. No sé si merezco a alguien como tú en mi vida.

Ella sonríe.

—Esto es la amistad, tú me lo enseñaste, al igual que me iniciaste en lo que es mi vida y sin lo cual no podría siquiera respirar. Te reconozco que he pasado temporadas en las que te quería mandar a la mierda y no volver a hablarte, pero luego te miro a los ojos y sé que mi amiga Cat sigue ahí dentro.

Me río.

—Espero que no desaparezca cuando el imbécil de Michael arregle lo que ha jodido esta vez.

—Ahora es diferente, no sé cómo explicarlo, me siento como si hubiese despertado de un sueño y viera las cosas de forma real, no solo en mi mente.

—Alabado sea el Señor —se burla, alzando las manos al cielo—, a ver si te dura.

Le saco la lengua y ambas nos reímos.

Cat

4 años después

Recuerdo ese momento en el que recuperé a mi amiga y no puedo dejar de sonreír. Por eso y por los dos *packs* de Budweiser que agita ahora en sus manos mientras me hace su supuesto baile *sexy*.

—¿Preparada para la noche de chicas? —pregunta, dejando la cerveza sobre la isla de la cocina—. A menos que hoy quieras decirme que estas embarazada… Dime que no, por favor, te lo suplico, si te compras una monovolumen te juro que me lanzaré frente a ella.

Suelto una enorme carcajada mientras meneo la cabeza. Samantha es así de directa y me encanta. Perdí mucho tiempo por tener la cabeza en otro lado, pero desde que recuperamos nuestra amistad no hay cosa que no nos contemos.

—Tranquila, mi vagina sigue siendo solo parque de atracciones, aún no la he recalificado como fábrica de bebés.

Ella se ríe y abre una cerveza, da un trago enorme y luego me lanza otra. Tenemos veintiocho y llevamos más de una década bebiendo la misma marca. A mi marido no le gusta y, de hecho, desde que hace cuatro años retomamos la amistad los problemas con él han aumentado, sin embargo, por algún extraño motivo que ni yo misma sé, todavía intento que lo nuestro funcione.

—Muy bien, pongamos la televisión y veamos qué tiene que decirnos David Letterman.

—Debemos sabernos de memoria sus programas. —Me río.

Hemos visto su *late show* cientos de veces, pero no nos cansamos. Debe ser algún tipo de tara mental que compartimos porque, cada vez que los ponemos, disfrutamos como si fuera el primer día.

Esta noche Michael trabajará hasta tarde, otra vez. No puedo dejar de pensar en la idea que me ronda desde hace días en mi cabeza. Sé que no tengo motivos para creer nada de lo que mi imaginación me enseña, pero, de todas formas, cada vez que me descuido me encuentro atrapada en esa idea y mi cabeza no deja de darle vueltas.

—Muy bien —dice Samantha, apagando la tele y girándose hacia mí en el sofá—, ¿qué te ocurre?

Suspiro y sé que no puedo ocultárselo. Me conoce como nadie, y en estos momentos es un gran alivio que lo haga, me facilita las cosas.

—Es por Michael —murmuro.

—Siempre es por ese imbécil.

Sonrío. No le gusta y no le importa decírmelo a la cara. Aunque, como buena amiga que es, cuando él está presente lo trata de la forma más educada que puede, al menos la mayor parte del tiempo. Otras veces solo es Sam, y reconozco que me encanta.

—Voy a ir al baño un momento, cuando vuelva quiero que me lo cuentes todo. En mi maletero es probable que tenga una pala y una bolsa grande de basura —dice, alzando las cejas mientras se levanta.

Meneo la cabeza y veo cómo se lleva los botellines vacíos a la cocina antes de ir al baño. Me quedo pensativa mirando la foto de nuestra boda, recordando cómo conocí a Michael. Yo tenía dieciséis y él veinte. En esa época ya estaba manejando el ordenador a un nivel que muchos no consiguen ni después de una ingeniería universitaria, solo que para mí nunca ha tenido ningún misterio. Es como si todo fuera lógico y sencillo. Así es como también llegamos a ser inseparables Sam y yo. Michael era un novato de la Policía que le tocó arrestarme por entrar en los sistemas de un banco de mi ciudad. Se sorprendió al ver lo joven que era y yo al ver lo guapo que era él. Desde ese día empecé a perseguirlo hasta que a los dieciocho me di cuenta de que una *hacker* y un policía no tenían futuro juntos. Así que decidí colgar el teclado (más o menos) y empezar a llevar una vida ejemplar para ganármelo. Lo conseguí. Logré que se fijara en mí y acabamos siendo pareja y después casándonos. Por Michael renuncié a la parte de mi vida que me hacía sentir viva, pero también una delincuente. Nunca lo he dejado del todo, y menos con Sam cerca, sin embargo, ya no estoy tan metida como estuve hasta casi los veinte.

—Muy bien, ahora cuéntame qué está pasando por esa cabecita tuya —dice Sam, dándome otra cerveza, la cuarta, y sentándose de nuevo a mi lado, pero de cara a mí.

Le doy un trago largo a la Budweiser antes de empezar y ella hace un gesto de preocupación que me asombra hasta a mí, normalmente solo sonríe.

—Creo que Michael me engaña con otra mujer —le suelto, y ella abre los ojos estupefacta.

Reconozco que su respuesta me sorprende, no le cae bien Michael, aunque parece que no lo cree capaz de algo así.

—A ver, cuéntame todo desde el principio —me pide cuando logra recuperar el habla.

—Sabes que cuando me empeñé en ir a por Michael estaba muy enamorada, fue algo así como amor a primera vista.

—Sí, por desgracia —se burla.

—Antes de estar conmigo de forma definitiva tonteó con algunas mujeres, cosa que entiendo, yo era una cría para él y, aunque nos liábamos de vez en cuando, no me veía como nada serio.

Sam asiente.

—Una vez que lo nuestro fue en serio, se centró en mí y yo dejé de lado todo el tema de la *darknet* porque no quería meterlo en problemas.

—La red perdió a una de las mejores —se lamenta, y yo le sonrío agradecida por sus palabras.

—La cosa es que a partir de ahí todo ha sido como algo estructurado alrededor de su carrera. Yo estudié lo que me gustaba, pero en vez de acabar en un trabajo que me llenara acepté en el que estoy porque necesitábamos dinero para que pudiera seguir ascendiendo.

—Tu trabajo, en cierto modo, mola —me intenta consolar.

Alzo las cejas.

—Programo partidas de juego en la vida real para gente aburrida con demasiado dinero y mucho tiempo libre.

Ella se ríe y yo también, ambas sabemos que lo que hago es del nivel de una niña de diez años, al menos de una niña de diez años con mi coeficiente intelectual.

—No digo que no esté bien tener dinero —aclaro—, pero me gustaría poder desarrollar plataformas o sistemas de seguridad, no decidir si alguien va a ir a un Starbucks a por un café.

Mi trabajo es un lugar en el que la gente paga por que le montemos una aventura. Disponemos todo para que el cliente pueda ser un mafioso, un golfista famoso o, incluso, un espía. Por el tiempo que contrate nuestros servicios creamos una realidad alternativa en la vida real que hace que sus vacaciones sean inolvidables. Lo que nos hace diferentes de otras empresas es que no es a través de la realidad virtual, no, lo hacemos en el mundo real.

—Sabes que siempre puedes volver al lado oscuro…

Sam nunca ha dejado ese mundo y sabemos que cualquier día la atraparan y tendré que ir a la cárcel a llevarle cigarrillos de contrabando.

—Es demasiado tarde para mí.

Ahora es el turno de Sam de rodar los ojos.

—Bueno, que me desvío —digo, tratando de volver a la historia que estaba contando—, lo que te decía es que Michael tenía un objetivo en su carrera y mientras hacíamos una vida juntos. Salimos, nos casamos, nos compramos esta casa… todo en un orden lógico, ¿sabes qué viene después de todo eso?

—¿Mocosos?

—Sí.

—Pero me has dicho que no estás preñada.

—Y no lo estoy, pero le propuse estarlo.

—Oh.

Me río. Sam es muy transparente. Le gustan los niños siempre y cuando sean ajenos, aunque creo que sería una gran madre si se lo planteara.

—Está a punto de conseguir el ascenso que lo va a llevar justo donde siempre ha soñado estar. Así que pensé que era el momento de intentar hacer más grande la familia. De hecho, el año pasado fue Michael quien me lo propuso, pero me negué porque no me sentía preparada.

—¿Y ahora sí que estás lista?

Suspiro.

—Supongo, no lo sé. Hay días que creo que sí, que tener un hijo llenaría mi vida, y otros en los que pienso que lo quiero porque es el siguiente paso que hay que dar.

Sam me mira, solo que no me juzga, es lo que me gusta de ella.

—Vale, entonces Michael y tú habéis tenido una vida perfecta, pero ahora no quiere tener hijos, ¿qué tiene que ver eso con que se folle a otra? —pregunta curiosa.

—Esa es la cosa, tener no tiene nada que ver, pero hay algo que me dice que las excusas que me da son demasiado pobres, que esconde algo más, y lo único que se me ocurre es que hay otra.

Sam bebe un par de tragos de la cerveza antes de hablar, está meditando mis palabras.

—Sabes, siendo objetiva no hay nada que indique que el idiota te engaña, pero es un imbécil, así que es posible que tu corazonada sea real.

Se levanta del sofá, deja la botella en la mesa y sale corriendo mientras se ríe.

—¡Vamos a investigar entre sus cosas! —grita, subiendo las escaleras que dan a los dormitorios.

La sigo corriendo tratando de alcanzarla mientras no me paro de reír. Cuando llego al vestidor de nuestra habitación, la encuentro mirando los cuellos de las camisas de Michael.

—¿De verdad crees que encontrarás una marca de pintalabios como si esto fuera una película mala? —le pregunto sonriendo.

—Tú crees que es listo, pero la verdad es que es demasiado imbécil y sería de los que se dejan la mancha sin ninguna duda —contesta, y no puedo evitar rodar los ojos.

—No mires, soy yo la que lava, te aseguro que si viera una mancha así ya se habría comido la camisa.

—Muy bien, pero sigamos buscando, seguro que hay algo —insiste.

Sam se pasa la siguiente hora revisando los bolsillos de los pantalones, mirando sus relojes, sus cajones y todo lo que encuentra a su paso. Yo voy detrás, tratando de dejar todo ordenado para que Michael no se dé cuenta de lo que ha pasado. La verdad es que me alegra que Sam esté haciendo esto porque estaba a punto de ponerme yo, de esta forma es menos patético... creo.

—Mierda, parece que el imbécil solo tiene mal gusto en la ropa, pero no es infiel —se queja, sentándose en la cama después de revisar todo.

—Puede que solo esté en mi mente.

—¿Le has revisado el móvil? ¿Y el *e-mail*? —me pregunta, sabiendo que eso puedo hacerlo con los ojos cerrados.

—¿Queda demasiado patético decir que sí?

—Solo un poco.

—Entonces sí, fue lo primero que hice.

—¿Y?

—Nada de nada, solo mensajes de compañeros de trabajo, alguna mujer de la oficina que conozco, pero nada que lo comprometa.

Sam se queda pensativa y yo la observo callada.

—¿Aún juega al golf? —pregunta, levantándose.

—No, le dio por ello una temporada, pero ahora tiene la bolsa con los palos en el garaje cogiendo polvo. Le he dicho de venderlos, y siempre dice que lo va a retomar en cuanto tenga tiempo.

—Mierda, entonces no usa jugar como excusa para sacar su pene de paseo.

—*Nop*.

—Muéstrame dónde están sus palos —me pide—, tengo una corazonada.

Frunzo el ceño, pero le hago caso. Vamos al garaje por la puerta de la cocina y le enseño la bolsa con los cuatro palos de golf. Tiene algo de polvo, está claro que no la usa, así que no entiendo qué quiere conseguir con esto.

Sam se acerca y saca los palos, los deja apoyados sobre sus fundas y vuelca la bolsa. No sale nada. Luego revisa todos los bolsillos con el mismo resultado. Finalmente, abre las fundas de los palos una a una antes de meterlos en su sitio, hasta que del último cae una tira de preservativos. Me quedo blanca.

—Si no quiere tener bebés será mejor que guardéis estos en otro lugar o tendréis una sorpresa cualquier día —dice, agitando la tira frente a mi cara.

Miro los condones y no puedo hablar.

—¿Qué ocurre, Cat?

Algo me oprime el pecho y me cuesta unos segundos contestar.

—Nosotros no usamos eso, yo me tomo la píldora desde hace años.

—Tranquila, puede que sean de cuando empezasteis, ¿no? —dice, tratando de calmarme.

Los mira de cerca buscando la fecha de caducidad, y cuando lo hace levanta la vista y sé que no son de los que usaba conmigo.

—Lo siento —murmura en un tono que provoca que mis lágrimas salgan, y entonces me abraza.

No sé el rato que pasamos de pie en el garaje de esa manera, pero ella no dice nada, solo me sostiene y acaricia mi espalda. Por dentro me siento rota. Tenía mis sospechas, sin embargo, confirmarlo es algo que no esperaba hacer. Es una locura, lo sé, solo que la ignorancia era mi lugar feliz, uno al que ahora no puedo volver.

—Quizás esto tenga una explicación —dice al fin Sam.

—Sí, que soy gilipollas.

—A ver, sabes que no me cae bien, pero unos condones escondidos no son una prueba irrefutable.

La miro y tengo algo de esperanza, quizás tenga razón.

—¿Cuándo crees que él te engaña? ¿Cuando va al gimnasio? ¿Cuando queda con los amigos?

Niego con la cabeza.

—Si me engaña, debe ser cuando me dice que trabaja hasta tarde porque el gimnasio tiene lector de huellas y cobra por días, veo la factura cada semana y sé los que ha ido.

—¿Algún amigo al que visite mucho?

—No, y cuando lo hace suele llevarme. He pensado mucho esto y solo puede ser cuando se queda de noche.

—Muy bien, ahora debería estar en su oficina, ¿no?

Asiento.

—Iremos a comprobar que está allí.

—¿No sería más fácil llamarlo? —pregunto, algo cansada después de haber llorado tanto.

Ella niega con la cabeza.

—No, cualquiera podría poner una excusa y avisarlo. Lo mejor es ir hasta allí y comprobar que está trabajando. Si lo está, entonces deberías preguntarle cuando estés más calmada acerca de los condones.

—¿Y si no lo está?

—Sacaré la pala y la bolsa de mi maletero.

No lo pienso demasiado y me subo al coche con Sam, dejo que ella conduzca porque no estoy en condiciones ahora de hacerlo, y no por las cervezas que llevamos encima precisamente.

19

Rachel RP

Son casi las doce de la noche, no hay tráfico y la avenida donde está el edificio de la DEA se encuentra casi vacía. Es normal, es lunes y mañana todos tienen que trabajar, menos Sam que va por libre y yo, que me pongo mis horarios.

Llegamos en menos de media hora y estaciona en el parking que hay en la puerta. El de seguridad me conoce y nos deja pasar sin problema. Lo primero que hago es buscar la plaza de Michael y comprobar que está allí su coche. Lo está. Aunque eso no significa nada. Pueden haber ido en el coche de ella, coger un taxi o incluso caminar si vive cerca.

—No le des más vueltas, entra y descúbrelo —dice Sam—, ¿quieres que te acompañe?

Niego con la cabeza.

—No, prefiero hacerlo sola —le contesto.

Necesito enfrentarme a esto yo sola, sé que ella va a estar para mí sea cual sea el final de esta aventura. Entro al edificio y saludo al de la puerta. Le pregunto por su mujer y su hija, me dijo que estaba a punto de entrar en la universidad. Es un hombre mayor muy simpático que siempre te atiende con una sonrisa. Me dirijo a los ascensores y miro a mi alrededor. Todo está apagado, salvo algunas luces que dejan ver el camino. Sé que en las diez plantas del edificio aún queda mucha gente trabajando, es algo habitual cuando hay un caso abierto. Michael no me ha hablado de que haya alguno, y siempre lo hace. Voy hasta el fondo del pasillo, a su despacho, y veo que hay luz debajo de la puerta. Por algún motivo eso me tranquiliza. No se puede ver nada dentro, pero apoyo mi cabeza en la madera y trato de oír qué pasa dentro.

—Sigue así. —Creo que le oigo decir a Michael, pero no estoy segura.

La puerta es demasiado gruesa, pero estoy segura de que no está solo. Creo que no me engaña, que todo ha sido parte de mi imaginación, de verdad está aquí, trabajando. Pienso en lo estúpida que he sido y pienso en irme cuando oigo la voz de una mujer, o un quejido, no estoy segura. Agarro la perilla de la puerta y apoyo mi frente. Respiro hondo y...

Si quieres que abra la puerta ve al capítulo 2 (Pág 23)
Si quieres que llame a la puerta ve al capítulo 3 (Pág 37)

Cat

Respiro hondo y decido abrir la puerta. Lo hago con lentitud, tratando de que no se escuche ningún ruido, pero en cuanto la pesada madera se mueve y deja un hueco, soy yo la que enmudece ante lo que oigo. Me detengo y escucho, pequeños gruñidos que conozco a la perfección acompañados de golpes de piel con piel. No hay duda de lo que me voy a encontrar, aun así, necesito verlo con mis propios ojos. Trago el nudo que tengo en mi garganta, agarro con más fuerza el pomo y continúo abriendo la puerta hasta que el hueco deja que meta mi cabeza. Me asomo en silencio y compruebo con mis ojos lo que ya sabía con mi oído. Michael está follándose a su compañera de trabajo sobre la mesa del escritorio. Ella tiene los pantalones y las bragas en los tobillos, él la sujeta por el cuello desde atrás. Ninguno mira hacia donde estoy ni mucho menos se percatan de lo que acabo de ver.

Me tiemblan las manos y cierro igual de despacio que he abierto, pero justo cuando estoy a punto de conseguirlo, escucho a Michael hablar y me detengo para oírlo. El corazón se me acelera, ¿me habrá oído?

—Me encanta follar tu culo, preciosa —dice, acelerando sus embestidas.

—¿Más que el de tu mujer? —pregunta la perra de Ava, su compañera de trabajo, la cual ha cenado en mi casa infinidad de veces. Puta.

—Sí, preciosa, ella se ha vuelto demasiado monótona, tu culo es cien veces más emocionante.

Termino de cerrar la puerta porque no quiero escuchar la conversación entre mi marido y su amante mientras follan. Me quedo unos instantes en la puerta y no tardo en oír el gruñido que Michael siempre hace cuando se corre. Me entran ganas de vomitar, y de pronto mis pies vuelven a funcionar. Camino rápido hacia el ascensor, pulso con dedos temblorosos el botón y rezo por que no salgan antes de que las puertas se cierren, no puedo enfrentarme a esto ahora. Llego al vestíbulo y pongo mi mejor sonrisa falsa para despedirme del tipo de la puerta. Espero que no le diga a Michael que me vio. Camino, tratando de no vomitar, hasta el coche de Sam, me subo y ella grita sorprendida de mi portazo.

—Vámonos —le pido conteniéndome, necesito seguir haciéndolo hasta estar lejos de aquí—, por favor.

Ella me mira y sabe que las cosas no están bien, pero me concede lo que le pido sin decir nada. Salimos y me despido con otra enorme sonrisa falsa del que vigila la puerta. Sam me mira mientras conduce, aunque no dice nada. Siento que me falta el aire y bajo la ventanilla cuando llegamos a un semáforo en rojo. Un coche con los cristales tintados en negro por completo se detiene al lado. Miro la ventanilla trasera, sin embargo, no veo si hay alguien, tengo la sensación de que sí, de que alguien se oculta. Como Michael, como su traición, como sus verdaderos sentimientos. Mierda. No lo puedo evitar y comienzo a llorar mientras veo cómo el coche de al lado arranca y desaparece por la siguiente calle a la derecha. Sam para un poco más adelante y se gira para mirarme.

—No son buena noticias, ¿no?

Niego con la cabeza, incapaz de decir nada, y ella solo se acerca y me abraza. Apoyo mi cabeza en su hombro y lloro. No sé el rato que lo hago, pero, de pronto, Sam se baja, va al maletero, saca algo y se dirige a mi lado del coche. No puedo verla bien hasta que abre la puerta y entonces observo a mi amiga sostener una pala y una bolsa de basura. Una en cada mano. Y así es como Sam consigue sacarme de mi miseria y me hace reír. No sé qué haría sin ella.

—Yo estoy lista si tú lo estás —dice, sonriendo de medio lado.

No puedo evitar reírme y llorar a la vez, soy un cuadro bipolar en estos momentos. Ella se acerca de nuevo y me abraza.

—Vamos a salir de esto, sea lo que sea lo que ha pasado ahí dentro es solo un instante de tu vida, piénsalo así.

Me aparto y sonrío mientras asiento. Ella cierra la puerta, deja las cosas de nuevo en el maletero y se sube detrás del volante.

—¿Quieres hablar o mejor mañana?

Suspiro hondo y me limpio las lágrimas.

—Querer no es la palabra, pero necesito sacarlo.

—Muy bien, cuando quieras.

Vuelvo a tomar aire profundamente y comienzo.

—Se estaba follando a Ava sobre su escritorio —suelto lo más tranquila que puedo. Sam alza las cejas y abre la boca. Dejarla sin palabras es algo que no ocurre muy a menudo.

—Ava, ¿como la Ava que es su compañera de trabajo, la cual cenó con nosotras hace un par de semanas? ¿Esa Ava?

—La misma.

—Mierda, voy a necesitar más bolsas de basura —murmura, y suelto una carcajada.

—No puedo creerlo todavía, y eso que yo misma los vi. Michael me dijo que era lesbiana, y como una idiota lo creí.

Meneo mi cabeza, pensando lo estúpida que soy por estar tan ciega ante las palabras de mi marido. Sus palabras.

—¿Qué piensas? —pregunta Sam al ver mi cara.

—Les oí decir algo.

Ella frunce el ceño.

—Michael dijo que me he vuelto monótona, y te juro que eso me ha dolido más que verlos follar.

—¿Monótona? Pedazo de hijo de puta.

—Sabes, lo peor es que tiene razón. Me he vuelto así, he dejado de ser la chica que corría riesgos, que vivía al límite, que se movía por la línea de la ilegalidad en cuanto tenía un teclado en sus manos.

—Cat...

—No, Sam, es la verdad. Ni siquiera yo me reconozco, y esto no es culpa de él, no, es culpa solo mía.

—No te voy a negar que no eres ni la sombra de la mujer que conocí, pero no es solo culpa tuya. Tus padres y tu marido han tenido mucho que ver con todo esto. Cada día te machacaban con la idea de que no eras lo suficientemente buena, y al final te lo creíste.

Suspiro y pienso en lo que dice, tiene razón, aunque yo también la tengo.

—Hay algo que siempre me ha jodido de él —suelta Sam, y yo la miro—, siempre me ha dado la sensación de que cree que es más inteligente que tú.

Sonrío.

—No es una sensación, es la realidad. Michael cree que es más inteligente solo por tener una polla en sus pantalones.

—¿Y por qué no se la has cortado? —Me río un instante—. Quiero decir que por qué no le has dicho que se equivoca, no cortar nada de forma literal —aclara.

Me encojo de hombros.

—No lo sé. Supongo que era más fácil dejarlo pensar de esa manera. No necesito que nadie me diga lo inteligente o estúpida que soy para sentirme bien, él sí.

Sam me abraza un instante antes de mirarme a la cara muy seria.

—Esta es la Cat que yo conozco, la mujer segura de quien es.

Sonrío y asiento, a mí también me gusta esta mujer más que la que vive con Michael.

—Muy bien, entonces, ¿quieres ir a por tus cosas o prefieres que vayamos otro día? —pregunta, poniendo en marcha el coche de nuevo.

—Ni lo uno ni lo otro.

Ella me mira confundida y con el ceño fruncido.

—No me voy a ir de casa, no así, no esta noche, no como si fuera culpa mía.

—¿Entonces?

—Llévame a casa.

—¿Lo vas a perdonar? —pregunta incrédula.

Niego con la cabeza.

—No, no creo que haya nada que pueda hacer que me haga perdonarlo.

Hemos tenido muchos problemas a lo largo de los años, pero ninguno como esto. La infidelidad es algo que no perdono.

—Pues ahora sí que no entiendo nada.

Suspiro.

—Si me voy ahora, él va a saber todo lo que ha pasado, se lo contará a mi familia y todo esto se hará de alguna forma real, no estoy preparada.

—¿Y cuál es el plan?

Niego con la cabeza.

—No lo sé, pero siento que esto no es lo que quiero que pase.

—¿Vas a esperar a que él te lo confiese?

—No creo que lo haga, y si lo hiciera porque sospecha que yo puedo saberlo me parecería egoísta.

—Explica eso.

—Creo que, cuando alguien te es infiel y quiere arreglar las cosas, no debe contarlo porque, una vez que lo hace, la carga ya no es de quien engaña, sino del engañado. Soy yo la que va a estar paranoica cada vez que salga, la que va a dudar de sí misma, la que se va a comparar con todas las mujeres que conozca...

—Así que, si te fuera infiel en un momento de calentón, pero no te lo contara, sería mejor porque el castigo de llevarlo en su conciencia sería de él y no tuyo.

—Exacto.

—Pero en este caso...

—En este caso él no tiene nada que hacer.

Sam asiente sonriendo. Me lleva a casa y trato de calmarme por el camino. Me deja en la puerta e insiste en quedarse a dormir, sin embargo, eso sería raro y no quiero que Michael sospeche nada.

Entro después de prometerle que si la necesito la llamaré sea la hora que sea, y me dispongo a llevar a cabo mi rutina nocturna diaria. Recojo las cervezas, preparo el almuerzo de Michael, dejando caer el pan un par de veces al suelo y pisándolo «sin querer», me ducho, me aplico mis cremas y me meto en la cama. Miro el reloj y sé que Michael no tardará en llegar. Preferiría no verlo, pero sé que no me voy a poder dormir y fingir no es lo mío, así que pongo una serie a la que estoy enganchada de adolescentes que venden drogas por internet.

No puedo concentrarme en la tele porque mi cabeza va a mil por hora, y cuando oigo la puerta de abajo abrirse noto que se me cierra la garganta. Me falta el aire y necesito respirar hondo para tranquilizarme. Escucho cada uno de los pasos que Michael da hasta llegar a la habitación.

—Creía que estarías dormida —dice, entrando despacio.

Lo miro y lo veo de una forma diferente. Va impecable, yo diría que hasta se ha duchado en la oficina, aunque algo ha cambiado. Ahora ya no siento que podría quererlo toda la vida, ahora siento que quiero odiarlo hasta que me muera.

—¿Cat? —me llama, mirándome justo frente a mí a los pies de la cama.

—Perdona, ¿qué decías?

—Que si te lo has pasado bien con Sam.

—Sí, como siempre, hemos visto algo la tele y bebido algunas cervezas.

—No me gusta que bebas *Buds* como una mujer de bar cualquiera —suelta mientras se desnuda camino del baño para lavarse los dientes.

—No me gusta ningún combinado por mucho que quede mejor en mi mano —le contesto, tratando de no sonar demasiado amargada.

Él sale con el cepillo en la boca y menea la cabeza en desaprobación. Esto es algo que hace mucho para hacerme sentir mal, lo jodido es que lo logra. Lograba. Ahora tengo ganas de coger ese cepillo de dientes y clavárselo en un ojo.

Una vez termina con los dientes, se pone su pijama y entra en la cama. Por reflejo me alejo de él, pero no se da cuenta. Ahora que lo tengo cerca no quiero que me toque porque no sé si voy a aguantarlo. Se acomoda y respira hondo. Yo hago lo mismo y noto el olor a limpio, pero no se ha duchado, no aquí. Bueno, al menos no huele a sexo extramarital. «Qué considerado».

—¿Otra vez viendo esta mierda? —pregunta, mirando la televisión colgada frente a nosotros—. Esto es ficción mala, cielo, mi compañera y yo los detendríamos antes de que siquiera sacaran el primer envío.

Lo miro y veo el orgullo en sus ojos, está encantado de conocerse.

—Ava y tú os compenetráis muy bien, ¿verdad?

No he podido evitarlo, solo que él no tiene ni idea de cuál es mi intención con esta pregunta.

—A la perfección, es la compañera perfecta, la única pega es que le gustan las mujeres demasiado operadas y se le va la vista cada vez que ve a una —se burla.

Yo me río como una tonta colegiala, pero en el fondo quiero arrancarle la polla en este momento y metérsela por la garganta hasta que le salga por el culo.

—Mañana no te veré en el desayuno, Reed necesita que vaya temprano para hacer unos cambios en una plataforma nueva —le digo mientras él cambia de serie sin siquiera preguntarme.

—Yo creo que dormiré hasta tarde, hoy he acabado molido.

Con esto, me giro y susurro un «buenas noches». No puedo seguir con la farsa. Cierro los ojos y trato de no llorar. Consigo aguantar hasta que oigo su respiración rítmica y sé que se ha dormido. Cuando el temporizador de la tele acaba y el cuarto se queda a oscuras, mis lágrimas salen sin que pueda hacer nada. Y así, con el alma rota, me quedo dormida.

Me arrastro fuera de la cama después de pasar una de las peores noches de mi vida. Después de dormirme llorando me desperté varias veces, pero la peor ha sido esta última. Durante un segundo no recordaba lo que había pasado, y por ese segundo he sido feliz. Ahora siento que no puedo respirar y que al mundo le da igual porque sigue girando, aunque yo quiera bajarme.

Me visto con mis vaqueros y mi camiseta de siempre, las Vans negras son las que mejor combinan hoy con mi humor, así que las saco del vestidor con cuidado de no hacer ruido para no despertar a Michael. Mi reflejo en el espejo del baño es horrible, estoy hinchada y despeinada. Bajo a ponerme un café y algo de hielo en la cara. No me entra nada de comida, así que recojo mi portátil del armario de la entrada y voy al garaje a por mi coche. Cuando entro, observo los dos vehículos que hay aparcados. Uno es grande, brillante, de estilo casi deportivo. A su lado está el mío. Más simple, más dejado… más yo.

En un ataque de rabia infantil, saco los condones de los palos de golf y los pincho con una aguja que siempre llevo en el bolso junto con algunos hilos en un precioso estuche de madera.

Me subo y conduzco hasta la empresa, nunca llego tan temprano, así que me resulta fácil aparcar casi en la entrada. Subo por el ascensor después de saludar a los pocos que me encuentro, y cuando abro la puerta de la oficina que comparto con Reed me quedo paralizada por lo que me encuentro.

—Mierda —susurra mi compañero y amigo.

Reed está sentado en el sofá, y frente a él, en la mesa del café, hay muchísimas bolsitas pequeñas llenas de polvo blanco.

Entro y cierro tras de mí, pongo el seguro y avanzo hasta donde está Reed, todavía paralizado, con una de esas bolsitas en la mano.

—¿Qué está pasando aquí? —pregunto mirando a mi amigo, aún sorprendida.

—Cat…

Reed no usa drogas, no que yo sepa. Es padre de familia, responsable, cariñoso y muy centrado en trabajar siempre en el lado correcto de la ley.

—¿Qué demonios os pasa a los hombres en estos días? —pregunto, saliendo de mi trance momentáneo—. ¿Han puesto algo en el agua que os hace actuar como idiotas?

—Puedo explicarlo.

—Empieza, porque tener mi oficina llena de polvo blanco no es algo con lo contaba al empezar el día, y menos después de la noche de mierda que he pasado por culpa de Michael.

—¿Qué ha ocurrido con él? —pregunta realmente preocupado; nunca me quejo de mi marido, así que esto es algo nuevo.

—No desvíes el tema, habla.

Reed se levanta y me prepara un café mientras yo espero a que empiece a contarme qué cojones está pasando. Cuando me entrega la taza, comienza con su historia.

—Sabes que Megan ha tenido que pasar por muchos tratamientos últimamente.

Asiento. Megan es su hija, tiene seis años y lleva uno luchando contra la leucemia. La ha vencido, al menos eso decían sus últimos informes médicos.

—No fue barato. Cuando le diagnosticaron la enfermedad creí que me volvía loco. Nuestro seguro aquí es bueno, pero no lo suficiente como para cubrir un buen lugar para ella.

—Por eso fuisteis a Houston, ¿no?

Él asiente.

—Pero eso no entraba dentro del seguro, tuvimos que pagarlo de nuestro bolsillo. No fue barato y tuve que pedir varios préstamos. El último el banco ya no quería concedérmelo, así que después de todo debía dejar a la suerte la vida de mi hija.

—Reed...

—No podía, no pude. Busqué alternativas y de alguna forma llegué a contactar con unos prestamistas que me dieron lo que necesitaba.

—¿Por qué no me dijiste nada? Te hubiera ayudado.

—Lo sé, pero eso solo te hubiera embargado a ti también. Cat, no hablo de unos miles, tuve que pedir cientos de miles. Pero valió la pena, Megan está recuperada.

—¿Cómo llegaste a esto entonces?

Reed se sienta a mi lado en el sofá, frente a la mesa llena de bolsitas.

—Cuando tuve que pagar no pude, los préstamos del banco se comieron todo lo que teníamos ahorrado y casi nos quitan la casa. De alguna manera conseguí que estos tipos se apiadaran de mí e hicimos un trato: si yo paso una cantidad de esto ellos darán por saldada mi deuda.

—¿De cuánto estamos hablando?

—Cien kilos.

—¿Cómo? —pregunto sorprendida.

—Sé que es mucho, pero no me han puesto límite de tiempo.

Mierda.

—¿Tu mujer sabe algo?

Reed niega con la cabeza.

—No quería meter a nadie en esto, eres la única que sabe mi secreto.

Me tomo el café pensando en lo que acabo de escuchar y, a pesar de que tengo todo delante de mí y de que Reed acaba de confesar, no termino de creérmelo.

Conocí a Reed en la universidad, en mi último año, siempre ha sido el chico bueno. Tiene una gran cabeza para la informática, pero, a diferencia de mí, él nunca ha cruzado la línea legal, por eso, que haya hecho esto, me choca tanto.

—¿Y cómo haces para vender esta mierda? —le pregunto curiosa.

—Voy a los suburbios y me coloco en algunos lugares que me dijeron los prestamistas.

—¿Lo dices en serio? —pregunto, pensando lo idiota que es.

Asiente y me froto la cara con la mano.

—¿Cómo se te ocurre? La Policía puede cogerte en cualquier momento, y eso no es lo peor, puedes acabar herido o muerto. Mierda. Reed.

—¡Lo sé! —grita frustrado—. Pero no tengo alternativa. Ellos van a venir más tarde para hacer cuentas de lo que ya llevo vendido.

—Pasarán años hasta que logres vender esa mierda de esta manera —susurro.

Él me mira y asiente. Lo sabe. Ambos somos conscientes de que no va a acabar bien.

—Al menos ahora tú conoces la verdad —se consuela.

Sé lo que está pensando. Si encuentran su cuerpo o lo detienen yo podré explicárselo a su mujer.

—Te prometo que, si pasa algo, Marcia sabrá que no eres un drogadicto ni un camello, que lo hiciste por vuestra familia.

Me da una sonrisa triste y me parte el alma.

—Ahora, ¿me vas a decir qué ha pasado con Michael? —pregunta, cambiando de tema.

Ni me acordaba de él. Esto es más importante que un ególatra que no sabe tener sus pantalones subidos. Necesito hacer algo. Por su mujer, por su hija. Ellos sí son una familia que se aman. Él sí adora a su esposa. Michael ni siquiera se saltaría un semáforo en rojo por mí. Es triste darse cuenta de eso...

—No, primero vamos a ver cómo podemos hacer desaparecer esa droga con más rapidez —le digo con unas fuerzas renovadas.

Mi corazón bombea con urgencia. La adrenalina recorre mi cuerpo. Había olvidado esta sensación.

—¿A qué te refieres?

—Tiene que haber alguna forma de aligerar el proceso, venga, vamos, somos dos putos genios de la informática. Algo se nos ocurrirá. No puedes pegarte años como camello, ambos sabemos que no durarás tanto.

—No voy a meterte en esto, es demasiado peligroso. Además, Michael es de la DEA, ¿crees que puedes vender droga viviendo con alguien que se dedica a cazar precisamente a ese tipo de gente?

Entonces sus palabras me golpean y recuerdo lo que anoche dijo Michael mientras veía mi serie.

«Esto es ficción mala, cielo, mi compañera y yo los detendríamos antes de que siquiera sacaran el primer envío».

Todo está claro para mí, mi venganza. Cortarle la polla a Michael le dolería menos que darle una patada en su orgullo policial.

—¿Por qué sonríes?

Ni siquiera me había dado cuenta de que lo estaba haciendo.

—Porque voy a joder a mi marido vendiendo droga justo debajo de sus narices.

Tu historia continúa en el capítulo 4 (Pág 53)

3

Cat

Decido que tocar la puerta es la mejor opción, así que me separo y doy tres golpes. Se oye movimiento dentro y vuelvo a tocar.

—Un momento —oigo que grita Michael desde el interior.

Cojo la perilla y comienzo a girarla para entrar cuando la puerta se abre de golpe y veo a Michael parado frente a mí.

—¿Cat? ¿Qué haces aquí? ¿Ha pasado algo? —pregunta preocupado mientras sale del despacho y cierra detrás de él.

Me da tiempo a ver a Ava, su compañera, de espaldas revisando unos papeles antes de que el sonido de la puerta cerrada me saque de mi trance.

—¿Cat? —insiste Michael.

Lo miro sin saber bien qué decirle. Está algo despeinado y su ropa no luce tan impecable como siempre, sin embargo, no hay nada que me confirme o desmienta. Solo los condones que encontramos.

—Tuve un mal presentimiento y quise ver si estaba todo bien —le miento.

Rachel RP

—Podrías haber llamado.

Me encojo de hombros.

—Lo sé, pero necesitaba verte con mis propios ojos.

Michael coge mi cara entre sus manos y me besa.

—Oh, cielo, eres demasiado adorable —susurra antes de volver a besarme.

Entonces, la cercanía hace que note un olor a sexo sobre él que no sé explicar.

—¿Era Ava la que estaba ahí dentro? —pregunto, apartándome.

—Sí, estamos trabajando en un nuevo caso.

—No me dijiste nada.

—Es un caso complicado que no creo que puedas entender.

«¿Acaba de llamarme idiota?».

—Es algo que ha entrado hoy, de hecho, no estamos solos, los chicos están en la sala de abajo esperándonos.

—Genial, me pasaré a saludar, hace mucho que no los veo.

—¡No! —grita un poco demasiado fuerte Michael—. Estamos en un caso importante, cielo, no puedes simplemente interrumpir a estas horas para saludar, no es muy profesional.

Sus palabras tienen sentido, pero su tono me dice que algo no encaja. Vuelve a besarme y siento que lo hace para cambiar de tema.

—¿Has bebido? —pregunta tras probar la cerveza de mi boca.

—Un poco.

—¿Y has venido conduciendo hasta aquí después de beber? —inquiere entre enfadado y sorprendido.

—No, Sam me ha traído.

—Por supuesto —suelta en un tono de desprecio, el mismo que siente por mi mejor amiga.

—No te metas con ella —le advierto.

Mi respuesta le sorprende, sin embargo, cuando va a decir algo Ava sale del despacho con unos papeles en la mano.

—Oh, hola, Cat —dice sonriendo—. ¿Todo bien?

Asiento con la cabeza.

—Veo que ya tienes los papeles, será mejor que volvamos con los chicos —dice mi marido, y ella duda un segundo, aunque después me da la sensación de que le sigue la corriente.

—Sí, está noche va a ser larga. —Suspira.

Michael, Ava y yo nos dirigimos a los ascensores. No puedo evitar ver cómo ella le lanza miradas que antes no había notado. O quizás estoy viendo algo que no es real. No lo sé, estoy confundida. Pero ella huele igual que él: a sexo. No puede ser, ella es lesbiana. Michael pulsa el botón de dos plantas más abajo, donde se supone que los chicos les esperan, y cuando llegamos solo Ava se baja. Michael decide acompañarme hasta el vestíbulo, no sé si por amor o por asegurarse. Mierda, no me gusta dudar de todo.

—¿Dónde está Sam? —pregunta cuando salimos a la calle.

Señalo el lugar donde mi amiga ha aparcado el coche y se dirige hacia allí conmigo de la mano. Saluda al de seguridad de la entrada y le explica que va a acompañarme al coche y que vuelve enseguida. Él es simplemente perfecto de cara a los demás.

Llegamos hasta el coche de Sam y esta grita cuando Michael golpea con los nudillos el cristal de la ventanilla.

—Joder, qué susto —se queja mientras la baja.

—¿Estás en condiciones de conducir? —le pregunta serio.

—Sí, nunca pondría en peligro a mi amiga, nunca le haría daño. En eso nos parecemos, ¿no? —contesta con un tono de sarcasmo que solo yo conozco.

—Muy bien, pero hazme un favor. La próxima vez que «tu amiga» quiera un paseo nocturno después de unas cervezas para verme, simplemente llámame, ¿crees que podrás recordarlo?

Sam lo mira con ganas de pasarle el coche por encima, pero respira hondo y le da una enorme sonrisa falsa mientras asiente.

—Envíame un mensaje cuando llegues a casa —dice Michael mientras me subo al coche.

Sam me mira y niego un poco con la cabeza. Mi marido sigue parado a nuestro lado, esperando a que nos movamos. Mi amiga enciende el coche y sale del *parking*. Cuando llegamos al primer semáforo bajo la ventanilla para sentir el aire frío contra mi piel. Un coche negro con los cristales tintados se para a nuestro lado, no veo si hay alguien dentro; algo me dice que sí, pero los cristales no me dejan ver quién es. Entonces noto que me falta el aire cuando recuerdo el olor de Michael y comienzo a llorar. El coche de al lado arranca y gira a la derecha.

—Vuelve —le pido a Sam.

Ella toma el primer desvío que puede y hace un cambio de sentido, pero en vez de llegar hasta el cuartel de la DEA detiene el coche y me mira.

—¿Vas a contarme qué ha pasado?

La miro con los ojos llenos de lágrimas y asiento.

—La verdad es que no ha pasado nada —le contesto mientras me limpio la cara con el bajo de mi camiseta.

—¿Y estas llorando por nada? —pregunta con el ceño fruncido.

Suspiro.

—No sé cómo explicarlo, no he visto nada, he llegado arriba y he llamado a su puerta...

—Espera —me corta—, ¿has llamado?

—Sí.

Ella rueda los ojos.

—Cat, les has avisado.

—Ya me siento estúpida yo sola, no hace falta que colabores.

—Bueno, entonces, ¿qué ha pasado cuando has llamado?

—Michael ha abierto la puerta, ha salido y cerrado detrás de él. He visto a Ava de espaldas con unos papeles antes de que lo hiciera.

—¿Has notado algo raro? ¿Algún movimiento extraño?

Me paro a pensar y caigo en la cuenta.

—Ava tenía la camisa por fuera del pantalón, pero al salir la llevaba por dentro bien metida y ajustada.

—Oh, mierda, ¿Ava la lesbiana? ¿La que cenó con nosotras?

—La misma.

Sam entrecierra los ojos, sale del coche y va al maletero. Saca algo y luego se acerca a la puerta para que lo vea. De sus manos cuelgan una bolsa de basura y una pala.

—Estoy preparada para lo que haga falta —dice, alzando la barbilla, y yo no puedo evitar soltar una carcajada.

Mi amiga vuelve a meter todo en el maletero y regresa a su asiento.

—Ahora de verdad, ¿has visto algo que te confirme que te está siendo infiel? —me pregunta en un tono serio.

—No, pero ambos olían a sexo y... No sé, Sam, tengo una corazonada.

—¿Y qué vas a hacer?

—Quiero volver y averiguarlo.

—¿Cómo se supone que lo harás?

—Ava tiene el coche en el taller, esta semana Michael la ha llevado a casa cada día. Mi plan es esconderme y ver si los atrapo en algo cuando vayan al coche.

—No van a ser tan idiotas de dejarse pillar en el *parking* de donde trabajan, ¿no?

Me encojo de hombros.

—No lo sé, pero no puedo irme a casa, todavía no.

—Muy bien, aparcaré a un par de calles y tú irás a pie. Si Michael ve mi coche va a sospechar.

Dicho esto, arranca y volvemos hacia el edificio federal. De camino decidimos que Sam tratará de entrar al *parking* para agentes para distraer al guardia mientras yo me meto andando por detrás de la garita. Casi se me escapa una carcajada cuando oigo a Sam decirle al guardia que si esto era un club de *striptease*.

Me tiro al suelo y voy reptando por debajo de los coches para evitar que las cámaras me graben. Es de noche y no hay muchos vehículos aparcados, pero los suficientes como para que llegue hasta uno que está aparcado en la fila de enfrente del de Michael. Me posiciono para estar más cómoda y espero. No pasa demasiado tiempo hasta que oigo voces que se dirigen hacia mí.

Mierda, ¿y si viene el dueño del coche bajo el que estoy escondida?

No se me había ocurrido y mi corazón se dispara, sin embargo, pronto reconozco la voz de Michael y me tranquilizo un poco.

—¿Qué le has dicho al de seguridad? —pregunta Ava mientras caminan de una forma que denota que son amigos, pero nada más.

—Que por cada minuto que la cámara cinco esté girada, le daré cien dólares. Hay que seguir con el trabajo que mi mujer ha interrumpido antes.

Ella suelta una risita mientras mira hacia una cámara que les enfoca directamente. Un instante después observo cómo el aparato se gira para apuntar al lado contrario, y entonces veo algo que me deja paralizada. Michael se lanza a besar a Ava con una pasión que hace tiempo no tiene conmigo. Ella suelta ruiditos mientras busca desabrochar los pantalones de ambos. Cuando lo consigue, mi marido la gira y la dobla sobre el maletero.

—Joder, me encanta follar tu culo —gruñe mientras entra de una estocada en ella.

—¿Más que el de tu mujer?

—Ella no tiene nada que hacer a tu lado, mi polla se aburre a su alrededor.

Un pitido comienza a sonar en mi oído y todo me da vueltas. Apoyo mi frente en el suelo y trato de respirar. Cierro los ojos, pero puedo oír el sonido de piel con piel que sucede tras cada embestida. Necesito salir de aquí. Me deslizo de vuelta por donde he venido y veo los pies de alguien junto a uno de los coches. Me asomo un poco y veo algo que me produce náuseas: el tipo de seguridad de la puerta está haciéndose una paja mientras mira cómo mi marido se folla a su compañera. Noto el sabor de la bilis en mi boca y me muerdo el labio para tratar de sofocarlas. Esto, en el fondo, me viene bien. Sigo deslizándome, y cuando estoy junto a la entrada salgo sin que nadie me vea, ya que quien debería estar vigilando está muy ocupado machacándosela.

Corro hasta donde me ha dicho Sam que me esperaría y me subo al coche de un salto.

—Arranca, vamos —le apremio, y ella obedece sin preguntar.

Miro hacia atrás varias veces hasta que giramos la calle para comprobar que Michael no salga con su coche y nos pille. Aunque dudo que pueda hacerlo, está demasiado ocupado.

43

Sam pone rumbo a mi casa y no deja de darme ojeadas esperando a que hable. Al fin lo hago, y lo suelto de golpe.

—Los he visto follar en el aparcamiento.

Sam amplía los ojos sorprendida y abre la boca para decir algo, pero no sale nada.

—Me he arrastrado por debajo de los coches y he tenido un primer plano de la polla de Michael metida en el culo de Ava.

—Pedazo de puta —sisea Sam enfadada.

—Oh, sí, y lo mejor es que el de seguridad va a ganar dinero con esto porque mi marido le iba a pagar cien dólares por cada minuto que la cámara del sitio no grabara en su dirección.

—No jodas…

—Ah, bueno, y eso no es todo. No. También he tenido el privilegio de ver la polla del tipo de seguridad cuando se la machacaba entre coches mirando a mi marido y a Ava follar.

—Mierda, Cat, lo siento.

La miro y sonrío, una sonrisa triste, una que es el preámbulo de las lágrimas que empiezan a caer por mi cara sin control.

—Hay más —le digo, recordando las palabras de mi preciado marido.

—¿Qué más puede haber? —cuestiona Sam casi en *shock*.

—Ava le preguntó si le gustaba follar más su culo que el mío, y Michael le dijo que su polla se aburría a mi alrededor.

—¡Hijo de puta! Voy a volver y a cortarle los huevos para después atascárselos en su jodida boca y que no pueda decir nunca más mierda como esa.

La veo que busca un desvío para volver, es muy capaz de llevar a cabo sus amenazas.

—No, por favor, llévame a casa.

—¿Cómo que a casa?

—Sí, quiero volver a casa.

—¿Lo vas a perdonar si él se disculpa? Porque, joder, Cat, desde ya te digo que no es buena idea.

Niego con la cabeza y me limpio las lágrimas.

—No voy a decirle lo que he visto.

Sam da un frenazo y se echa a la cuneta.

—Explícame qué cojones estás diciendo porque no entiendo nada.

—Verlo con otra mujer me ha dolido, pero sabes, no es lo peor. Lo peor ha sido cuando me ha menospreciado, no solo al decirme que no iba a entender el caso que tenían entre manos, también lo ha hecho al exponerse con el guardia y al soltarle a Ava que ella es mejor.

Sam me mira sin saber qué hacer.

—Pensaba que me amaba, que quizás no era tan perfecta como debería ser para él, pero que, aun así, teníamos algo especial.

Más lágrimas caen de mis ojos y sigo limpiándome porque me da rabia llorar por este idiota.

—Me he dado cuenta de que no me aprecia por mi cerebro ni me respeta como su mujer, ni siquiera me ve como un adorno bonito.

Sam me abraza y lloro sobre su hombro sin dejar de repetir que no lo entiendo. Ella frota mi espalda hasta que logro tranquilizarme.

—Sabes, en el fondo lo sabía, pero no quería darme cuenta. Cambié quien era, mi forma de ser, mis gustos... Lo cambié todo por estar con él y ahora soy una muñeca rota que no sirve para nadie.

—Eh, no digas eso, yo te conozco, sé la Cat que eres y sé que está ahí dentro —dice Sam, dándome con el dedo en mi cabeza—, solo déjala salir.

Asiento con la cabeza.

—¿De verdad quieres volver a casa? Sabes que puedes quedarte conmigo cuando quieras.

Le doy una sonrisa porque sé que no es una invitación de cortesía.

—No puedo dejarlo así de fácil. Si lo hago, hablará con mi familia y todos sabrán que mi matrimonio ha fracasado. No estoy lista para eso.

—Muy bien, pero mi oferta sigue en pie para cualquier día y a cualquier hora.

—Lo sé.

Me bajo cuando llego a casa, y al entrar lo veo todo diferente. Se siente como que todo es mentira. Las fotos de la boda, las que tengo colgadas en las escaleras de días de barbacoa o del Cuatro de julio que me propuso matrimonio. Entro a la habitación y voy directa a la ducha. Necesito deshacerme de la ropa sucia de tirarme por el suelo, pero, sobre todo, necesito quitarme el asco que recorre mi piel después de lo que he visto hoy.

Cuando acabo, oigo la puerta de la habitación abrirse y salgo del baño lo más rápido que puedo para evitar que Michael quiera unirse a la ducha. Ahora mismo no puedo soportar que me toque.

—¿Aún no te has ido a dormir? Pensaba que te habrías dormido rápido y por eso no me mandaste el mensaje al llegar —pregunta mientras me meto en la cama y me tapo hasta arriba.

—No, me quedé hablando con Sam en el coche y se me fue la hora —le miento.

Lo miro y veo que ni siquiera se acerca, va directo a la ducha. Enciendo la televisión y pongo mi serie favorita, es de unos chicos que tratan de vender drogas por internet. Michael la odia, y por eso he decidido poner un capítulo a pesar de que no me estoy enterando de nada de lo que pasa.

Cuando mi marido sale del cuarto de baño y ve lo que hay en la tele, coge el mando y lo cambia mientras menea la cabeza en desaprobación.

—Esto es ficción mala, cielo, mi compañera y yo los detendríamos antes de que siquiera sacaran el primer envío.

Lo miro y veo el orgullo en sus ojos, está encantado de conocerse.

—Ava y tú os compenetráis muy bien, ¿verdad?

No he podido evitarlo, pero él no tiene ni idea de cuál es mi intención con esta pregunta.

—A la perfección, es una compañera perfecta, la única pega es que le gustan las mujeres demasiado operadas y se le va la vista cada vez que ve a una —se burla.

Se mete dentro de la cama y se estira.

—Estoy molido, mañana dormiré hasta tarde.

—Yo me iré temprano, necesito hacer unas cosas con Reed antes de que la nueva aventura salga.

Susurro un «buenas noches» y me giro para darle la espalda. Trato de contener mis ganas de llorar hasta que se duerme y, gracias a Dios, lo consigo. Una vez que la respiración de Michael me dice que está durmiendo, apago la tele y dejo que mis lágrimas corran libres hasta que en algún momento yo también cedo ante Morfeo.

Salgo de la cama cuando veo que es una hora prudente, no quiero levantar sospechas. Lo hago despacio para que Michael no se despierte, pero tal y como está podría caérsele el techo encima y no se enteraría. Supongo que follar amantes te deja exhausto.

47

Rachel

Voy al baño y me preparo, me cuesta cubrir los signos de haber dormido mal, pero lo hago lo mejor que puedo. Me pongo una camiseta, vaqueros y mis Vans negras, que van a juego con mi humor hoy.

Bajo a la cocina y le preparo el almuerzo a Michael, sé que no debería, si no lo hago puede parecer raro después de tantos años. Que le haga la comida no implica que lo haga bien, dejo caer el pan un par de veces al suelo y lo piso. Una vez termino mi momento *gourmet*, voy al garaje a por el coche y me doy cuenta de algo que no había notado antes. Tenemos dos coches, el de Michael es más nuevo, más potente, más llamativo. El mío es funcional. A la vista está que esto es una clara metáfora de nuestro matrimonio, de mi lugar en él. Me cabrea no haberme dado cuenta de esto, así que saco mi cajita de madera del bolso, cojo una aguja y le pincho los condones que tiene guardados en la bolsa de golf. Es una niñería, lo sé, pero necesitaba hacerlo.

Llego al trabajo y aparco cerca de la puerta, madrugar tiene sus ventajas. Subo por el ascensor después de saludar a los pocos que están ya trabajando y entro a la oficina que comparto con Reed en busca de cafeína.

—Mierda —susurro.

Lo que encuentro no es cafeína, es a mi amigo y compañero Reed delante de una montaña de bolsitas llenas de lo que yo creo que es cocaína.

—Puedo explicarlo —murmura mientras deja la que tiene en la mano junto a las demás.

Cierro la puerta y pongo el seguro, algo que debería de haber hecho él.

—Empieza a hablar porque te juro que no entiendo qué os pasa a los hombres últimamente, ¿esto es alguna cámara oculta?

—Te prometo que voy a recoger todo esto y no vas a volver a verlo.

—Ya tuve bastante con lo que vi ayer de Michael, esto necesito que me lo expliques.

—¿Qué ha pasado con Michael?

—No desvíes el tema, habla —le ordeno, señalando con la barbilla el montoncito de bolsitas apiladas en la mesa de café mientras me siento en el sofá frente a ellas.

—¿Quieres un expreso? —pregunta, yendo a la máquina y metiendo una capsula.

Asiento y él me prepara uno en silencio, luego me lo tiende y comienza a hablar.

—Todo esto ha sido para salvar a Megan.

Supongo que se refiere a la leucemia que le diagnosticaron hace un año. Su hija tiene seis años, pero es toda una luchadora, tanto que ha logrado vencer a la enfermedad, o al menos eso es lo que dijeron sus últimos análisis.

—¿Qué tiene que ver la niña en todo esto?

—El seguro de la empresa no cubría los tratamientos que ella necesitaba.

—¿Los de Houston? —pregunto, sabiendo que habla de la clínica privada a la que la llevaron.

Él asiente.

—Tuve que pedir créditos al banco y embargar mi casa, no me importó, a Marcia tampoco, lo único que queríamos era que nuestra pequeña sobreviviera.

Tomo un sorbo de mi café y dejo que siga hablando.

—Pero el tratamiento fue largo y cada vez necesitaba más dinero. Llegó un punto en que el banco ya no quiso darme más y tuve que acudir a un prestamista.

—Joder, sabes que eso es una estafa. ¿Por qué no acudiste a mí?

49

—No hablo de unos pocos miles de dólares, Cat, necesitaba varios cientos de miles.

Me quedo callada porque entiendo que no quisiera involucrar a nadie en algo tan gordo. Lo que no le digo es que hubiera embargado mi casa si hubiese sido necesario, ahora ya no tiene caso hacerlo.

—¿Cómo acabas con toda esta droga si lo que debes es dinero? —pregunto, tratando de conectar toda la información.

—Llegó un momento que no les pude pagar, y por algún motivo se apiadaron de mí y me dieron una alternativa. Si les vendo una cantidad de droga mi deuda se salda.

—¿De cuánto estamos hablando?

—Cien kilos.

Me quedo paralizada cuando lo suelta.

—¿Cómo demonios vas a vender esa cantidad en bolsitas de estas?

—Voy cada noche a los suburbios, ellos me dijeron algunos lugares donde ponerme.

—Joder, Reed, esto se va a demorar años.

—Lo sé. Al menos no me pusieron una fecha límite.

Igual que también sabe que no va a acabar bien.

—Lo más seguro es que la Policía te detenga, eso si tienes suerte y no acabas muerto en un callejón —le digo con toda sinceridad.

—Al menos tú ahora lo sabes, eres la única que conoce mi secreto.

Lo dice porque entiende que cualquiera de las alternativas de cómo va a llegar su fin es válida, y si yo lo sé podré explicarle a su mujer que él no es un camello, que lo hizo por su hija.

—Te prometo que Marcia y Megan sabrán los motivos que te llevaron a hacer esto en caso de que algo pase.

—Gracias —susurra—. ¿Ahora vas a decirme qué ha pasado con Michael? Te ves bastante mal.

Michael. Ni siquiera me acordaba de él.

—No, primero hay que encontrar la manera de que puedas vender esta mierda de una forma más rápida.

—No voy a meterte en esto.

Mi corazón bombea con rapidez. La adrenalina recorre mi cuerpo. Había olvidado esta sensación.

—Ahora que lo sé ya estoy dentro. Venga, Reed, déjame ayudarte, dos genios son mejor que uno.

Él sonríe. Solía decirle esto en la universidad cuando trataba de convencerlo de que se pasara al lado oscuro y probara a hacer alguna cosa ilegal con el ordenador. Pero Reed no es así, no, él siempre ha caminado por el lado bueno, por eso ahora no puedo dejarlo solo.

—Es una locura, Cat, Michael es de la DEA. ¿Cómo piensas vender droga si tienes a un policía que se dedica literalmente a atrapar tipos como yo?

Entonces sus palabras me golpean y recuerdo lo que anoche dijo Michael mientras veía mi serie.

«Esto es ficción mala, cielo, mi compañera y yo los detendríamos antes de que siquiera sacaran el primer envío».

En ese momento lo veo claro. Esto es lo que necesito. Mi venganza. Demostrarle a Michael que no soy idiota, que tengo dignidad y que soy más lista que él.

—¿Por qué sonríes?

Ni siquiera me había dado cuenta de que lo estaba haciendo.

—Porque voy a joder a mi marido vendiendo droga justo debajo de sus narices.

4

Mylan

Me remango la camiseta que llevo puesta para evitar que la sangre me salpique, es una de mis favoritas y odiaría que acabara siendo usada para trapos porque las manchas no salen. El hombre frente a mí está ya lleno de cortes y golpes, apenas puede levantar la cabeza para mirarme y se sostiene a duras penas sentado sobre la silla.

—Muy bien, entonces dime, ¿por qué has decidido traicionarme después de todo lo que hemos hecho por ti? —le pregunto a Johnny, cruzándome de brazos frente a él.

No hace mucho era uno de mis hombres de confianza, pero decidió jugármela con la Policía. Debería haber sabido que tengo comprada a más de la mitad y amenazada a la restante. No entiendo cómo aún quedan idiotas que piensan que esta ciudad no es mi jodido patio de recreo.

—Lo siento, Mylan —contesta, sollozando como un bebé.

—Señor Graves para ti —le corto.

Mylan solo pueden llamármelo mis hombres, aquellos que pertenecen a mi familia de una u otra forma, las ratas no tienen ese privilegio.

—Señor Graves —tartamudea—, no quería, pero era la única manera de poder estar con ella.

Ruedo mis ojos. Una mujer. Va a morir por una mujer. No digo que no sea genial meter tu polla en ellas, y siempre he creído que todos tenemos una actriz porno gemela, pero no vale la pena morir por ninguna.

—¿Tan bien la chupa, Johnny? —pregunta Nate a mi lado, pensando lo mismo que yo.

Ambos somos iguales en ese sentido, no creemos en las almas gemelas, en el amor romántico de los libros para mujeres insufribles y simples que creen que «para siempre» existe. No, nosotros buscamos a la mujer que nos la sepa chupar bien, que nos dé un sexo tan increíble que te deje fuera de combate durante horas, creemos en nuestra actriz porno gemela.

—Betsy es el amor de mi vida y está embarazada, no podía traerla a este mundo, es inocente, es pura, es todo luz, y yo quería vivir con ella bajo su resplandor —solloza patéticamente Johnny.

—Ese es el problema, que creías que ser parte de esta familia era tu decisión —le contesto—. No, Johnny, una vez dentro no hay salida, y menos la buscas con la Policía, ¿de verdad creías que podías venderme para salvar tu culo sin que yo lo supiera?

Me jode su traición, aunque creo que me jode todavía más que pensara que soy tan idiota que no me enteraría de que algo así está pasando bajo mi techo.

—¿Qué va a pasar conmigo? —pregunta al fin, mirando detrás de mí.

Me giro y veo a Cash, su hermano. Sus padres tuvieron mucho sentido del humor llamando a sus hijos Johnny y Cash.

Con un gesto de mi cabeza le indico a su hermano que se acerque, y lo hace. Ambos entraron a la vez en mi organización, dos adolescentes perdidos sin familia que los quisiera.

Ambos padres muertos por sobredosis.

Ambos abusados por las familias de acogida por las que pasaron.

Ambos vengados por cada una de las lágrimas que derramaron.

—Contéstale, Cash —le ordeno.

Se acerca a su hermano con una mirada dura y menea la cabeza con desaprobación.

—Por favor, Cash, ayúdame —le suplica como el hermano pequeño que es.

—Lo intenté durante años, pero ya no puedo hacerlo más —contesta serio Cash—; en esta familia nos lo han dado todo y tú te has meado sobre ello. Ya sabes la única salida que te queda.

Los ojos de Johnny se amplían cuando ve cómo su hermano saca su arma. Este es el tipo de lealtad que tiene cabida en mi organización, la que está incluso por encima de la sangre.

—Déjame llamar a Betsy al menos, tú la conoces, se va a quedar destrozada, no quiero que le pase algo a ella o a mi bebé —suplica.

Noto la tensión en los músculos de la espalda de Cash. Sé que él siente algo por esa mujer. Los informes de Nate decían que Johnny se metió entre ellos al poco de empezar aprovechando que Cash tenía que salir de la ciudad para atender negocios de la Organización. Eso puso en alerta a Nate: si era capaz de hacerle eso a su propio hermano, es que el bueno de Johnny no tenía claras sus lealtades.

—Jefe —me llama Cash por encima de su hombro—, me gustaría pedirle un favor personal.

Me acerco a él y veo esperanza en los ojos de Johnny.

—Tú dirás, Cash —contesto, esperando que no me pida que su hermano viva porque es algo que no va a suceder y que solo me dejaría con una sensación de inseguridad sobre la lealtad de él con nuestra familia.

—Es cierto que Betsy es una buena chica, algo mala eligiendo hombre, pero es demasiado sensible y puede que Johnny tenga razón en cuanto a que perdería el bebé si ella se entera de que este ha muerto.

Me quedo en silencio mientras noto cómo Nate se pone a mi lado.

—¿Qué quieres entonces, Cash? —le pregunta, pensando lo mismo que yo sobre este asunto—. ¿Crees que deberíamos perdonarlo?

Cash mira a su hermano y luego a mí.

—Me gustaría que él le dejara una nota donde le aclare que se ha asustado por el tema del bebé y que de momento necesita distancia.

No ha contestado a Nate y eso me hace sospechar, pero, aun así, asiento para concederle lo que me pide. Otro de mis hombres le entrega un cuaderno y un bolígrafo.

—Escribe algo convincente para que ella pueda seguir con su vida —le ordena a su hermano.

—¿Podré irme de aquí si lo hago? Juro que nunca más me volveréis a ver.

Y aquí se demuestra de nuevo que no es más que una rata. Nos traicionó por una mujer, pero en cuanto ha visto la muerte de cerca también la deja vendida a ella. A su hijo. A quien haga falta para sobrevivir. No dudo que tiene dinero de los soplos a la Policía, aparte del que ganaba conmigo. Si le dejara irse no lo volvería a ver en la vida, es demasiado cobarde para volver a mostrarse si tuviera esa suerte, sin embargo, esa no es una opción, espero que Cash lo sepa.

Johnny escribe la nota, apenas cuatro líneas, y le entrega el papel a su hermano. Este lo lee y parece conforme con las palabras que ha puesto.

La obsesión de Mylan

—Yo cuidaré de tu hijo —dice Cash antes de sacar la pistola de la funda que lleva colgada y pegarle un tiro en la frente a su hermano.

Miro mi reloj y veo que ya son pasadas las diez de la noche. No me gusta tener reuniones tan tarde, pero cuando no hay otra opción por las condiciones del momento simplemente me dejo llevar.

—¿Estás seguro de que no te la quieren jugar? —pregunta mi mano derecha y mejor amigo, Nate.

Me encojo de hombros.

—Puede ser, pero si es el caso estarán muertos antes de que salga el sol.

Llegamos al restaurante donde he quedado con Tim Holland para hablar de negocios. Por supuesto, el local es mío, como el noventa por ciento de los que hay en Los Ángeles.

Tim ya está en la mesa esperando, acompañado de dos de sus hombres y de su insufrible hija Chastity.

—¿Qué hace ella aquí? —pregunto enfadado.

Esto es una reunión de negocios y esa mujer es un dolor de cabeza con un buen culo.

—Dijo que tenía algo que ver en lo que vais a tratar hoy —contesta Nate.

Lo miro, alzando una ceja, y ahora es él quien se encoge de hombros. Suspiro y sigo hasta el reservado que utilizo siempre que vengo a este sitio. Una vez que tanto mis hombres como yo estamos dentro, los camareros colocan biombos para que nadie pueda vernos. Dejo alguno de mis chicos fuera para que

57

tampoco pueda oírnos ningún espabilado. Uno nunca sabe cuándo la pasma puede estar escuchando, y con la revolución de las redes sociales que vivimos en estos momentos lo más fácil en esta ciudad es acabar en el fondo de la foto de algún pringado de Instagram que puede joderte el día.

—Tim —saludo mientras me quito la americana que llevo sobre la camiseta de manga corta de Bon Jovi que he decidido usar hoy.

—Mylan, no sé si recuerdas a mi hija —dice, sonriendo, como si me presentara el último vaso de agua en el desierto.

—Por supuesto, es difícil de olvidar.

Ella suelta una risita algo estúpida, pero no dice nada. Tomamos asiento y enseguida comienzan a servirnos el vino y los primeros platos. Todo el mundo es consciente de que, cuando celebro reuniones en un restaurante, soy yo quien decide qué se va a comer. Tim lo sabe y no protesta.

—Bien ¿qué es lo que quieres que hablemos? —pregunto mientras tomo un sorbo de vino tinto.

—Directo, me gusta. —Sonríe Tim—. Como sabes, Las Vegas está siendo invadida por los rusos y su maldito polvo de hielo.

Asiento. Lo que él me cuenta no es algo nuevo. Los de la Bratva llegaron hace unos años y han estado haciéndose hueco por toda la costa Este. Era lógico que tarde o temprano trataran de llegar a mi costa, y para eso tienen que pasar por Nevada.

—Ellos han comenzado ya a asentarse y no estoy dispuesto a permitir que esos tipos se queden con mi ciudad.

Tim está claramente cabreado y no es para menos, por lo que sé, esos rusos se están meando en su cara.

—Algo he oído —contesto mirando a Nate, que está al tanto de todo lo que pasa con esos tipos.

—Sé que no eres tonto, ellos han estado moviéndose por toda la costa Este y ahora han puesto la vista en nuestro lado.

Sigo en silencio.

—Es cuestión de tiempo que lleguen hasta aquí.

—Es posible, pero no van a quedarse, me encargaré de ello.

—Lo mismo dijeron nuestros iguales del otro lado del país y ahora están trabajando para ellos o muertos.

—Yo no soy como ellos —le aclaro en un tono afilado.

—No los subestimes —me contesta, como si fuera tan estúpido como para hacerlo.

—¿Qué es lo que quieres, Tim?

—Un pacto entre Las Vegas y Los Ángeles, de esta forma tendremos un frente más poderoso al que esos rusos no podrán vencer tan fácilmente.

Levanto una ceja. Tim es uno de los hombres más despiadados que conozco. Nunca ha querido ayuda de nadie y jamás se ha acobardado ante una pelea. El que ahora esté aquí, pidiendo un pacto, dice mucho de la situación. Quizás haya más de lo que no estoy enterado respecto a la bratva. Miro a Nate y sus ojos me dicen que opina lo mismo.

—Muy bien, ¿qué supondría ese pacto? —pregunto, recostándome un poco en la silla.

—Es algo sencillo, una unión legal entre ambas ciudades.

Frunzo el ceño confuso por sus palabras. Si algo define nuestras vidas no es la palabra legal.

—Sabes que no tengo hijos varones, solo a Chastity, ella heredará mi imperio... Su marido lo hará, ¿entiendes lo que quiero decir?

Nate se atraganta con el champán que está tomando y yo espero a que termine de toser para contestar.

—¿Me estas proponiendo que me case con tu hija?

Miro a la chica y veo el brillo en sus ojos.

—Creo que es lo justo —contesta Tim—, sería una forma de que todos supieran que somos un frente unido, la familia vale más que cualquier apretón de manos.

Eso es lo que él cree, para mí la familia no es la que se tiene por sangre o por papeles, no, la familia es aquella que encuentras a lo largo de tu vida y que te demuestra que estarán ahí para lo que haga falta. La lealtad y el respeto no se ganan con una boda.

—No creo en el matrimonio —objeto muy serio.

Tim mueve la mano en el aire, quitando importancia a la palabra matrimonio.

—No sería una boda al uso, sé que no estáis enamorados y que no le vas a ser fiel —suelta ante mi asombro y el de Nate—, de lo que se trata esto es de negocios. Tan solo te pido un nieto varón que herede lo tuyo y lo mío cuando ambos faltemos.

Miro a su hija, y por la expresión de su cara entiendo que está de acuerdo. Me parece increíble que ella no tenga nada que decir, básicamente la ha reducido a ser una fábrica de bebés.

—¿Tú estás bien con esto? —le pregunto a Chastity.

—Por supuesto que sí —me corta Tim.

—Quiero que ella conteste.

—Sí, como ha dicho mi padre, quiero ser tu esposa y la madre de tus hijos.

—Te lo he dicho, es una mujer sumisa, sabe su lugar.

Miro a Nate, que sigue con la misma cara de sorpresa, y le doy un codazo, está claro que lo nuestro no es disimular nuestros sentimientos.

—Es algo que debo pensar —contesto, esperando ver qué reacción tiene mi supuesto futuro suegro.

—Claro, piénsalo, pero no eres el único al que le voy a hacer esta propuesta, eres el primero, aunque no el último si la rechazas.

—No esperaba menos de ti, Holland.

Dicho esto, cenamos con tranquilidad, evitando este tema de nuevo. Hemos quedado en que le daría una respuesta mañana. A cada plato que como me doy cuenta de que Chastity es el estereotipo de mujer florero. Es educada, amable y un aburrimiento mortal. Sus conversaciones están vacías y solo habla de chismes que a mí me importan una mierda, ¿a quién diablos le interesa saber que una tal Lisa Mindlay fue con un vestido de la temporada pasada a un *brunch*?

Una vez terminada la cena, Nate y yo nos retiramos antes de los postres. No creo que pueda aguantar más tiempo sentado aquí sin pegarme un tiro. Salimos y Cash ya nos está esperando con el coche en la puerta. Nate y yo nos metemos en la parte trasera. Desde fuera no se ve nada, todo el coche, incluidos los cristales, son negros, lo cual nos viene genial ya que tenemos que pasar por delante del edificio de la DEA. Tengo a muchos agentes comprados aquí, sin embargo, hay uno que cree que va a ascender por pillarme. No lo he matado aún por pereza, pero cada informe suyo que me llega cava su tumba más honda.

—¿Ya está todo hecho? —pregunto, refiriéndome a Johnny.

—Sí —contesta Cash.

Mientras cenábamos se ha encargado del cuerpo de su hermano y de limpiar todo el lugar. Me da pena que el idiota de Johnny no fuese igual de leal que su hermano. Lo conocía desde hace mucho, pero fue él quien cavó su propia tumba al traicionarme. Debería haber sabido que la única forma de salir de la organización es con los pies por delante.

—¿Qué opinas de la propuesta de Tim? —me pregunta Nate, serio.

—No lo sé, creo que es una buena opción, pero no sé si puedo casarme con Chastity Holland, esa mujer es aburrida, *follable*, pero muy aburrida.

Cash mira por el retrovisor con una sonrisa en la cara, no tengo secretos para él, ha demostrado de sobra su lealtad.

—¿Tú qué opinas? —le pregunto—. La cena era para que me una a Tim por medio de una boda y así hacer frente a la Bratva, que quiere llegar hasta esta parte del país.

—¿Eso no se hacía en la Edad Media? Pensaba que habíamos progresado algo desde entonces —contesta con humor Cash.

—Holland aún cree que está en esa época, deberías haberlo oído pedirle un nieto varón —se burla Nate.

—¿En serio? —se sorprende Cash.

Asiento con la cabeza para que vea mi respuesta por el retrovisor.

—Ese tío es imbécil, si cree que porque su nieto tenga pene va a saber llevar mejor el negocio familiar está jodido, ¿no conoce a la narco mexicana? —pregunta Cash.

—Son de la vieja escuela —contesto—. Por suerte, nosotros no pensamos igual, me importa el cerebro, no el sexo de mi gente. Y cuando decida dejar mi imperio a mi sucesor será eso lo que mire, su inteligencia y capacidad, no su aparato reproductor.

El coche se detiene en un semáforo y veo a una chica en el coche de al lado con el pelo negro y rosa, aunque lo que me llama la atención es su mirada triste. De pronto, clava su vista en mí. Si no fuera porque sé que los cristales están tintados, pensaría que puede verme. Sus ojos se inundan de lágrimas y no puedo evitar preguntarme qué le ocurre, pero el semáforo se pone en verde y nosotros giramos a la derecha mientras que ella sigue recto.

—¿Mylan? —oigo a mi lado.

—Perdona —digo, volviendo mi cabeza hacia donde ha desaparecido el coche—, ¿qué quieres?

Nate frunce el ceño y gira también la cabeza, pero no ve nada, vuelve a mirarme y me pregunta muy serio.

—¿Qué vas a hacer con la boda?

Si quieres que se case continúa en el capítulo 5 (Pág 65)
Si no quieres que se case ve al capítulo 6 (Pág 77)

Mylan

La decisión de que la boda sea tan rápida ha levantado mucho revuelo. La mayoría cree que me caso porque Chastity está embarazada; ni muchísimo menos, le he dejado que me la chupe, pero aún no he tenido ganas de metérsela. Aunque he de reconocer que organizar todo esto en un mes es como para dar de qué hablar.

Oigo un par de toques en la puerta de la habitación del hotel en el que se celebra la boda y me acerco para abrir yo mismo. Tengo el pantalón del traje puesto, pero voy sin camisa, me caso en menos de una hora y no quiero ir manchado o arrugado.

—Vaya, espero que te pongas algo encima o no podré estar a tu lado en el altar —se burla Nate al entrar.

Ruedo los ojos y sonrío. Por supuesto, él será mi padrino, si alguien tiene que estar a mi lado en este momento es Nate.

—¿Estás seguro de lo que vas a hacer? —me pregunta por millonésima vez en esta semana.

—Ya te lo he dicho, esto son solo negocios, ni siquiera hay un cura, solo Cash casándonos.

—No puedo creer que se sacara la licencia para oficiar bodas solo para casarte, y todo porque no lo elegiste a él de padrino —se ríe Nate.

A Chastity no le gustó mucho la idea de que la ceremonia no fuese religiosa, pero es algo que no iba a conceder. No creo en el matrimonio, mucho menos en la iglesia, y si entro en una es probable que salga ardiendo. Que dé gracias que le concedí que la boda fuera nocturna, no me gusta que el jardín donde se celebrará el coctel después de la ceremonia esté iluminado solo por «velas románticas», palabras de Chastity, somos un blanco demasiado fácil. Aunque confío en Nate para mantenernos seguros.

—Hay algo de lo que quiero hablarte —dice Nate mientras se sirve un *bourbon* de mil dólares la botella.

—Muy bien, tú dirás.

—Hemos notado un aumento de ingresos en los hospitales de la ciudad por un mal viaje.

Frunzo el ceño, mi producto es de calidad. Por supuesto que puede haber algún idiota al que le siente mal, pero son las excepciones, no la norma.

—Continúa.

—Es por Peter, uno de nuestros chicos, tuvieron que ingresarlo ayer y casi no lo cuenta.

Sé de quién me habla. Puede que dirija esta ciudad, sin embargo, procuro saber el nombre todos y cada uno de mis hombres.

—Él sabe que nuestra gente no se mete lo que vendemos —dice Nate—, pero hace poco perdió a su mujer embarazada en un accidente de coche y le está costando recuperarse.

Lo recuerdo. Asistí al funeral. Él parecía un ánima más que un hombre. Creo que si no fuera porque tiene una niña de tres años se habría suicidado. No tengo claro que no acabe haciéndolo.

—¿Y la pequeña? —pregunto, preocupado por ella.

Puede que sea un asesino, pero hay dos reglas que rigen mi organización: nada de drogarse y nunca jamás herir de alguna forma a un niño.

—Ella estaba con su abuela, sigue en su casa, ¿qué quieres que hagamos con él?

—Conozco a Peter, es un buen hombre, creo que solo necesita volver al camino.

—Yo también opino lo mismo.

—Mételo en una clínica de desintoxicación, corre de mi cuenta. Y hazte cargo de la niña y su abuela hasta que él vuelva. Si de verdad quiere recuperarse lo hará, si no nos encargaremos de que no sufra más.

Nate asiente.

Preferiría no tener que deshacerme de él, pero si no sale de la mierda de las drogas no me quedará otra opción. Son este tipo de eslabones los que busca la DEA para trincarme, y no voy a dejar que eso suceda.

—También necesito que compruebes la calidad de nuestro material. No es bueno que haya tantos ingresos, si la gente deja de confiar deja de comprar, además de que podemos llamar la atención de la DEA.

—He pensado lo mismo, ya tengo a varios hombres investigando qué está ocurriendo.

—Gracias.

—Quería hablarte de otra cosa más.

—Es el día de mi boda, deja de joderme la cabeza —me quejo, sonriendo.

—Si de verdad lo fuera no te lo diría, pero ambos sabemos que esto es un pacto laboral bien adornado.

Suspiro y asiento.

—A lo que iba. Hay una serie de ventas que no están siendo localizadas.

—¿A qué te refieres? —le pregunto a mi padrino.

—Tenemos clientes que compran nuestra mercancía, aunque no sabemos a qué camello. Además, lo hacen a un precio algo superior.

Sus palabras me desconciertan. Saber que es nuestro producto no es difícil, tenemos formas de demostrarlo; lo que me descoloca es que alguien lo revenda más caro y me joda el negocio.

—¿Cuánto más caro?

—Un dólar.

Su respuesta me deja totalmente confundido. Frunzo el ceño porque no logro entender quién demonios haría una venta tan estúpida con un beneficio tan nimio.

—Sí, pienso lo mismo —suelta Nate, leyendo mi mente—. Estoy en ello. Cash ha descubierto que solo se hacen entregas de este material en fiestas muy selectas y de la mano de tipos que no tenemos ni idea de quiénes son, aunque no tienen pinta de camellos.

—Explícate.

—Tenemos acceso a algunas imágenes de fiestas donde se han entregado nuestros productos y se ve a diferentes hombres, con diferentes maletines, siempre con gorra, y ninguno tiene ninguna marca con la que se les pueda identificar.

—¿Nada de tatuajes, piercings o logos en la ropa de algún tipo?

—Nada. Si alguno ha llevado algo de publicidad de alguna empresa esta era falsa o no se han encontrado hombres en la misma.

—¿A qué te refieres?

—Hay uno que llevaba el logotipo de un salón de manicura, de esas a las que las tías van a contar sus mierdas mientras se pintan de colores bonitos las uñas. Pues en la plantilla de ese local no hay ningún hombre.

—¿Novio? ¿Repartidores? ¿Amigos?

—Nada, todo investigado, y si aparecía algún tipo era diametralmente opuesto a lo que buscábamos.

—¿Cómo?

—Si buscábamos a un rubio era moreno; o uno alto pues encontramos a uno bajo. Es una jodida locura.

Respiro hondo y mi cerebro comienza a buscar una explicación, aunque no hay ninguna que se me ocurra que pueda dar sentido a esta mierda. No tengo enemigos en Los Ángeles, al menos ninguno con los huevos necesarios como para enfrentarme de esta manera.

—¿Crees que serán los rusos? —pregunta Nate, y niego con la cabeza.

—No son tan inteligentes, son más de fuerza bruta.

—Sí, yo tampoco creo que puedan organizar algo así, pero entonces, ¿quién es?

—Si no fuera por esta ridícula boda, ahora mismo estaría de camino a mi despacho para tratar de resolver esa pregunta.

—Relájate, tengo a Angelo siguiendo una pista —me tranquiliza Nate.

—En cuanto descubra algo quiero saberlo.

—Sí, jefe.

Se oyen unos golpes en la puerta y Nate me sonríe mientras se acerca a abrir. Cuando lo hace veo a dos mujeres espectaculares que entran con unos vestidos muy, muy, pero que muy cortos.

—Y ahora, como padrino de bodas, permíteme que te dé mi regalo —dice Nate, señalando a ambas mujeres.

69

Las dos se acercan mientras mi amigo sale de la habitación cerrando tras de sí. Las chicas comienzan a empujarme para que camine de espaldas hasta que acabo en el sofá de la suite, sentado. Cuando me tienen donde quieren, comienzan su propio espectáculo. Nate sí que sabe lo que me gusta.

—Mylan, ¿estás preparado? —grita Cash desde el otro lado de la puerta media hora después mientras la rubia se mete mi polla en la boca y la pelirroja me pone las tetas en la cara.

—¡Diez minutos! —grito, riéndome y gimiendo a la vez.

—Ya llegas veinte tarde, jefe. Holland empieza a cabrearse.

Miro el reloj de mi muñeca y veo que tiene razón.

—Mierda. Chicas, tendremos que dejarlo para otro momento —les digo, pero la rubia parece ser muy concienzuda en su trabajo y comienza a aspirarme de tal manera que provoca que me corra en su garganta en menos de un minuto.

—Cuando quieras —susurra, limpiándose con el dorso de la mano una gota de mi semen de sus labios.

Lo dicho, Nate me conoce muy bien.

Me termino de vestir y voy hacia el jardín donde se celebra la ceremonia. Paso por donde Chastity está esperándome para entrar después que yo y casi me quedo sordo con sus gritos. Al parecer, trae mala suerte ver a la novia antes de la boda.

—Tienes a Holland bastante cabreado, y ahora tu futura esposa está histérica porque cree que la has visto —se burla Nate, que acude a mi encuentro.

—Son tonterías de mi futura exesposa —le aclaro a mi amigo.

Él se ríe y yo me uno. Este matrimonio no va a ser para toda la vida ni mucho menos. Cuando la amenaza de la Bratva esté controlada me pienso divorciar tan rápido como sea posible. Por supuesto, nada de hijos entre tanto, eso solo lo complicaría. Aunque sí que pienso disfrutar de mi esposa si encuentro la manera de que mantenga la boca cerrada mientras se la meto.

Me dirijo hasta el altar donde Cash ya está esperándome disfrazado de lo que él supone debe ser un juez. Tengo que contener una carcajada al darme cuenta de que la toga que lleva le va pequeña y por detrás no llega a abrocharle. Nate se sitúa a mi lado. Me mira y luego su reloj. No es por la hora, le está entrando una llamada, puedo verlo desde aquí. Es Angelo.

—Cógelo —le ordeno.

Él asiente y se baja del altar, alejándose unos pasos para hablar.

Comienza la marcha nupcial y la novia aparece por el pasillo. Tengo que reconocer que en un mes Chastity ha logrado organizar una buena boda. Hay decenas de filas de sillas blancas con ramos morados colocados en cada respaldo. El pasillo por donde ahora camina tiene una alfombra de pelo blanco y sobre ella cae una especie de lluvia de pétalos. El altar es una puerta antigua cubierta de las mismas flores de las sillas. Bueno, y ha logrado reunir a más de trescientas personas. Esto trae loco a Nate por el tema de la seguridad. Con tantos invitados es fácil que alguien que no queremos se cuele.

No me fijo demasiado en ella. Está bonita, todas las novias lo están el día de su boda, ¿no? Es algo como de lógica. Mi atención se centra en mi padrino, que no para de ir de arriba abajo con el teléfono en la mano. Asiente, asiente y me mira. Tengo que ir.

—Hazte cargo un momento de Chastity —le pido a Cash, que me mira con cara de sorpresa, pero que hace lo que le pido sin rechistar.

—Permítanme unas palabras para recibir a la novia —suelta mientras me bajo y voy hasta donde Nate.

Oigo a Chastity gritar algo, pero no me molesto en averiguar el qué.

—¿Qué ocurre?

—Angelo ha conseguido pillar a un repartidor.

—Bien, vamos a donde lo tenga —le digo, dispuesto a dejar mi propia boda.

—No es necesario —me para Nate—. Dice que es un civil. No tiene ni idea de nada. Ni siquiera sabe que lo que hay en el maletín es droga. Según él se lo han dado.

—¿Quién?

—Angelo no ha podido sacárselo porque se le ha ido la mano y el tipo se ha caído contra una mesa y está de camino a urgencias para que no se muera. Solo sabemos que opera desde la empresa en la que montan esas vidas para ricos estúpidos que no saben dónde gastar su dinero.

—Joder.

Sigo escuchando gritos que van dirigidos a mí sin ninguna duda, ¿cómo lo sé? Porque son insultos de mi futura exmujer.

—Entonces, cuando despierte, le haremos una visita.

—No, la Policía va a estar vigilando —le digo a Nate mientras saco mi teléfono y le marco a Angelo.

—¿No te estabas casando ahora mismo, jefe? —pregunta en cuanto descuelga.

—Esto es más importante —respondo, y escucho una carcajada—. ¿Ya has dejado al tipo en el hospital?

—No. Y lo siento. Yo no...

—Son fallos que podemos cometer cualquiera. ¿Llevas el maletín del repartidor?

—Sí, lo iba a tirar en el vertedero de las afueras.

—No, asegúrate de que no tenga ninguna huella y lo dejas junto al tipo, aunque dentro coloca una nota.

—Bien, ¿qué quieres que ponga?

—Sabemos quiénes son los repartidores, entrégate o los mataremos uno a uno hasta que nos digan quién eres.

—Lo tengo.

Cuelgo y veo que Nate me sonríe. Es por estas cosas que yo soy el jefe. Cuando vuelvo a la realidad que me rodea, veo cómo mi equipo de seguridad me tiene a salvo de la loca del vestido blanco y de su padre.

—¡Tendrías que estar casado ya! —grita Tim Holland entre otras cosas, pero esa en particular me llama la atención.

Me acerco con calma hasta donde la barrera de mis hombres impide el paso a los Holland, y me recoloco el traje.

—Si queréis que continuemos es el momento.

No es una amenaza ni una advertencia, no lo digo gritando ni enfadado. Es una declaración sencilla. Si quieren que esto continúe es ahora o nunca. No voy a prestarme a esta mierda en otro momento, ya me estoy arrepintiendo.

Tim ve en mis ojos lo poco claro que tengo esta situación y coge a su hija del brazo y la arrastra hasta el altar. Desde aquí veo a Cash y su atuendo escaso de juez y escucho la risa de Nate a mi lado. Meneo la cabeza y me dirijo a mi lugar junto a la mujer que va a ser mi esposa.

—Puedes continuar —le ordeno a Cash.

—Dirás empezar —sisea mi querida futura exmujer.

Veo que la cara de su padre está roja de la rabia y no puedo evitar sonreír.

Cash comienza a soltar el discurso que se ha descargado de internet. Varias veces nombra a un tal Jacob y una tal Sarah que imagino que son los que colgaron dicho texto *online*. Los invitados no pueden evitar reírse. Al menos los que vienen de mi parte. Los de Holland parecen ofendidos. Bueno, las damas de honor no. Ellas me miran sonriendo, recordando cuando me las he follado en algún momento de este mes. Porque sí. Una a una se encontraron conmigo de manera accidental y, alegando que eran amigas de Chastity, quisieron ir a tomar un café para conocernos mejor, claramente por favor a su amiga... según ellas. Según yo, y puesto que apenas me costaba una hora tener mi polla empalada en todas y cada una de ellas, creo que más bien intentaron conseguir que cambiara de novia. Y lo hubiera hecho, me daba igual cualquiera de ellas si hubieran tenido un trato mejor que ofrecerme, pero como no es el caso pues aquí estoy. A punto de decir que sí a Chastity Holland.

Noto el codazo de Nate, y al mirarlo me señala a Cash, que me observa esperando a que haga o diga algo y no tengo idea de qué.

—Ahora es cuando repites conmigo —susurra mi amigo, y yo asiento.

—Qué vergüenza —murmura mi prometida a mi lado.

Me encojo de hombros y espero a que Cash continúe.

—Ahora di lo que yo —comienza—. Yo, Mylan Graves, te tomo a ti, Chastity Holland, como esposa para protegerte, amarte y cuidarte.

¿En serio? Este cabrón lo hace a propósito, lo veo en sus ojos y en la risa que apenas contiene.

—Yo —comienzo en tono aburrido—, Mylan Graves, te tomo a ti...

Una ráfaga de disparos hace que me lance contra Chastity y la lleve al suelo mientras los gritos invaden la ceremonia. Unos tipos vestidos de negro con cascos de moto integrales de igual color han salido de detrás de las sábanas que acotaban la estancia y disparan hacia el techo.

—Rusos —dice Nate, mirándome también tirado en el suelo.

Asiento. El arma que llevan es la que usan esos putos soviéticos. Escucho unas motos rugir en la sala y levanto un poco la cabeza para ver cómo dos se aproximan a los tipos que están todavía haciendo ráfagas alternativas para evitar que nos acerquemos. Se suben, pero antes de que salgan saco mi pistola de la espalda y de un salto me pongo en pie y disparo. Le doy, aunque no cae. De eso se encarga Cash, que no ha dudado en coger una silla y lanzarla contra la moto, que ahora vuela por los aires.

Me acerco a ellos y veo que al que le he dado está muerto. El otro se arrastra tratando de salir de debajo de la moto. Ahora estamos solos. Todos se han largado, y a los que no podían por su propio pie mis hombres los han acompañado fuera. No hay ni muertos ni heridos. Esta no era la intención. Le quito el casco al tipo magullado y lo cojo del cuello, pero antes de que pueda hablar una bala que proviene de detrás mío atraviesa su ojo.

Lo suelto, me giro y apunto, todos apuntamos, hacia Tim Holland, que ahora está de pie con las manos levantadas y el arma colgando de su pulgar.

—No voy a permitir un solo desplante más en este día —se justifica.

Bajamos las armas, aunque entre Nate y yo hay un cruce de miradas que deja claro una cosa: ninguno de los dos nos creemos que lo haya matado por ese motivo.

Tu historia continúa en el capítulo 7 (Pág 89)

La obsesión de Mylan

6

Mylan

Me dirijo a una fiesta que ha organizado Tim Holland a las afueras de la ciudad. Es una recaudación de fondos, aunque sé que lo que quiere es convencerme de que me case con su hija. Le dije que no. Es simple: nadie me dice con quién me caso, y mucho menos para hacer una alianza como si tuviese miedo de esos rusos.

—¿Es necesario que también vaya a este evento? —pregunta Nate a mi lado por millonésima vez.

—Ya casi estamos llegando —contesto para que entienda que ya es momento de dejar de quedarse.

—Lo sé, pero todavía puedo darme la vuelta o dejarte allí con Cash y largarme.

Cash nos mira por el retrovisor con cara de que eso no va a pasar. Si hay alguien a quien le gusta menos este tipo de fiestas que a Nate es a él. No entiende cómo es posible que a un cóctel a plena luz del día se le pueda llamar fiesta. Y eso que este, al menos, se está celebrando hacia el atardecer y se supone que hay cena, a la cual no tengo claro que vaya a quedarme.

—No estaremos demasiado, además, te necesito allí para hacerme de escudo, Chastity está empezando a ponerse un poco intensa.

—Ya te dije que dejar que te la chupara le abría la puerta a pensar cosas que no eran —me recuerda Cash.

—¿Qué tengo, una llave por polla? —me burlo, y los tres nos reímos.

Estamos a una media hora y quiero aprovechar para ponerme al día con un par de asuntos que tengo pendientes.

—¿Cómo van las cosas con Betsy? —tanteo a Cash.

La novia embarazada de su hermano es cosa de él desde el momento en que le metió una bala en la cabeza a Jhonny.

—Todavía cree que va a volver, me tienta decirle que es un pedazo de cerdo que ahora se están comiendo los gusanos, sin embargo, no creo que sea buena idea en su estado.

—¿Qué quieres de ella? —le pregunto sin tapujos, no tengo tiempo para andarme con rodeos.

—Sinceramente, jefe —dice, mirándome a los ojos por el retrovisor—, lo quiero todo.

Nate y yo asentimos. La está reclamando como suya. Hemos sabido que la pequeña rata de Johnny no estaba tan enamorado, no era la única mujer que tenía. Y eso no hace nada más que confirmar que la decisión de deshacernos de él haya sido la acertada. Ni una vez he dudado de Cash ni de que se haya arrepentido de haber hecho lo que hizo. Puede que fuera su hermano al nacer, pero hacía mucho tiempo que ya no eran familia de la de verdad, de la que cuenta.

—Bien, cualquier cosa que necesites no dudes en decírmelo.

—Gracias, jefe.

—¿Y sobre el tema de la droga adulterada qué sabemos?

En la ciudad hay demasiados casos de sobredosis porque el material estaba en mal estado o mal cortado. Mi mierda es buena, así que, o no es mío o lo es y alguien de dentro está tratando de sacar provecho. En cualquier caso, alguien tiene que morir.

—Está confirmado que no son los rusos, ahora solo hay que ver quién está metiendo eso en nuestra ciudad —comienza Nate—. Cash ya está investigando posibles candidatos a la bala del mes.

—Sí, de momento nada, aunque no puede andar muy lejos —aclara Cash con la vista puesta en la carretera.

—Quería hablarte de otro tema —declara Nate, llamando toda mi atención.

—¿Ha ocurrido algo?

—Sí y no, quería tratar de solucionarlo antes de contártelo, pero parece que la cosa no va a ser tan sencilla después de todo.

Frunzo el ceño y él comienza a contarme.

—Hemos notado en estas últimas semanas un aumento de venta de nuestro producto en la ciudad, solo que no sabemos quién lo está distribuyendo.

—¿Nos han robado mercancía?

—No, no falta nada y todos a los que les suministramos nos han dicho las ventas que tienen y son normales, las de siempre.

—¿Entonces? ¿Estáis seguros de que es nuestra *merca*?

—Totalmente —interviene Cash, haciéndome saber que él también está al tanto.

—Hay alguien que vende nuestra droga, y lo malo no es que no sepamos quién es, sino que la vende más cara.

Gruño, eso sí que no pienso permitirlo. La reventa en mi ciudad está prohibida, yo la distribuyo y marco el precio, soy el jodido Wall Street versión drogas y en Los Ángeles.

—¿Cuánto más cara? —pregunto, notando como mi cabreo va en aumento.

—Un dólar.

—¿Cómo? —inquiero, pensando que no he oído bien.

—La vende un dólar más cara.

Me quedo pensando en quién demonios es tan idiota como para vender mi droga en mi ciudad y a un precio diferente al mío para llevarse un beneficio tan mínimo.

—No tiene sentido —murmuro.

—Ninguno —concuerda Nate, y Cash asiente para sumarse a la respuesta.

—¿Quiénes son los repartidores?

—De momento no sabemos quiénes son, a los que hemos podido fichar a través de cámaras apenas se les ve la cara. Siempre llevan gorra y nunca usan algo que pueda identificarlos.

—¿Nada de tatuajes o logotipos de empresas? —insisto.

—No, tan solo una o dos veces el repartidor tenía un logo, pero en ambas ocasiones, al comprobarlos, vimos que era falso.

—Explícate.

—La empresa en la que supuestamente trabajaba por el uniforme que llevaba no tenía hombres contratados en ella, ni siquiera relacionados con la empresa. Y si hallamos alguno era diametralmente opuesto a lo que buscábamos.

—¿En qué sentido?

—En un salón de uñas, por ejemplo, el único tipo habitual era el novio de una de las chicas que trabajan allí. Pues es pelirrojo, bajito y gordo, mucho. Tanto que no encaja con ninguno de los hombres a los que buscamos.

—Joder.

—Tengo a Angelo siguiendo la pista de un tipo —trata de calmarme Nate mientras Cash estaciona el coche en el *parking* del recinto.

—Bien, quiero saberlo todo a tiempo real esta vez.

—Sí, jefe.

Ya casi está anocheciendo y apenas quedará media hora de luz. Nos dirigimos al jardín donde están dando unos aperitivos y en cuanto Tim me ve, viene a mi encuentro.

—Pensaba que no vendrías —suelta antes de siquiera decirme hola.

Lo miro, alzando una ceja y con la mano en mi bolsillo picando por coger el arma que siempre llevo encima y pegarle un tiro por listo.

—Lo siento —se disculpa al ver mi cara—, la invitación decía que acudieras hace más de una hora.

Su explicación no hace que cambie mi cara ni un ápice.

—Agradece que hemos venido —suelta Nate, y yo asiento porque si hablo no va a acabar bien la cosa y, aunque no habrá boda, de momento me favorece que sigamos siendo aliados en cierta manera.

—Chastity, cielo, encárgate de que Mylan y sus chicos estén bien atendidos —le pide a su hija, que se ha acercado en cuanto nos ha visto.

—No es necesario —declaro, tratando de que esta mujer no me ponga la cabeza como un bombo como normalmente hace.

—Claro que lo es —casi gime mientras me agarra del brazo—, no voy a dejarte solo ni un minuto.

Genial.

La velada pasa de forma lenta. Chastity no hace más que contarme chismes sobre todo aquel a quien nos encontramos.

Estamos teniendo unas conversaciones muy raras. La gente no hace más que felicitarme y, siendo sinceros, no tengo claro de por qué, pero me parece de mala educación preguntarles, además de que puedo quedar como un idiota y no me apetece; necesito averiguarlo antes de irme. Aquí no hay gente con la que normalmente me relacionaría. Han asistido grandes empresarios de Los Ángeles, aunque también he visto a muchos que vienen de Las Vegas.

—Necesito que vayas al baño de discapacitados —me susurra Nate. Frunzo el ceño y él sonríe—. Confía en mí, es una reunión importante.

La verdad es que, solo por alejarme de Chastity, ya merece la pena ir, aunque solo sea para lavarme la cara.

—Voy al baño —le digo a Chastity, tratando de poner distancia.

Me dirijo hacia allí bajo su atenta mirada y sabiendo que no andará lejos cuando salga. Observo a Cash hablando con un tipo que, si no me equivoco, es de Las Vegas, y la cara de mi amigo es de confusión total. Nate está hablando con una rubia a pocos pies de distancia y me sonríe mientras me dirijo al baño. Si ninguno de ellos está allí, ¿para qué demonios quiere Nate que vaya al baño?

La respuesta se materializa frente a mí en cuando abro la puerta y veo a una pelirroja y una morena esperando dentro. Miro hacia atrás y veo que Nate sigue con la sonrisa de oreja a oreja. Ahora yo también la tengo.

—Hola, chicas —saludo mientras cierro detrás de mí.

Ellas no median palabra, no hacen falta presentaciones, saben quién soy y me importa una mierda quiénes son ellas. La pelirroja comienza a desabrocharme el pantalón mientras que la morena se levanta el vestido, dejando a la vista que no lleva ropa interior, coge mi mano y la pone directamente en su coño, que está más que resbaladizo. Meto un dedo y ella gime de placer. Sin darme cuenta acabo sentado en la taza con los pantalones bajados y la pelirroja se mete mi polla en su boca, haciendo que casi grite. Joder, es una aspiradora. Sigo trabajando a la morena con los dedos mientras ella me pone las tetas en la cara y le muerdo un pezón. La pelirroja decide que quiere también que juegue con ella y le cambia el sitio a la morena, la cual no me toma con su boca, sino que se comienza a sentar encima de mí.

—No sin preservativo —le advierto.

Me gusta mucho mi polla como para que se me caiga a trozos por un buen rato.

Ella no protesta y saca de un minúsculo bolso, que ni había visto colgado, un preservativo que me pone en un segundo. Mientras la morena trata de que me meta en su coño, yo la empujo por la nuca para que se ponga a cuatro patas, pero de pie, para metérsela en el culo, se nota que hace yoga o alguna mierda similar porque es jodidamente flexible. Me levanto y la empalo. La pelirroja se tira al suelo, delante de la morena, con las piernas abiertas, y mete la cabeza de esta en su coño para que la chupe mientras yo la embisto desde atrás. Es una puta locura y lo estoy disfrutando. Noto que la morena está cachonda mientras se come a la pelirroja y decido meter dos dedos en su interior mientras mi polla martillea su culo. Eso hace que grite de placer y lama con más fuerza a la otra que me ha imitado y ha comenzado a masturbarse a la vez. El culo de la morena me estruja la polla de tal manera que no tardo en correrme mientras aprieto su culo entre mis manos y ella grita de placer cuando también llega al clímax a la vez que la pelirroja.

Las chicas se quedan en el suelo tiradas, tocándose para seguir con su juego de placer mientras yo me visto, me lavo las manos y salgo de allí, dejándolas con una sonrisa en la boca y una promesa de repetir si nos volvemos a encontrar.

No tardo ni un minuto en tener a Chastity colgada del brazo de nuevo, y creo que puede oler en mí a sexo porque mira hacia la puerta del baño con el ceño algo fruncido, pero no dice nada. No es del tipo de mujer que lo haría, sé que su objetivo es cazarme, y ponerse en plan tóxica no va a ayudar a ello. No hacerlo tampoco, aunque eso parece ser que no lo entiende.

—Jefe —me llama Nate mientras habla por teléfono, me suelto de la lapa de mujer que llevo al brazo y camino hacia allí.

—Dame un minuto, necesito hablar a solas con él —le pido a Chastity cuando veo que me sigue. Asiente y se aleja, aunque no demasiado; me tiene bajo vigilancia, y eso me pone de los nervios.

—Estoy con Angelo al teléfono, ha pillado al repartidor —me explica mientras me tiende el móvil.

—¿Dónde estás? —le pregunto en cuanto lo pongo en mi oreja.

—Camino del hospital.

—¿Qué ha pasado?

—Lo siento, jefe, no sabía que este tipo era tan blandito.

—Cuéntamelo —le pido, subiendo el volumen del teléfono mientras Nate y yo nos alejamos para que ambos lo podamos oír, pero sin la posibilidad de que alguien más nos escuche.

—Pillé al tipo en una de las fiestas que teníamos vigiladas, llevaba el maletín de reparto y me lo llevé fuera para hacerle algunas preguntas. Al principio creí que no quería colaborar.

—Explícate.

—No tiene ni idea de nada, es solo un civil, no sabe lo que hay dentro ni mucho menos quién está dedicándose a venderlo. Lo único que tengo claro es que él es un jugador de estos a los que la empresa esa nueva de la avenida le organiza vidas en las vacaciones.

—¿Por qué lo llevas al hospital?

—En uno de los golpes perdió el equilibrio y se dio contra un saliente en la pared en la nuca, está inconsciente y espero que llegue vivo.

—Dame un minuto —le pido.

Trato de pensar porque si el tipo se muere en el coche de Angelo va a ser una mierda difícil de ocultar.

—¿Tienes el maletín con él?

—Sí, iba a tirarlo al vertedero del otro lado de la ciudad.

—No lo hagas, limpia las huellas y deja una nota.

—Bien, qué quieres que ponga.

—Sabemos quiénes son los repartidores, entrégate o los mataremos uno a uno hasta que nos digan quién eres.

—Está hecho, jefe.

—Déjalo allí, deshazte del coche y aléjate. Si es el perfil de tipo que contrata esa clase de servicios, no dudo que la Policía va a estar cerca en cuanto despierte. Avísame cuando esté todo hecho.

Dicho esto, cuelgo y le devuelvo el teléfono a Nate. Antes de que Chastity pueda volver a acercarse, Cash llega hasta nosotros con cara de pocos amigos.

—Jefe, tenemos un problema.

—Define problema —le pido.

—Pues que esto no es ninguna recaudación de fondos, ni benéfica ni nada de nada.

—¿Qué estás diciendo? —interviene Nate.

—Estamos en tu cena de pedida —suelta Cash de pronto, y me cuesta unos segundos entender a qué se refiere.

—¿Qué mierda estás diciendo?

—El tipo con el que me has visto hablar antes, el de Las Vegas, me lo ha dicho. Por lo visto Tim les informó de que no querías ser felicitado, según me ha contado a mí.

—Por eso algunos me han dicho «enhorabuena» —murmuro—. Voy a matar a Holland.

Voy directo hacia donde está, pero Nate me detiene.

—No es el momento, ahora mismo estamos en minoría —me recuerda.

—Me importa una mierda.

Él sonríe.

—Lo sé. Como también sé que matarlo no es lo peor que podrías hacerle.

Entiendo lo que quiere decir. Está claro que hay que darle una lección a Tim, y me voy a encargar de ello.

Respiro hondo y dejo que Chastity se cuelgue de mi brazo de nuevo. Cuando nos hacen pasar al comedor veo las mesas y que la nuestra, casualmente, preside todas las demás. Tim no deja de mirarme como si supiera algo que yo no, el muy imbécil me ha traído aquí a modo de encerrona. Bien. Juguemos.

Nos sentamos, Chastity y yo juntos, por supuesto. Cash y Nate a mi lado seguidos. La mesa en la que estamos es la única rectangular, el resto son todas redondas. Bien podría ser una boda.

Tras los primeros platos alguien grita: «¡Que vivan los novios!», y es el momento, como si hubiese estado preparado, para que Tim se levante, tintinee en su copa con un tenedor y se haga el silencio.

—Como sabréis, Chastity es mi única hija y la amo desde que la tuve en mis brazos por primera vez.

Tengo que contener una carcajada porque eso es mierda. La ha mantenido como a un perro de exhibición, siempre lista para ser mostrada y esperando al mejor postor para montarla.

—Es por eso que ahora me complace decir que se va a unir a Mylan Graves.

Todos en la sala aplauden y yo me levanto como el aludido

mientras miro a Tim, que cree que ha ganado la guerra. No, querido Holland, esto solo es una batalla, la guerra la voy a ganar yo ahora mismo.

—He de decir que esto me pilla bastante de improviso, puesto que no he dado mi consentimiento para que eso suceda —suelto, y se oyen jadeos en la sala—. Aunque estaré más que encantado de casarme con ella en cuanto se demuestre su virginidad, ya sabéis que hay una tradición italiana de enseñar las sábanas manchadas después de la noche de bodas que toda buena chica debe cumplir.

La sala se queda en silencio, no soy el único que sabe que esta mujer se abre de piernas con la misma facilidad que las puertas de las tiendas en rebajas. Lo que nadie sabe es que esa tradición me parece retrógrada y estúpida y que jamás le pediría a nadie, ni siquiera a mis hombres, que la cumplieran.

—Querida Chastity, ¿puedo contar con tu pureza para ser mi esposa?

La cara roja de vergüenza de ella y la de enfado de él me hacen sonreír. Aunque ninguno dice nada.

—Bien, entonces es momento de irme, disfruten de la velada.

7

Cat

Miro a mi alrededor y me parece increíble lo que Sam y yo hemos montado en apenas unas semanas. Mi oficina se ha convertido en el centro neurálgico de la operación «Meter la polla dentro del culo de Michael sin que lo note hasta que la sienta en la garganta». Suena el teléfono y veo en la pantalla que es mi adorado marido.

—Hola, amor —contesto como cada vez que me llama.

—Hola, mi cielo. ¿Qué tal vas de tu resfriado? —pregunta preocupado.

Mi resfriado era, básicamente, que no tenía ganas de hablar con él y lo usé como excusa.

—Mejor, ya no vomito. He venido al trabajo, aunque Reed se mantiene a distancia.

Mi compi y mi mejor amiga me miran tratando de no soltar una carcajada.

—Cielo, deberías haberte quedado en la cama un poco más. Un momento.

Tapa el auricular, pero oigo a la perfección a la perra de Ava ronronear a su lado.

—Tengo que irme, cielo. Luego te mando un mensaje.

—Claro, amor.

La línea se corta y Sam coge una papelera y hace como que vomita en ella.

—¿Todavía no vuelve? —pregunta Reed.

—No me ha dicho nada, supongo que seguirá follándose a Ava en Las Vegas —contesto, encogiéndome de hombros.

Continuamos rellenando las fichas de los clientes potenciales que pueden servirnos para nuestro propósito.

La noche en la que descubrí la farsa que era mi matrimonio, por lo visto también fue la noche en la que los narcos de la zona decidieron quedar a cenar. Michael me dijo al día siguiente que debía irse a Las Vegas porque unos rusos estaban tratando de entrar en el territorio. Yo me hice la tonta, bueno, la verdad es que no tenía ni idea de a qué se refería, así que no fue difícil parecer idiota. Gracias a eso, Michael me contó mientras hacía la maleta,que hay alguna clase de guerra de territorios. Que por eso un tipo importante de Las Vegas había venido a Los Ángeles. Tenía que marcharse a la ciudad del pecado para tratar de conseguir información que lo llevara más cerca de su preciada meta: encarcelar al narco italiano, un tal Graves.

Por supuesto, «podía estar tranquila», palabras textuales del imbécil de mi marido, ya que Ava iría con él para cuidar sus espaldas. Casi me río. Estuve tentada a decirle que si no era al revés, que él cuidaba las de ella, o del agujero de su culo para ser exactos.

Fue entonces cuando comencé a pensar en un plan para ayudar a Reed. Por supuesto, en cuanto Sam se enteró, porque a ella no le escondo nada, quiso ayudar. Y entre ambas pulimos una idea que se me había ocurrido mientras planchaba. En serio, deberían prohibir que las mujeres tocáramos la plancha, es un momento en el cual nuestra parte malvada toma el control de nuestra mente y nos hace pensar en demasiadas cosas. Estoy segura de que, si alguien lo estudiara, descubriría que la mayoría de las mujeres que han asesinado a su marido urdieron su plan mientras planchaban.

—¿En qué piensas? —pregunta Sam mientras me mira desde el otro lado de mi escritorio.

—En planchar.

Las dos nos reímos y Reed nos mira como si estuviéramos locas.

—¿Tienes ya los nuevos ingresos preparados?

—Sí, Reed y tú los estáis recibiendo ahora en el correo. ¿Te ha llegado?

—Sí, Sam, gracias —murmura Reed, enfrascado en organizar los datos que le he pedido.

—Deberíais incluir en esta empresa el paquete Narco —se burla Sam.

—Aquí no fomentamos ese tipo de cosas ilegales. —Escuchamos tras nosotras, y al volvernos veo a mi jefe y, de paso sea dicho, también el dueño de la empresa, mirarnos desde la puerta con los brazos cruzados y cara de pocos amigos.

Observo a Reed por el rabillo del ojo, que se pone nervioso. Lo voy a matar, se ha vuelto a dejar sin poner el cerrojo. Al menos no nos ha oído decir nada extremadamente raro.

—¿Puedo ayudarle en algo? —le pregunto a mi jefe, tratando de averiguar qué demonios hace en la oficina cuando lo normal es que ni siquiera lo veamos una vez al mes.

—Venía a felicitarte por la creciente subida de ventas del pack Adrenalina que tú misma diseñaste.

—¿Y por eso trae esa cara de funeral? —susurra Sam a mi lado, y le doy un codazo.

—No —la corta mi jefe—. Mi cara de funeral es porque hay una persona ajena a la empresa con unas pintas algo diferentes a lo que espero ver por aquí.

Sam le saca el dedo del medio y tengo que contener una carcajada. Ahora mismo no me puedo permitir perder este empleo.

—Disculpe, señor, solo estaba entrevistando a una conocida que vive en el mundo Emo para poder crear un nuevo pack.

—Interesante —murmura mi jefe.

—Estoy pensando en ampliar el mercado, no solo a adultos con dinero, también a adolescentes con padres ricos que los quieren mantener ocupados.

—Pero este tipo de personas, las Emo, no son ¿delincuentes?

—No, jefe, Emo viene de emocional.

—Ah, comprendo.

No lo hace, yo lo sé, él lo sabe, hasta Sam lo sabe. Sin embargo, no le interesa ahondar más. Supongo que su novia de la semana lo espera porque mira el reloj y sonríe.

—Muy bien. Infórmame cuando quieras sacarlo a la venta.

—Claro, jefe.

Cierra la puerta, espero un minuto antes de acercarme, cerrar con llave y respirar hondo.

—Hemos estado cerca —suspiro, mirando mal a Reed.

—Lo siento —se disculpa—. Tengo mil cosas en la cabeza.

—No sabía que trabajabas para John Jonah Jameson Jr —suelta Sam y, ya no aguanto la carcajada.

—Es cierto, se parece mucho. —Me río porque hasta ahora no había caído en la cuenta.

—¿Quién? —pregunta Reed desde su silla.

—El editor de Peter Parker —le explico, aunque su cara me dice que no sabe a qué me refiero—. ¿*Spiderman*?

—No soy muy de comics.

—Menos mal que me caes bien, si no tendríamos que dejar de ser amigos —se burla Sam.

Continuamos con las fichas de clientes y revisando que los envíos hayan llegado. Hemos logrado tener una red de comunicación usando el sistema que se utiliza en las alertas de los móviles para tornados. Es indetectable y, además, si no tienes cobertura no hay problema porque no va por red.

Comenzamos vendiendo en la zona que nos dijo Reed que le habían asignado, pero enviar allí a los clientes haciéndoles creer que era parte de su aventura no se sentía bien. Era un barrio complicado y cualquier día podrían darnos un buen susto. Así que decidimos movernos a la zona de clase alta. Discotecas, *pubs*, restaurantes o salas de fiestas privadas. Los clientes de las aventuras que preparábamos Reed y yo estaban encantados de poder acudir a locales y fiestas exclusivas. Y los otros, los que nos compraban la mercancía, conseguían su producto en la puerta de casa sin riesgo. Si alguno de los que llevaba la droga era detenido, su ficha se cambiaba en nuestro sistema en el momento en que el nombre del individuo era procesado en cualquier comisaria. De esta forma, si alguien llegaba a nuestra puerta se les enseñaría que la localización del cliente era la de una fiesta cercana, pero mucho más sana. Tanto que solíamos usar lugares que cayeran cerca de reuniones de Alcohólicos Anónimos, misas o grupos cristianos.

De momento no nos han detenido ni una sola vez. Que nuestros clientes sean personas de un nivel económico bastante elevado ayuda mucho porque, aunque no lo creamos, se nos nota de dónde procedemos con solo vernos andar. Eso me lo enseñó Michael. Bueno, eso y que mi adorado marido es tan idiota que cuando van a hacer alguna redada me avisa para que no vaya allí y no hacerme pasar un mal rato. Sí, eso me decía, aunque sé que es porque sabe que soy de mecha corta y no está dispuesto a tener que volver de Las Vegas para sacar mi culo de la cárcel.

Pasan como dos horas cuando el teléfono de la oficina suena. Reed lo coge, y por su cara, cada vez más pálida, sé que no son buenas noticias. Lo único que dice es «sí» mientras asiente con la cabeza. Sam y yo no podemos evitar ponernos nerviosas solo de ver la escena. En el segundo en que cuelga, ambas le hacemos la misma pregunta a la vez:

—¿Qué pasa?

—Era el jefe —comienza Reed—. Por lo visto anoche asaltaron a uno de nuestros clientes.

—Mierda —susurra Sam.

—¿Y? —le insto a que continúe.

—Le han dado una buena paliza, está en el hospital. El jefe quiere que vayamos a ver cómo está para evitar que nos demande.

—¿Y por qué iba a hacer eso? ¿Era uno de los que llevaban droga?

Reed asiente.

—Mierda otra vez —repite Sam.

—¿Le han pillado la droga?

—No lo sé, pero hay que ir al hospital a averiguarlo —murmura Reed.

El teléfono suena de nuevo, aunque esta vez es mi móvil. Miro la pantalla, pero no reconozco el número.

—¿Sí? —pregunto al descolgar.

—¿Es la señora Roberts?

—Sí, soy yo.

—Soy el agente Tameson, de la comisaría siete del distrito. Me gustaría saber si es posible que viniera para hacerle unas preguntas.

—¿Sobre qué?

—Anoche atacaron a uno de los clientes de la empresa para la que trabaja. Él dijo que es usted quien lo preparó para la cosa rara que allí hacen.

—¿Y?

Se oye un largo suspiro, lo estoy poniendo nervioso.

—¿Puede venir, por favor?

—En media hora estaré allí.

—Gracias.

Cuelgo y mi amiga me mira, saca su teléfono, busca algo y me enseña la pantalla. Suelto una enorme carcajada al ver la foto de una pala y una bolsa de basura.

—No, Sam, no es necesario.

Ella se encoge de hombros.

—¿Qué pasa? —pregunta Reed, que al estar más lejos no ha podido oír la conversación.

—Un poli quiere que vaya a hablar del tipo de anoche. Ve tú al hospital a ver qué quiere. Mándame los datos de esta persona al móvil. Si lo he preparado yo para la aventura, seguro que lo recuerdo en cuanto vea su foto.

—¿Quieres que te acompañe? —me pregunta Sam, y niego con la cabeza.

Sé la aversión que tiene por las comisarias. Estoy segura de que en cuanto diera el primer paso dentro le saldría urticaria por todo el cuerpo.

Decido coger un taxi para llegar, así no tengo que preocuparme de aparcar y puedo leer el archivo del tipo. En cuanto veo su foto lo recuerdo: Charlie Carlson. Es un idiota. Uno con mucho dinero que estaba empeñado en «vivir como los pobres». Palabras suyas, no mías. Por eso lo envíe a una zona de gente acomodada. Si lo llevo a una fiesta de los suburbios, en vez de una paliza ahora estaría muerto. De hecho, yo misma lo hubiera asesinado tras oírlo decir que era muy gracioso eso de que yo misma decidiera conducir, como si fuese algo insólito.

Respiro hondo y entro en la comisaría. Pregunto por el agente que me ha llamado y me indican que espere junto al mostrador de recepción, en unas sillas de plástico dispuestas en fila donde hay sentada una prostituta en la otra punta. ¿Que cómo sé que lo es? Porque me ha pasado una tarjeta con QR donde aparecen sus tarifas. Adoro Los Ángeles.

—Señora Roberts, pase por aquí.

Me indica un agente joven que parece acabado de salir de la academia. Me despido de la chica de vida alegre y lo sigo. Llegamos a la zona donde se ponen las denuncias. Hay dos filas de mesas con agentes tomando declaraciones a todo tipo de personas. La única silla vacía es la mía.

—Tome asiento, por favor.

Hago lo que me pide y controlo muy bien mi lenguaje corporal. Si algo he aprendido de Michael es que un poli siempre está atento a estas mierdas.

—Como sabrá, su cliente ha sido atacado en una de las fiestas a la que ha sido enviado.

—Algo he sabido, sí.

—Hay imágenes que demuestran que estaba en un lugar que no era el que debía según los informes de su actividad —comenta, mirando unos papeles que supongo que le ha enviado mi jefe.

—Eso ya no lo sé, si usted lo dice, así será.

Evito sonreír porque sí, esto es cosa de Sam, en cuanto metieron el nombre en la base de la Policía la ficha del cliente cambió.

—No entiendo muy bien qué hago yo aquí.

—El señor Carson asegura que en la maleta que se le entregó había droga.

—¿Maleta?

—Bueno, maletín. La cuestión es que alega que los tipos que le asaltaron le quitaron la droga y lo amenazaron.

—Oh, Dios mío —susurro, haciéndome la sorprendida cual dama en apuros, incluso me llevo la mano a la boca.

—La cuestión es que en dicho maletín no se ha encontrado la droga, ni rastro de que haya sido transportada ahí.

Me cuesta una vida no rodar los ojos, claro que no hay rastro. Nos encargamos de rociarle un producto que neutraliza los usados en la DEA para detectar pistas. «Gracias, querido esposo, por esto».

—Sigo sin saber qué hago aquí. Si hay algún tema legal debería hablarlo con el dueño de la empresa, yo solo soy una empleada.

—Ya lo hemos hecho y está todo en orden.

—¿Entonces?

Trato de mantener la calma, pero mi corazón está a punto de explotar. Siento que de un momento a otro un agente se va a parar a mi espalda, me va a leer los derechos y me van a arrestar.

—Su jefe nos ha dicho que usted es la que sabe qué hay dentro de los maletines, bolsas, bolsos y demás artículos que les entregan como atrezo a los clientes.

—Sí, la mayoría van vacíos.

—¿Y este?

—No lo recuerdo.

Estoy tentada a decirle que contenía cincuenta gramos de cristal en bolsitas monodosis metidas dentro de un neceser solo por verle la cara. Recapacito y me doy cuenta de que no estoy en un sitio para jugar y que cualquier cosa que diga puede hacer que me pillen.

—¿Si lo viera podría reconocer si es parte del juego?

—Sí, eso sí.

El agente abre el cajón superior de su escritorio y saca una bolsa transparente de pruebas, la cual contiene una nota.

—¿Puedo? —pregunto, señalando la bolsa.

El agente asiente y yo la tomo entre mis manos para leer lo que dice. Sé a la perfección lo que va en cada pieza de atrezo que sale de nuestras instalaciones, y esto no es nuestro.

Trato de no mostrar ningún cambio en mi cara que demuestre que es la primera vez que veo esta nota cuando la leo. Veo por el rabillo del ojo que el agente me mira con atención. Suelto una carcajada y le devuelvo la bolsa.

—Esto es parte del juego, por un momento me había asustado —le confieso, haciéndome la tonta.

—¿Está segura?

—Sin lugar a dudas, imprimo muchos de estos.

—Así que si lo analizamos las huellas que encontremos serán…

—Pues si he hecho bien mi trabajo, no habrá ninguna.

No le explico que eso es lo que espero que hayan hecho los que han mandado esta advertencia, rezando para que se lo trague.

—Para evitar que hagan trampas —le aclaro—. No es la primera vez que tratan de pasar al siguiente nivel buscando huellas para saber cómo es la persona que deben buscar.

El agente me evalúa y no sabe si creerme o no.

—Hacer esto fue idea de mi marido, es de la DEA, y claro, nos dijo que lo de sacar huellas es muy sencillo de hacer. Por eso tomamos estas medidas.

—Ah, ¿su marido es de la DEA?

—Sí, mi Michael es uno de los mejores agentes del cuerpo, si me deja decirlo —contesto como una esposa perfecta.

Parece que ser la mujer de un policía me abre las puertas a la credibilidad porque el tipo saca la nota de la bolsa y me la entrega, ya que no es una prueba. La ha descartado tan solo con mi testimonio. En fin, es demasiado fácil ser una delincuente.

Salgo de allí con la nota en mi mano y lo primero que hago cuando tomo distancia de la comisaria es llamar a Sam.

—Estaba pensando en ir a rescatarte —dice en cuanto descuelga.

—Estamos jodidos, alguien nos quiere sacar del juego.

—¿A qué te refieres?

Le cuento todo lo que ha pasado dentro y ella me escucha con atención.

—Léeme la nota —me pide cuando acabo.

Respiro hondo y hago lo que me pide:

—Sabemos quiénes son los repartidores, entrégate o los mataremos uno a uno hasta que nos digan quién eres.

Si quieres que se esconda por miedo sigue leyendo.
Si quieres que dé la cara ve al capítulo 9 (Pág 113)

Rachel RP

8

Cat

Decir que tuve miedo desde el momento en que leí la nota que dejaron en nuestro maletín es quedarse corto, mucho. Estoy aterrorizada. Vuelvo en taxi a la oficina para ver qué vamos a hacer. En el trayecto informo a mi jefe sobre lo sucedido y que no ha sido más que un malentendido. Parece que se queda tranquilo porque no me dice nada más ni me pide que nos reunamos.

—¿Alguien más está cagada de miedo? —pregunto mientras cierro la puerta del despacho.

Tanto Sam como Reed levantan la mano.

—Bien, entonces, ¿qué vamos a hacer?

Me tiro en el sofá del despacho y pongo la mano en mi cara. Realmente esto se nos va de las manos sin remedio.

—Vosotras podéis dejarlo —aclara Reed—. Yo soy el que se ha metido en esto y no quiero que salgáis perjudicadas por mi culpa.

Por un momento estoy tentada a decirle que sí, que me largo, pero entonces el sonido de la polla de Michael entrando y saliendo de la zorra de Ava martillea en mi cabeza y decido tomar las riendas.

—Ellos no saben quiénes somos, solo es cuestión de que siga siendo así, ¿no?

—No es tan fácil —declara Sam—. He estado investigando y esta mierda blanca pertenece a Mylan Graves.

Dice el nombre como si tuviera que reconocerlo, no tengo ni idea de quién demonios es.

—Cierto, el cerebrito y tu estáis dentro de los límites de lo legal, así que no lo conocéis. Es básicamente el dueño de Los Ángeles.

—Exageras —murmuro.

—Ni un poco —responde.

Mierda, estamos jodidos.

—Creo que podría tener algo a nuestro favor—suelta Reed, y ambas lo miramos—. Hace unos días, el tipo que me trae la droga me preguntó que cómo iban las ventas y le di números falsos. Los que tenía mientras vendía en el barrio que me dijeron.

—Así que de momento no te están relacionando con esto porque si no ya los tendríamos aquí —pienso en voz alta.

—Es cuestión de tiempo que lo hagan —interviene Sam—. Si el tipo al que le dieron la paliza les dijo de dónde sacó el maletín está claro que van a atar cabos, no creo que tengan a muchos camellos en esta empresa.

La lógica aplastante de Sam deja a Reed pálido como el papel de la fotocopiadora. Tiene razón, tarden más o menos, van a saber que es Reed el responsable.

—Es todo culpa mía —se lamenta mi amigo—. No debería haber acudido a ellos, ahora a saber qué nos hacen.

—No es tu culpa —le refuto—, soy yo la que ha hecho que saltaran las alarmas vendiendo en un territorio que no te habían otorgado. Seguro que eso les ha escocido. Bueno, eso y que la vendamos más cara.

—Solo es un dólar más, y es en concepto de entrega —interviene Sam.

—Ya, pero no creo que explicarle al narco que estamos aumentando el valor de su droga para incluir los gastos de envío actúe en nuestro favor.

A Reed le hemos dicho que es para asumir costos de envío, pero en realidad es que Sam y yo hablamos de que era injusto todo lo que tenía que vender sin llevarse nada a cambio. Por mucho que hubiera cobrado por adelantado, la mierda se la comería él si lo pillaran. Así que decidimos incrementar un dólar el coste, algo por lo que nadie iba a protestar y que, al final, cuando los cien kilos estuvieran vendidos, iba a dejar a Reed con un saldo bancario de cien mil dólares

Suspiro y trato de pensar en una solución, pero no hay ninguna que no acabe con nosotros en una zanja.

—La única opción es escondernos y rezar por que no nos encuentre —suelta Reed, y me parece que es lo mejor.

—Sí, deberíamos coger vacaciones, largarnos de la ciudad y esas cosas que se suelen hacer —agrega Sam.

—De acuerdo, voy a cambiar nuestros datos en la empresa, no creo que en Recursos Humanos se den cuenta, y de esta manera entiendo que será más difícil que nos puedan rastrear —comienzo a elucubrar—. Reed, tú tienes que mandar a las chicas a casa de tus padres.

Viven en un rancho al otro lado del país y allí estarán más seguras. Asiente porque sabe que tengo razón.

—Y creo que es el momento de contarle a tu mujer todo lo que está pasando —agrego.

—Sí, Reed —se une Sam—. Si lo descubre ella por sí misma no te lo va a perdonar, no hay nada peor que una mentira en una relación.

Asiento porque en mí puede ver el mejor ejemplo.

—Bueno, pues si todo está claro, vamos a dejar atado lo que tenemos antes de mandarle el *e-mail* al jefe de que nos vamos unos días. —Suspiro—. Sé que no le va a hacer gracia, sin embargo, si alegamos que es mejor así mientras vemos qué pasa con el del hospital, y teniendo en cuenta que tiene como cuatro equipos más aparte de nosotros que le montan aventuras, no deberíamos tener demasiado problema.

Pasamos el resto del día haciendo los ajustes necesarios y recogiendo la droga que todavía tenemos en el despacho. Reed es el primero en irse, ha logrado canguro para esta noche y va a llevarse a su mujer a cenar para contarle todo. Espero que le vaya bien. Sam y yo ultimamos los detalles que quedan para que nada pueda implicarnos y quedamos en no vernos en al menos un par de semanas para evitar que si alguna de las dos cae, la otra lo haga por proximidad.

—Cuídate, perra —me dice antes de abrazarme y largarse por el camino opuesto al mío.

La miro y pienso que es una mujer especial. Ha sabido mantenerse fiel a sí misma a pesar de los años, la sociedad y la vida.

Vuelvo a casa y ceno algo rápido viendo la última temporada de la serie que me inspiró a la locura de meterme a vender droga y me quedo dormida con ella puesta.

—Buenos días, mi cielo —escucho en mi oreja y, del grito que doy casi me caigo de la cama, si no es porque Michael me coge del brazo acabo de alfombra en mi precioso suelo de madera—. Joder, qué susto.

Su risa, que antes me parecía hermosa, ahora me suena a burro enfermo. Aun así, sonrío y dejo que me dé un beso de buenos días. Aunque no profundiza porque me levanto alegando aliento mañanero.

—¿Qué haces aquí? —le pregunto mientras me cepillo los dientes para seguir con mi excusa.

—Nos han hecho volver para investigar una supuesta unión entre el italiano de aquí y el de Las Vegas —me aclara, quitándose la ropa para ducharse.

—¿Cómo dijiste que se llamaba? —pregunto, escupiendo la pasta y aclarándome la boca.

—Graves, Mylan Graves, ¿por? ¿Lo conoces? —se burla, entrando en el baño mientras yo salgo. Tenerlo en la misma habitación me da asco.

—Claro que no, es solo que me preocupo por ti, ¿es peligroso?

—Todos lo son, aunque he de reconocer que este es particularmente cabrón —dice mientras se enjabona el pelo, y yo me siento en el mármol al lado del lavabo para seguir interrogándolo.

—¿En qué sentido?

—No quiero ensuciar tu cabecita con imágenes turbias.

—Ohhh, siempre eres muy dulce, pero me gusta saber en qué andas metido, te amo demasiado como para perderte.

Mis palabras, dichas con tal realismo que hasta a mí me han dado ganas de vomitar, hacen que Michael continúe hablando.

—Bueno, solo te diré que el tipo tiene a uno de sus más fieles amigos, Cash, y que estamos casi seguros de que el hermano de este, el cual estaba dentro de la organización, ha sido ejecutado.

—¿Qué? ¿Han matado a alguien de los suyos y que además era hermano de uno de los altos cargos? —pregunto horrorizada.

—No hay pruebas, aunque de pronto ha desaparecido y nadie lo busca. Solo su novia, Betsy. Si hubiese sido asesinado por un rival habríamos visto la venganza, así que la conclusión es que

105

lo han matado ellos. Yo apostaría por Nate, la mano derecha de Graves, o incluso Cash.

—¿Su propio hermano lo mataría?

—Sí, en esta organización la lealtad es algo más importante que la sangre de tus venas. Es por eso que no logramos encontrar una forma de entrar.

—Voy a prepararte algo para desayunar —le digo para salir de allí y que no vea que estoy blanca como el mármol.

Bajo a la cocina y le hago las tostadas francesas que tanto le gustan. Bueno, se me cae el pan un par de veces y los huevos los revuelvo con un tenedor sucio del lavavajillas, pero son detalles que me hacen más llevadero tener que seguir a su lado.

Cuando se une a mí alaba la comida, así que solo sonrío y disfruto del momento. Cuando es la hora de irme a trabajar, Michael se da cuenta de que todavía estoy en pijama.

—¿No vas a llegar tarde?

—Ayer decidí cogerme unos días.

—No me habías dicho nada.

—Quería haber ido a darte una sorpresa —le miento.

Su cara se pone seria, está claro que no me quiere por allí, y menos sin avisar.

—Cielo, nunca vayas a un lugar para sorprenderme porque puede que no esté cuando llegues. Mi trabajo hace que de un momento a otro tenga que volar, y odiaría pensar en ti estando sola y triste por no encontrarme.

Me abraza como si quisiera protegerme del mundo entero, y puede que lo hiciera, solo que también debería hacerlo de él. Por un momento muy, muy, muy pequeño, siento que todo es mentira y que somos los mismos de siempre. Después recuerdo que eso ya no va a volver a ser así y siento pena, no por lo que he perdido, sino porque me he dado cuenta de que esa realidad solo existía en mi cabeza.

—¿Siguen tus padres de crucero? —pregunta, soltándome.

—Sí, estarán un mes más fuera por lo que me dijeron cuando hablé con ellos.

—Una pena, quería haberlos pasado a saludar.

Claro que sí, eres el hijo que siempre quisieron. Yo lo único bueno que he hecho en mi vida a sus ojos es casarme con él.

—¿Tienes que volver pronto?

—Esta noche.

—¿Por qué?

La pregunta me sale tan genuina que me da un ligero beso en los labios.

—No te pongas triste, mi cielo.

—¿Has vuelto solo para un día? ¿Y Ava?

—Ella sigue allí. Yo tenía que recoger algunos informes médicos que han agregado a la investigación. Por lo visto está habiendo sobredosis por malos productos.

—¿Y eso no es lo normal? —pregunto, haciéndome la tonta.

—No en el perfil de personas a los que les está pasando, es probable que haya algún nuevo producto en las calles que esté mal cortado o sea de mala calidad.

—El tal Mylan ha bajado entonces el nivel —sentencio.

—Lo dudo, yo creo que alguien se la está jugando.

—¿Un nuevo narco en la ciudad?

—Eso parece, aunque lo dudo, lo sabría de ser así. Nadie vende droga en Los Ángeles sin que yo lo sepa —se enorgullece.

—¿Tan bueno eres?

—El mejor, por eso me ascenderán después de este caso —asegura—. Mi cielo, literalmente, no se mueve un gramo de polvo sin que yo lo sepa.

Casi suelto una carcajada porque si abriera el bote de la harina de avena integral descubriría un kilo de ese polvo del que no se le escapa ni un gramo.

Decido contarle sobre el incidente con el tipo que ha acabado en el hospital, sería raro que no lo hiciera. Por supuesto, me dice que debí haberlo llamado de inmediato, que él cuida de mí y blablablá. Le digo cuatro tonterías sobre lo maravilloso que es para subirle el ego y la cosa queda en poco más que una anécdota que seguro sacará en la próxima comida familiar.

Pasamos el día separados, aunque antes de irse se detiene por casa para darme un beso y asegurarse de que no vaya a Las Vegas ahora que sabe que tengo unos días libres. Le he dicho que voy a aprovechar para estudiar un curso de hacer magdalenas, de esas con sabores raros, y parece que se ha quedado conforme. Aun así, no dudo de que me va a tener un poco más vigilada para que no me largue de improviso a verlo y lo pille con la perra de Ava.

Casi sin darme cuenta ha pasado una semana. Me he dedicado a estar con el portátil en el sofá hablando con Sam mientras hacíamos algunas de nuestras travesuras habituales de la adolescencia. Por lo visto, la reina del baile de nuestra promoción ahora es profesora de nuestro instituto y sigue siendo igual de ególatra y perfecta a como la recordábamos. Sam estuvo en una cafetería donde vio cómo se burlaba de una de sus alumnas por ser «rara» en su forma de vestir, y decidimos joderla un poco. Ahora mismo tiene multas de tráfico sin pagar y los horarios de sus clases cambiados como nos ha dado la gana. Es cuestión de tiempo que la detengan por lo primero o que la despidan por llegar tarde a todos lados por la segunda.

Estoy tranquila viendo Netflix cuando me llaman al teléfono, es Marcia, la mujer de Reed. Es raro porque nunca hablamos, tengo su contacto por si acaso y supongo que ella también el mío por lo mismo. Lo más probable es que sea Reed, aunque no es inteligente que hablemos. También es verdad que ha pasado una semana y no he sabido nada de ningún narco que quiera matarme, eso debe significar algo, ¿no?

La llamada termina antes de que pueda decidir si la cojo, aunque cuando veo que al momento vuelve a sonar decido que si está insistiendo es por algo.

—¿Diga? —pregunto más que afirmo.

—Soy Marcia, la mujer de Reed —se presenta, supongo que no recuerda que tengo su número registrado.

—Sí, tengo tu teléfono guardado por si algún día necesitaba localizar a Reed y no lo lograba.

—Lo mismo me ha pasado con el tuyo. —Noto que sonríe al decirlo.

—¿En qué puedo ayudarte?

—Hemos venido a ver a mis suegros, Reed me dijo que tú ya lo sabías y el motivo.

—Sí, me dijo que quería que la niña estuviera lejos de este tipo de civilización —contesto de manera críptica y que sé que ella entiende completamente.

—Sí. La cuestión es que ayer regresó porque tenía unos temas pendientes, pero no me ha llamado para decir que ha llegado. Y ya debería haberlo hecho.

Respiro hondo.

—No contesta al teléfono —prosigue—, y... no sabía a quién llamar.

—Yo me ocupo, Marcia —le aseguro.

—Gracias.

—¿Él se ha ido en buenos términos? —inquiero, haciendo referencia a que ella pueda estar enfadada por todo lo que le debió contar Reed que estábamos haciendo.

—Sí, los primeros días fue difícil, pero entendí el motivo de todo. Gracias por no dejarlo solo.

—Bueno, ahora no te preocupes, seguro que se ha quedado sin batería y está tirado tratando de cambiar una rueda —le digo riendo para que se relaje—. En cuanto sepa algo te aviso.

—Muchas gracias, y cuídate, cuídalo, bueno, cuidaros.

Colgamos para no decir más de la cuenta porque no me fío ni de mi sombra. Decido llamar a Reed como si fuera a cogérmelo a mí, pero no a su mujer. En efecto, no hay respuesta. Tomo la decisión de llamar a Sam y contarle cómo están las cosas. Ella me convence de pasar a recogerme e ir a casa de Reed. Cuando llega en su moto casi salto de la emoción, amo la velocidad, aunque Michael nunca me dejaría tener una de estas.

—Toma, no quiero que te despeines —se burla Sam mientras me tiende un casco integral.

Me subo detrás de ella y pone dirección a casa de Reed. Cuando llegamos nada parece fuera de lugar. Al menos en la entrada. Hay correo sin recoger y el césped parece recién cortado. Sé que tiene a alguien que lo hace por él, así que esto no quiere decir nada. Subimos los tres escalones y llamamos.

Mientras espero que abra, Sam se va asomando por las ventanas que hay y cuando veo su cara sé que algo está mal. Llego a su lado y al asomarme descubro que todo está revuelto.

—Mierda, tenemos que irnos —le digo a Sam asustada.

—¿Lo has leído? —pregunta, señalando la pared lateral donde sé que antes había fotos de él con su familia.

Ahora solo hay un mensaje para mí que me hiela la sangre: «Sabemos que no está solo, entrégate o él acabará por decírnoslo».

Tu historia sigue en el capítulo 10 (Pág 129)

Rachel RP

9

Cat

Salgo de la estación de Policía y me tiemblan las piernas. Tengo miedo, no, pánico, ¿en qué demonios pensaba al meterme en algo así? Cojo un taxi de vuelta a la oficina mientras rememoro la nota una y otra vez en mi cabeza.

—Creo que esto se nos está yendo de las manos —declaro, entrando en mi despacho.

—Ese tren ya salió —se burla Sam y Reed asiente, aunque este lo hace con una cara mucho más seria.

—Muy bien, ¿qué hacemos ahora?

—Correr —continúa Sam con la broma, aunque la verdad es que no es mala idea.

—Voto por eso —se suma Reed.

—Hay que ir de frente, encontrarnos con quien sea que nos amenace y poner las cartas sobre la mesa. No estamos haciendo nada malo, ¿no?

Ambos me miran alzando las cejas. Sé que todo es malo en general, pero no estamos quitándoles su droga ni nada de eso, solo que estamos siendo más rápidos en venderla.

—He visto matar por menos —declara Sam, que es muy aficionada a buscar este tipo de cosas en la red oscura.

Miro a mi amiga y a Reed, y sé que entregarnos no es una opción; cambio de planes entonces. No me gusta esconderme, pero tampoco quiero ser una suicida.

—Pues entonces no estaría mal desaparecer algunos días a ver si las cosas se calman —declaro, y Sam asiente.

Me preparó un té y me siento en el sofá, tratando de pensar en cómo salir de esta y a ser posible con todas las partes de mi cuerpo en el orden y lugar que están ahora.

—He investigado un poco quién es el que está detrás de todo ese polvo blanco —confiesa Sam.

—¿A qué te refieres con investigar?

—Es de Mylan Graves —declara, y espera a que Reed y yo contestemos, aunque no sé muy bien a qué.

Ella comienza a reírse y tengo que tirarle una bolsita de té para que deje de hacerlo.

—Joder, me olvidaba de lo legales que sois los dos —se burla.

Le saco el dedo del medio y ella me lanza un beso.

—Mylan Graves es, básicamente, el dueño de Los Ángeles.

Alzo una ceja porque creo que exagera.

—Cat, no me mires así, nada se hace en esta ciudad sin que él lo sepa.

—Me parece que eres un poco dramática, no será para tanto —suelto, tratando de que Reed recupere el color de su cara, sin embargo, cuando mi amiga niega con la cabeza y una enorme sonrisa aparece en su boca, me queda claro que no lo hace.

—Ojalá, te aseguro que no es que sea para tanto, es que es para más.

—Razón de más para tomarnos unos días libres por aquí —constato—. Dejemos los temas resueltos y que cada uno tome su camino.

—¿Creéis que sabrán que he sido yo? —pregunta Reed en un tono que deja ver que tiene mucho miedo de la respuesta.

—¿Hay algo que no nos hayas contado? —inquiere Sam, ladeando la cabeza.

No sé cómo lo hace, pero mi amiga es una *crack* en esto de ver si alguien se está guardado algo para sí mismo.

—Hace un par de días el tipo que me va dando la droga para que la venda me preguntó si mis ventas habían aumentado. Me dio mala espina, así que mentí y le dije los números que hubieran correspondido a las ventas del barrio que me fue asignado.

—Bueno, eso nos da algo de tiempo, de momento no sospechan de ti —trato de tranquilizarlo.

—De momento —interviene Sam, a quien le doy una mirada dura para que cierre el pico, pero, cómo no, pasa de mi culo y sigue—. Si el tipo del hospital le cuenta dónde consiguió el maletín es cuestión de tiempo que aten cabos y lleguen a ti, Reed.

La cara de mi amigo es casi transparente, creo que va a vomitar.

—No creo que haya muchos camellos en esta empresa trabajando para ellos, ¿no?

Le tiro un cojín a Sam para que se calle. La cara de Reed cada vez es peor, y cuando va al baño corriendo la miro mal.

—Es muy blandito. —Se ríe Sam.

—Es buena gente.

—¿Y yo no lo soy? —pregunta con fingida indignación.

—No, ni de coña, ni tú ni yo, aunque he de decir que he sido la versión Disney de mí misma desde hace mucho tiempo.

—Más o menos desde que el gran idiota apareció en tu vida.

Escuchamos que Reed tira de la cadena del baño que tenemos en el despacho y le doy una última advertencia a Sam:

—Compórtate o vamos a tener que explicarle a su mujer por qué le ha dado un infarto.

—Luego te cuento algo que he descubierto.

Y con esa bomba me deja en ascuas hasta que ya casi es la hora de irnos a casa.

—Bien, ya está todo organizado para que podamos cogernos unos días de vacaciones —les digo mientras recojo el portátil que tengo sobre mi regazo—. El jefe no estaba contento, pero le he dejado claro que nos las hemos ganado y que es mejor que no tengamos por unos días nada que ver con nuevos clientes por lo del ataque del que está en el hospital.

Reed y Sam asienten.

—Me siento mal por haberos metido en esto —declara mi amigo—, deberíais olvidaros de todo y dejar que cargue con las culpas si me encuentran.

—Ni de coña —le corto—, esto lo hemos elegido nosotras, y siento decirte que la idea de vender como lo hacemos fue mía, así que no te apropies méritos que no son tuyos.

Reed sonríe porque sabe que trato de quitarle hierro al asunto.

—Y no nos olvidemos de subir un dólar el coste —agrega Sam, que fue la que tuvo la idea.

A Reed le hemos dicho que es para asumir costos de envío, pero en realidad es que Sam y yo hablamos de que era injusto todo lo que tenía que vender sin llevarse nada a cambio. Por mucho que hubiera cobrado por adelantado, la mierda se la comería él si lo pillaran, así que decidimos incrementar un dólar el coste, algo por lo que nadie iba a protestar y que, al final, cuando los cien kilos estuvieran vendidos, iba a dejar a Reed con un saldo bancario de cien mil dólares.

—Lo que sí te recomiendo es que alejes a Marcia y a Megan de aquí. Si nos descubren, tú eres quien más tiene que perder —le aconseja Sam.

—Sí, y cuéntale a Marcia lo que ocurre. Si ella lo descubre va a ser una brecha en vuestro matrimonio.

—Creo que esta noche la voy a llevar a cenar aprovechando que Megan se queda con una compañera de clase a dormir, van a hacer fiesta de pijamas.

—Ohhh, quiero volver a tener seis años y hacer eso —suspiro.

—Espero que no me tire ningún plato mientras se lo cuento —se despide Reed.

Cuando cierra la puerta, Sam y yo nos quedamos solo un poco más para recoger el bolso y los ordenadores.

—¿Vas a decirme lo que has descubierto? —la interrogo.

—No te va a gustar —declara.

—¿Eso me va a servir de algo?

—La verdad es que no —se ríe.

Me encojo de hombros y ella se sienta sobre mi mesa mientras termino de recoger todo para no olvidarme nada que pueda necesitar en casa en los próximos días. Mi intención es no aparecer por aquí.

—Antes, cuando he dicho que he investigado al tal Graves, no ha sido solo lo de que es el dueño del polvo blanco.

Paro de hacer lo que estoy haciendo y la miro.

—Por tu cara adivino que no me va a gustar, ¿verdad?

—Ni un poquito.

—Genial.

—He podido ver algunos vídeos de la *deep* web en lo que, aunque no se le reconoce, todo apunta a que es él.

—¿Y qué hay en esas imágenes?

—De todo y nada bueno.

—¿Sexo?

—Ojalá. He visto torturas, mutilaciones, adrenalina inyectada para revivir a alguien un poco mientras le sacan órganos del cuerpo…

—Suficiente.

—Tienes mala cara.

—¿Te extraña?

—Yo vomité —confiesa, y eso me acojona porque Sam no es de las que vacía su estómago por nada. Ella ve pelis gore mientras hace la cena.

—Espero que esto no nos acabe matando, odiaría morir antes de verle la cara a Michael cuando sepa que he vendido droga en sus narices.

—Y yo —se ríe Sam.

Salimos del despacho y en la puerta del edificio nos abrazamos y nos despedimos. No vamos a vernos en unos días, o semanas, aunque con nuestros ordenadores hablaremos con una encriptación segura para ambas.

Voy a casa y me preparo una cena ligera mientras veo la última temporada de la serie que me dio la gran idea de vender droga. Hay que reconocer que en la tele se ve más fácil. Antes de irme a dormir, recibo un mensaje de Reed y sonrío:

Parece que no me va a dejar todavía. Eso sí, mañana a primera hora las llevo al rancho de mis padres y nos quedaremos allí de momento.

Respiro hondo y siento cierto alivio. Aunque fue Reed el que se metió en toda esta mierda del narcotráfico lo hizo por un buen motivo, y yo he sido la que con mis ideas de bombero ha hecho que saltaran las alarmas. Así que me siento responsable y no me perdonaría que les pasara algo a ninguno de ellos.

Me alegro, regálale muchas flores, agradece el milagro de que te quiera tanto y borra estos mensajes del TODO por si acaso.

Yo, por mi parte, elimino cualquier rastro de esta conversación por si alguien decide meterse en mi teléfono. Me quedo dormida con la tele puesta y no dejo de soñar toda la noche con salas de tortura.

—Buenos días, mi cielo. —La voz de un hombre en mi oído hace que me sobresalte y casi me caiga de la cama y me estampe en el suelo cual alfombra.

Cuando levanto la vista y veo a Michael agarrarme para que eso no suceda, le gruño.

—Deberías agradecerme.

—¿Que casi me mates del susto?

—No, que haya evitado que hagas de chicle en el suelo tan bonito de madera que tenemos.

Se aproxima para darme un beso y salto de la cama como si me hubiera mordido el culo una serpiente.

—Aliento mañanero —me excuso, y él se ríe asintiendo.

Gilipollas. Como si tú olieras al despertar a Channel. Me hierve la sangre y me doy cuenta de que detesto hasta el sonido de su risa, ¿siempre ha sonado como un asno moribundo?

Se mete en la ducha mientras hago la cama y me grita algo que no oigo, así que tengo que entrar y verlo desnudo. Donde antes veía sexo con patas ahora solo observo un pene flácido pegado a un proyecto de hombre. El sonido de la polla de Michael golpeando contra el interior de Ava me viene a la cabeza y me enfurece mientras él habla.

—¿Qué has dicho? —le pregunto antes de perderme en mi odio y acabar cogiendo las tijeras de costura para hacerle un favor al sexo femenino.

—Mi cielo, estás un poco despistada —dice con condescendencia—. Te preguntaba si tus padres siguen de crucero.

—Sí, estarán al menos un mes más fuera.

—Qué lástima, me hubiera gustado pasar a saludarlos.

Normal, eres como Obama en esa casa. Yo lo único que he hecho en condiciones en esta vida es convencerte de que te casaras conmigo. Bien por mí.

—¿Ya has solucionado todo lo de Las Vegas?

—Qué más quisiera, mi cielo. —Odio ese apodo cursi de telenovela barata, ¿desde cuándo? Ah, sí, desde que me he puesto las gafas y he visto cómo es el verdadero Michael—. Vuelo de vuelta esta noche.

—¿Tan pronto? —pregunto haciendo un puchero, y veo que él sonríe con los ojos cerrados mientras se quita el jabón del pelo.

—Solo he venido aquí para recabar una información y unos informes sobre una posible unión entre Graves y Holland.

—¿Quiénes son? —pregunto, sabiendo que uno de ellos es el que suministra la droga que vendo.

—El que mueve los hilos en esta ciudad y el que los mueve en Las Vegas —contesta como si con eso me tuviera que conformar.

—Supongo que serán peligrosos, tengo miedo por ti.

Oh, por favor, que me den un Óscar porque me lo estoy ganando.

—Holland ya es demasiado viejo como para que sus hombres lo respeten, no dudo que dentro de poco habrá un golpe en Las Vegas, espero que no estemos allí para ese momento.

—¿Estemos?

—Ava y yo.

—Ah, claro. ¿Ella ha vuelto ya?

—No, se ha quedado.

Por supuesto, las zorras no vuelan. Bueno, esta, si la tiro desde un edificio alto, yo creo que planea.

—¿Y Graves? —pregunto, retomando el tema.

Michael sale de la ducha y coloca una toalla sobre su cintura. Salimos del baño y rezo por que no quiera tocarme porque no sé si eso lo voy a aguantar. Gracias a Dios, se viste sin acercarse.

—Él es más despiadado.

—¿En qué sentido?

—El muy cabrón es listo y solo se junta con cabrones leales a él.

—Es normal, ¿no?

—Bueno, si no tienes corazón puede que sí. Creemos que han matado al hermano de uno de sus hombres más fieles.

Mi cara de sorpresa lo dice todo, ¿cómo puedes estar bajo las órdenes de un hombre que ha matado a tu hermano? No me cabe en la cabeza.

—Supongo que si hablas con el hermano del que ha muerto seguro que os ayuda a cogerlo —le suelto, esperando que mi idea dé pie a un arresto que haría que Sam, Reed y yo estuviésemos a salvo.

—Ojalá fuera tan fácil, pero creemos que Cash, el propio hermano de Johnny, es el que lo ha matado.

Ahora mi cara de horror le hace gracia y se ríe.

—No te escandalices tanto, la lealtad es la vida de esos tipos, si alguien te traiciona estás muerto, da igual de quién seas hermano.

—¿Y cómo sabes que ha sido alguien de los suyos y no un ajuste de cuentas? —pregunto genuinamente interesada.

—Porque, de haber sido así, habría muertos que nos dirían que se han vengado. Sin embargo, nadie busca a Johnny, solo su novia Betsy, pero nadie más.

Alza las cejas, como haciéndome entender su lógica y, aunque me joda reconocerlo, he de decir que su teoría tiene sentido.

—Pero tú no te preocupes, mi cielo, no metas en tu cabeza cosas tan feas, para eso está tu marido, que va a limpiar la ciudad de esa escoria.

—¿Cómo lo vas a hacer?

—Es cuestión de tiempo que algo falle. Ahora mismo no se vende un gramo de droga sin que yo sepa quién ha sido, el problema es que, aunque podría cazar a los camellos, me interesa el pez gordo, y ese cabrón sabe cubrir sus pasos. Sin embargo, está habiendo una serie de sobredosis que es posible que nos lleven a algún lado.

—¿Sobredosis?

—Sí, más de las habituales y a gente que no da el perfil como para que le suceda.

—Quizás ha entrado alguien nuevo a vender.

Suelta una carcajada y me mira con condescendencia, menudo gilipollas.

—Mi cielo, no hay nadie nuevo vendiendo en Los Ángeles, lo sabría. Anda, ve y prepárame algo de desayunar, que estoy que me muero del hambre.

Sonrío y bajo a prepararle algo mientras contengo la risa porque justo en la cocina tengo un bote con un kilo del polvo blanco que hemos estado vendiendo. Mientras hago las tostadas francesas, piso un poco el pan para resarcirme de su estupidez. Cuando baja lleva otro de sus trajes y se ha peinado, pero no secado el pelo. Se acerca, me da un ligero beso y se sienta en la isla frente a mí mientras se mete la tostada a la boca.

—Mmm… Echaba de menos esto.

Sonrío porque si hablo me quedo sola.

—¿No vas a vestirte? —pregunta, mirando el reloj de la pared.

—Ayer decidí cogerme unos días.

Me mira sorprendido.

—¿Por qué no me lo has dicho?

Pienso rápido y respondo una mentira que espero que se trague.

—Quería ir a darte una sorpresa.

—¿Ibas a venir a Las Vegas de imprevisto? —pregunta con mal humor. Está claro que esa idea no le gusta.

—Sí, bueno, quizás pasar unos días juntos, te echo de menos —miento mientras me trago la bilis que sube por mi garganta y le doy un beso.

—Mi cielo, nunca jamás vengas de sorpresa, ¿qué pasa si a lo que tú vas yo he tenido que ir a otro lugar? —pregunta como si yo fuese imbécil—. No quiero imaginarte sola y triste porque no me encuentras.

«Claro, y que te folles a tu compañera y pueda encontrarte con tu polla en su culo no tiene nada que ver, ¿no?».

—Tienes razón, no lo haré nunca, quién sabe lo que me podría pasar si voy yo sola por ahí, sin ti.

Mi sarcasmo pasa inadvertido porque él asiente con cara de «veo que lo entiendes». Termina su desayuno y aprovecho a contarle lo del tipo del hospital y que tuve que ir a comisaria. Me salto los detalles porque no quiero que algo haga clic en su cabeza y lo investigue. Aunque pasa lo contrario, se queda en una anécdota más de lo mucho que lo necesito y que la próxima vez le pida ayuda. En fin, quiero darme cabezazos contra la pared por no haberme dado cuenta de lo misógino y retrógrado que es, porque esto no es de un día, no, esto es de siempre, solo que mi mente lo disfrazaba llamándolo amor. Qué jodido es el cerebro cuando busca excusas para no enfrentar la realidad.

Michael se marcha ese mismo día a última hora de la tarde y, por supuesto, que me vigila para que no me presente allí. Al quinto día parece que se ha relajado porque vuelve a su par de mensajes habituales al día: el de buenos días y el de buenas noches.

Yo, sin embargo, llevo toda la semana paranoica. Apenas he salido de casa y no he hablado ni con Reed ni con Sam por teléfono. Con esta última sí que lo he hecho vía ordenador. Desde el sofá de casa y con mis cascos encripto llamadas que me comunican con ella, y son lo mejor de mi día.

—Oye, perra, ¿qué tal llevas la ausencia de tu amorcito? —se burla.

—Que te jodan —contesto riéndome—. Aunque he de decir que esta semana llevo dos paquetes de pilas gastados.

Ambas soltamos una carcajada que hace que se me caigan los cascos. El móvil suena en ese momento y veo que es de la oficina.

—Hola, Cat. —La voz de la secretaria que lleva el piso en el que se encuentra mi oficina hace que me relaje.

—Dime, ¿qué necesitas?

—Nada, aunque moriría por la semana que llevas fuera —se queja—. Han llamado y te han dejado un mensaje.

—¿Quién?

—No me ha dado tiempo a pedirle el nombre, ha dicho que era urgente y que tú sabrías de quién se trata.

Mi corazón late a mil por hora.

—¿Quieres que te lo lea o lo dejamos para cuando vuelvas?

—Léemelo —le pido.

—Dice: «Tenemos que adelantar la reunión, tengo a alguien muy cercano a punto de morir. Oddity sabe dónde encontrarnos, tiene una carpeta con la dirección. No te retrases».

Me quedo en silencio y mi visión se nubla por momentos.

—¿Ya sabes quién es? —pregunta la secretaria.

—Sí, gracias, un amigo de la universidad —miento.

—Oh, qué divertido que te hable en clave.

—Sí, era un tío muy gracioso.

Hablamos unos minutos más de cosas triviales que ni siquiera recuerdo una vez que cuelgo porque en mi cabeza solo se repiten esas palabras una y otra vez.

—Sam —digo al ponerme los cascos de nuevo—. ¿Sigues ahí?

—Sí, he oído que te llamaban y me he metido a jugar un rato, pero estoy aquí.

—Lo saben.

La línea se queda en silencio.

—¿Cómo?

—Han llamado a la oficina para dejarme un mensaje.

—¿Qué te han dicho?

—Tenemos que adelantar la reunión, tengo a alguien muy cercano a punto de morir.

Oddity sabe dónde encontrarnos, tiene una carpeta con la dirección. No te retrases.

—Oh, mierda, lo saben de verdad —murmura Sam.

Oddity es su nombre de hacker, si saben eso está claro que nos han descubierto a ambas.

—¿A quién crees que se refieren con que va a morir? ¿Michael? —pregunta, haciendo conjeturas.

—No, he hablado con él esta mañana y sigue en Las Vegas. Creo que se refiere a Reed.

—Joder.

Permanecemos en silencio unos minutos porque no hay mucho más que podamos decir.

—Hay algo que no entiendo —comienzo, rompiendo el silencio—, ¿cómo sabes tú dónde encontrarlos?

—Creo que han entrado a los servidores de tu empresa. Nunca pensé que encontrarían la carpeta donde descargué los vídeos de los que te hablé el último día en tu oficina.

—¿Qué tiene eso que ver?

—La carpeta tenía el nombre de la discoteca de Mylan Graves.

—Oh, mierda.

—Sí, bastante «oh, mierda». Creo que es momento de huir.

—No —la corto muy tajante—. No vamos a abandonar a Reed.

—¿Qué quieres hacer?

—Vamos a dar la cara subidas en unos buenos tacones. No pueden hacernos desaparecer sin más, al fin y al cabo, estoy casada con un agente de la DEA.

Casi puedo ver la cara de mi amiga cuando rompe a reír.

—Echaba de menos a esta loca —declara—. Pasa por mí a las ocho.

Dicho esto, me voy a mi armario a escoger algo que pueda darme el empoderamiento que necesito, y cuando veo el vestido tengo claro que es el indicado.

Recojo a Sam en taxi y, aunque estamos nerviosas, no tenemos miedo. Al menos no todo el que deberíamos. Vamos a un lugar abarrotado de gente y no va a poder hacernos nada.

La obsesión de Mylan

Cuando nos bajamos del vehículo y damos el hombre de Oddity en la entrada, nos vienen a buscar dos tíos del tamaño de un armario de cuatro puertas y nos conducen a través del local. Estoy nerviosa, pero no pienso demostrarlo, eso es lo que este tipo de tíos quiere.

—¿No vamos a su despacho? —pregunto, segura de que la cristalera espejo que hay sobre la barra pertenece a la oficina desde la que Mylan Graves vigila su negocio.

Uno de los tipos se ríe por lo bajo y niega con la cabeza.

—No, la reunión es en el sótano.

Ah, genial.

—Supongo que es más acogedor —suelto sin saber muy bien por qué.

Sam me pregunta gesticulando que en qué mierda estoy pensando y yo le contesto como puedo que justo eso es lo que no hago y por eso estamos aquí.

Bajamos unos escalones y la puerta, metálica y pesada, se cierra tras nosotras. Lo que me encuentro allí me deja helada. Reed está atado en una silla y le han dado tantos puñetazos que dudo que pueda ni abrir el ojo derecho.

—Muy bien, señoritas, pueden esperar aquí al jefe.

Señala un rincón por el que tenemos que pasar pisando una lona de plástico que cubre todo el suelo. Sam la señala y yo asiento para que sepa que sé a lo que se refiere. Vamos a morir, está claro. Al menos lo haremos con dignidad.

—El jefe bajará enseguida.

—Tu jefe —le suelto.

Me mira, alzando una ceja como si no entendiera mis palabras.

—Que es tu jefe —le explico—. Yo no tengo jefe.

Sam aprieta mi mano para ver si me he vuelto loca y yo no la miro porque mantengo mis ojos fijos en el grandullón, que no sabe qué responderme.

—El jefe se lo va a pasar bien contigo —se burla.

El otro tipo que se ha quedado en las escaleras se ríe también y me fijo en que no deja de observarnos con cara de lascivia. Se acerca y nos evalúa como si fuéramos mercancía. Cuando va a poner un dedo sobre el pecho de Sam, le doy un manotazo.

—No te atrevas a tocarla.

—¿O qué? —pregunta burlón, agachándose para quedar a mi altura.

Pongo a Sam tras de mí y lo encaro, dejando solo una pulgada de su cara a la mía. No lo pienso y le doy un cabezazo en la nariz que me duele más a mí que a él.

—Zorra —gruñe, sacando su arma mientras el otro agarra a Sam por detrás, que no para de gritar y patalear.

—¿Estás seguro? —le pregunta el que sostiene a Sam.

—Sí, el jefe puede apañarse con una. Tú, ponte de rodillas y mira al suelo —me ordena.

—Si vas a matarme, lo harás mirándome a los ojos —siseo.

Él trata de hacerme caer y lo logra, los tacones no han sido buena idea, apunta y, cuando creo que va a disparar, estoy tentada a cerrar los ojos, aunque no lo hago. Tomo una larga respiración y miro al cañón que me apunta. Cuando el disparo suena, un grito de terror llena la sala, y no sé si ha sido Sam o he sido yo, ¿se puede gritar después de morir?

Tu historia continúa en el capítulo 11 (Pág 137)

10

Cat

Joder.

Joder.

Joder.

Sam y yo salimos de allí como alma que lleva el diablo. Conduce por un rato hasta que debemos parar a repostar. Entramos en la cafetería de la gasolinera. Todavía no hemos dicho nada. Nos sentamos alejadas de la gente, en el rincón más recóndito que encontramos y permanecemos calladas hasta que nos ponen el batido de fresa y el de chocolate que hemos pedido.

—Estamos jodidas —dice Sam, comiendo un poco de la nata de su bebida.

—No, esto se acaba aquí para ti. Si buscan a alguien será a mí. Tú no tienes nada que ver con Reed o la empresa.

—Eh, no se te ocurra excluirme.

—Lo que trato de hacer es protegerte.

—Bueno, no lo necesito.

—Pregúntale a Reed.

Sam se recuesta en la silla y juega con su pajita.

—¿Crees que lo han secuestrado? —pregunta, mordiéndose el labio.

—Yo diría que sí.

—¿Qué vamos a hacer ahora?

—Escondernos, es lo único que se me ocurre. Quizás debería contarle a Michael.

—Ni de coña. Lo vamos a solucionar nosotras.

—¿Qué sabemos de tratar con narcotraficantes?

Sé que estoy siendo algo cobarde, pero ahora mismo tengo miedo, uno real. Hemos jugado con fuego y nos hemos quemado; no, hemos provocado el incendio del Hindenburg.

—Estoy asustada —le confieso.

—Y yo, a ver qué te crees, esa gente no es de las que te dan una colleja y te dejan irte a casa.

—Joder, lo siento, yo te he metido en esto.

—No, me metí solita —me rebate Sam con una sonrisa–. Y no me arrepiento.

Sonrío.

—Yo tampoco —le confieso.

Creo que las dos hemos perdido la jodida cabeza, no hay otra explicación.

—Es el momento de largarse de aquí, si recogemos lo imprescindible de casa podemos estar al otro lado del país, cruzando hacia Canadá, en menos de dos días.

La sugerencia de Sam es más atractiva de lo que me gustaría reconocer, aunque no puedo hacerle esto a Reed.

—¿Y qué pasará con él? —pregunto con miedo a la respuesta.

—Creo que ya podría estar muerto.

Sus palabras se me clavan en el alma. Tengo que llamar a Marcia y contarle que es probable que no vuelvan a ver a Reed. Joder, la pequeña Megan adora a su padre, y yo se lo he arrebatado con tan solo seis años.

—No es tu culpa —suelta Sam, leyendo mi mente.

—Entonces, ¿por qué siento que lo es?

—Eres demasiado buena.

—Y cobarde. Debería haberme entregado.

—Sí, claro, como si fueras una heroína de película, solo que esto no acaba bien para ti porque te vas a entregar y él estará muerto.

—¿Y si no lo está?

—No podemos saberlo.

Me parece raro el comportamiento de mi amiga. Ella es de las personas más valientes que conozco, también de las más leales y, sin embargo, aquí está, diciendo que abandonemos a Reed a su suerte.

—¿Qué no me estás contando?

La mirada de Sam la delata. Se termina su batido y yo espero en silencio a que me diga qué me está ocultando.

—Desde que iniciamos esta aventura he estado investigando al dueño de la droga.

—¿Y qué has encontrado?

—Videos en la *deep* web que harían que vomitaras el batido que estás tomando.

—Explícate.

—Hay imágenes de tortura; no sale el propio Mylan Graves, al menos no se le reconoce, ni a él ni a nadie de los suyos, pero todos saben que son su equipo los que están infligiendo esos castigos a los traidores que salen en las grabaciones.

—¿Así de mal?

—Te hablo de mutilaciones, inyecciones de adrenalina para revivirlos y más mutilaciones, tanto de extremidades como de sacar órganos que no deberían ver jamás la luz del sol.

Se me revuelve el estómago y pongo mi mano en mi boca para ahogar un grito de horror que quiere salir de mi garganta.

Como si el destino supiera de lo que hablamos, el teléfono de mi bolsillo suena y salto asustada. Todos me miran raro y yo sonrío, tratando de que no se note mi nerviosismo.

Veo en la pantalla que la llamada proviene de la oficina y me relajo.

—Hola, Cat —escucho decir a la secretaria que lleva los despachos de los que trabajamos en mi planta.

—Hola.

—Te llamo porque han dejado un mensaje urgente para ti, he pensado que mejor te llamaba por si era algo que tenías que resolver antes de volver de vacaciones.

—Ajá —atino a contestar.

Sam me mira atenta y en mi cara puede ver lo acojonada que estoy.

—Te lo leo.

—Claro.

—Dice: «Tenemos que adelantar la reunión, tengo a alguien muy cercano a punto de morir. Oddity sabe dónde encontrarnos. No te retrases».

Me quedo en silencio porque Oddity es Sam, es su nombre de hacker. Mierda.

—Cat —me llama la secretaria—, ¿sigues ahí?

—Sí, perdona, estaba pensando.

—No ha querido decirme nada más, solo que era importante que lo supieras hoy porque igual esa persona no llegaba al domingo.

Estamos a viernes.

—Gracias, ahora mismo lo contacto.

—¿Qué tal las vacaciones? —pregunta, cambiando de tema.

—Genial, ya sabes, no hacer nada y comer mucho.

Escucho su risa y tras eso nos despedimos. En cuanto cuelgo, respiro hondo para dejar de temblar mientras dejo el teléfono en la mesa. Sam coge mi mano para tratar de calmarme y espera a que yo hable, me está dando tiempo a pesar de que debe estar más nerviosa que yo.

—Saben quién eres y quién soy yo —murmuro.

—Mierda.

—Quieren que vayamos donde tú ya sabes.

—¿Yo? —pregunta sorprendida Sam.

—Bueno, no han dicho tu nombre, sino tu alias.

Sam asiente.

—Si Oddity lo sabe, entonces debe referirse a la discoteca de la cual Mylan Graves es dueño.

Frunzo el ceño porque no entiendo nada.

—Así es como se llama la carpeta en la que guardé la *info* que he encontrado de ellos. Supongo que no son tan idiotas y se metieron en los servidores de la empresa. No creí que allí debiera tener tanto cuidado ya que no trabajo en ese lugar —trata de disculparse.

—Son profesionales, no te disculpes, nos hubieran encontrado tarde o temprano. Al menos sé que Reed está vivo. De momento.

Decidimos ir esta misma noche a ese lugar, no podemos perder el tiempo, puede que a mi amigo no le quede demasiado. Me visto como si fuera a conquistar la noche porque si algo tengo claro es que a las batallas se van con armadura, y yo he elegido la mía a conciencia. Si va a ser lo último que lleve, al menos que sea bonito.

Paso a buscar a Sam con el taxi. Ella no me defrauda, se ha tomado esto de la misma manera. Nos damos la mano durante todo el camino, y cuando el auto se detiene en la puerta del lugar tengo que reconocer que me asombra.

Hace mucho que no salgo de fiesta, desde que me casé más o menos, y puedo asegurar que jamás estuve en un sitio como este. Se nota el dinero en cada detalle, y eso que solo estamos en la entrada.

No puedo evitar recordar la plegaria que recitaba al Santo Juez Rosario Tijeras en el libro de Jorge Franco, es uno de mis favoritos, a pesar de que no acaba bien. Me gusta tanto que me la sé de memoria y la repito en mi mente:

Si ojos tienen que no me vean,

si manos tienen que no me agarren,

si pies tienen que no me alcancen,

no permitas que me sorprendan por la espalda, no permitas que mi muerte sea violenta, no permitas que mi sangre se derrame.

Tú que todo lo conoces, sabes de mis pecados, pero también sabes de mi fe, no me desampares. Amén.

Miro a Sam a mi lado y me sonríe.

—Puedes quedarte aquí —le aclaro—, les diré que no sabías nada, que te dejen fuera.

—Nunca.

Respiro hondo y agradezco tenerla cerca, es mi otra mitad, y si esta noche es la última, me alegro de pasarla a su lado.

Nos acercamos al portero, que nos mira con mala cara. Hay una fila de al menos cincuenta personas tratando de entrar. Una alfombra azul te recibe cuando logras pasar al armario empotrado que tiene una lista y un pinganillo de esos que se ponen en la oreja.

—Preciosas, tenéis que hacer fila.

—Avisa de que ha llegado Oddity —suelta con orgullo mi amiga.

—Y su jefa —aclaro, no para quedar por encima, sino para tratar de que ella no sea el centro de atención del narco al que nos encontraremos.

La cara del tipo cambia por completo y dice algo a alguien por un *walkie*, después se aparta y nos deja entrar. Subimos los escalones y la puerta se abre para dar paso a una enorme sala llena de gente bailando. Enseguida dos tipos igual de grandes que el de la entrada nos interceptan.

—El señor Graves las verá ahora —nos dice para que los sigamos.

—¿En su despacho? —me atrevo a preguntar, viendo la enorme cristalera tipo espejo que hay encima de la barra, desde donde imagino debe controlar lo que sucede aquí dentro.

—No —sonríe el otro grandullón—. En el sótano.

Este es el instante en el que toda tu vida pasa delante de ti. Estoy viendo todos mis errores, joder, yo prefería la peli de momentos bonitos. Supongo que me ha tocado la de darme cuenta de lo idiota que he sido.

Seguimos al tipo, y cuando bajamos al sótano veo que tienen a Reed atado a una silla y que le han dado tantos puñetazos que apenas puedo reconocerlo. Uno de los hombres comienza a tocar de manera poco agradable a Sam, y yo no me lo pienso y le doy un cabezazo al que tengo detrás de mí para ir a ayudarla. No llego lejos, me tiran al suelo y pone el cañón de su arma apoyado en mi frente.

—El jefe se apañará con una de vosotras —murmura el tipo al que no dejo de mirar—. Baja la vista.

Niego con la cabeza. Trata de forzarme, pero por algún motivo que desconozco me he empeñado en cabrear más al tipo de la pistola y no dejar de mirarlo. Lo veo en sus ojos, lo va a hacer. Cuando el disparo suena, no sé si se oye más la bala o mi grito. Entonces, un dato que leí en un *tweet* viene a mi mente: «Según el Dr. Sam Parnia, director de cuidados intensivos, las personas "saben de inmediato que han muerto" puesto que su consciencia sigue funcionando después de que su cuerpo haya dejado de hacerlo».

Entonces, ¿estoy muerta?

11

Mylan

Decir que Chastity es un jodido dolor de cabeza es quedarse muy corto. El tema boda ya ha quedado claro que es algo que dejo de momento parado. Tim no está nada contento y me amenaza con casar a su hija con otro. Suelto una carcajada y Nate me mira alzando una ceja.

—Estaba pensando en que Tim cree que decirme que me voy a librar de Chastity es una forma presionarme para que haya boda —le explico, y él se ríe.

—Es una loca, nunca imaginé lo que iba a pasar el otro día, pero mejor que haya sido así y las cosas se queden como están —admite Nate.

—Reconoce que lo que no podías era imaginar a Chastity por aquí —interviene Cash.

Me comentan por el intercomunicador de la oreja que ella está aquí, en mi discoteca, montando un buen lío porque exige verme.

—Hablando de la reina de Roma —suspiro antes de contestar a mis guardias—. Dejadla pasar, no quiero escándalos.

No tardo ni tres minutos en ver cómo aparece esa mujer. Es jodidamente odiosa, a niveles que no sabía que alguien tan *follable* puede ser. Es por eso que prefiero tener un buen repertorio de mujeres con las que no hablar, solo penetrar, a aguantar a una que me martillee de esta manera.

—Mylan —saluda desde la puerta con esa voz dulce que tiene, bueno, que cree tener, a mí me pone un poco de los nervios.

—Hola a ti también, Chastity —se burla Cash, cuando con total claridad hace como que ninguno de mis mejores amigos existe.

Nate y yo no podemos evitar sonreír, y ella se lo toma como que es por su persona y no por lo que acaba de decir Cash. Es increíble cómo ha sido capaz de llegar a una edad adulta con la poca inteligencia que tiene.

—¿Podéis dejarnos solos? —les pide como si tuviera algún poder aquí.

—Ellos no son los que molestan —le aclaro, y frunce los labios haciendo un mohín que supongo que ella cree que es mono.

Sinceramente, con ese vestido rojo y los labios del mismo color me recuerda a Greta, la de la peli de los *Gremlin*, aunque ese bicho verde casi se me hace más apetecible que esta mujer que tengo delante. Respiro hondo y miro hacia la pista de baile a través del ventanal que hay tras mi silla. La noche está yendo muy bien. Hay fila para entrar y cada mujer aquí es espectacular, lo que hace que cada hombre pague lo que le pida para poder entrar. Me encantan los negocios cuando es la polla la que decide el precio.

—Papá está hablando con los de la Costa Este para comprometerme —suelta, tratando de llamar mi atención.

Me giro y veo a Nate y Cash sentados en el sofá, solo les faltan las palomitas a los muy cabrones. Disfrutan de esta mierda demasiado, debería meterles un tiro en el culo solo por gusto.

—Ya le dije que el tema de la boda está zanjado.

—¿Cómo puedes decir eso? ¿Acaso no sientes lo que hay entre nosotros?

Creo que escucho a Cash toser un «puta loca», pero no estoy seguro, aunque la mirada divertida de Nate me dice que es más que probable que lo haya dicho.

—Si les pides a tus hombres que se marchen —comienza a decir mientras se acerca a mi mesa contoneando su cintura—, puedo recordarte por qué soy una buena opción como esposa.

Se relame los labios, y lo que debería ser *sexy*, para mí es ridículo. Se sienta sobre la mesa, encima de algunos papeles importantes, y cruza las piernas para darme un buen vistazo de su cuerpo y de su escote. Baja con lentitud para tenerme cara a cara, a una pulgada, y en un alarde de sensualidad se muerde el labio inferior, baja la mirada y aletea sus pestañas. Ruedo los ojos y miro al techo, tratando de no sacar mi arma y pegarle un tiro por pesada.

—¿Qué dices, cariño? ¿Te animas a una fiesta privada? —susurra en un tono que imagino que ella cree que es erótico.

Le contesto en el mismo tono.

—Lo que digo es que como no te bajes de la puta mesa sin tirar ni mover una pulgada cualquiera de los papeles que tengo aquí, tu padre va a tener que casarte con el dueño de un tanatorio porque es el único al que le va a interesar lo que deje de ti.

Le cuesta un momento entender mis palabras, y cuando lo hace amplía los ojos sorprendida y comienza a temblarle el labio inferior.

—Si lloras pasará lo mismo —le advierto. Odio que lloren—. Bájate, lárgate y deja de venir por aquí.

Con sumo cuidado, me obedece y no se mueve ni un punto nada de lo que tengo en la mesa a pesar de que ella se ha puesto encima sin cuidado alguno. Si hay algo que me jode en esta vida es que toquen mis cosas sin permiso.

Chastity sale del despacho con la cabeza agachada, y cuando miro por la cristalera del despacho veo que está escribiendo furiosamente en el móvil. Supongo que estará quejándose a Holland.

—¿Tenías que ser tan brusco? —pregunta en tono burlón Nate desde el sofá.

—¿Quieres que la llame y te la quedas tú? —contraataco, y él levanta las manos. Sé que no la traga, pero no pierde ocasión de tratar de hacerme quedar como un mal tipo.

Joder, es que soy un mal tipo, dirijo la puta familia criminal de Los Ángeles, creo que esa es la definición de mal tipo.

Pasamos la siguiente hora hablando de los rusos. Esos cabrones quieren el territorio que poseo para ellos, y primero tienen que pasar por Las Vegas. Por lo que sé, hasta la DEA está allí ahora mismo, según me ha dicho Nate; él se encarga de hablar con nuestro infiltrado y tiene en el punto de mira al agente Chupapollas, así es como lo hemos llamado por la trayectoria que ha llevado en el cuerpo. Asciende lamiendo culos y no por méritos. Odio a ese tipo de personas.

El intercomunicador de mi oído vuelve a cobrar vida, y por la voz sé que es desde la puerta desde donde me hablan esta vez.

—Jefe, está aquí Oddity —dice mi portero con su *walkie*.

—Que entre.

—Son dos.

—Al sótano.

Mi respuesta no deja lugar a dudas, allí tenemos al otro que ha tratado de pasarse de listo.

—Ha venido a dar la cara. —Sonrío de forma oscura a Cash y Nate, a quienes no les hace falta que diga nada más para entender lo que pasa.

Me levanto, me coloco la americana y me ajusto la ropa antes de dirigirme a donde tenemos al tipo desde no sé cuándo. La verdad es que este tema se lo he dejado a Cash, solo me interesa hablar con esa persona cara a cara para pegarle un tiro yo mismo y que todo el mundo vea que no se jode conmigo.

Bajo seguido de ambos, y al abrir la pesada puerta escucho voces de mujeres. Miro hacia atrás confundido y veo que no soy el único. Continúo descendiendo y me quedo mirando la escena. Hay un tipo atado a una silla con muy mala pinta. Todo el suelo del almacén está cubierto de plástico. Y tengo a dos de mis hombres sujetando cada uno a una chica. Una parece más salvaje que la otra. Tanto que incluso le están apuntando para matarla y, aun así, no baja la vista ni llora. Interesante.

Escuchando la puerta del sótano cerrarse y sabiendo que está insonorizado, apunto y disparo junto a la cabeza del que parece que va a matar a una de mis invitadas.

El grito de las chicas no se hace esperar, y después el silencio lo llena todo. Termino de bajar y veo a mis hombres ponerse firmes mientras que la chica salvaje está encogida en el suelo, tratando de protegerse con los brazos. Como si eso hubiera servido de algo si mi bala hubiese estado dirigida a ella.

—¿Vas a quedarte ahí todo el día? —pregunto, dándole con el pie levemente para que se dé cuenta de mi existencia mientras guardo mi arma. Ella cae de culo y me mira desafiante.

Está cabreada, mucho, casi es hasta cómico ver lo enfadada que está teniendo en cuenta que se encuentra en clara minoría. Aun así, se quita un zapato con un tacón que bien podría servir de cuchillo y me lo lanza. Me da de lleno en la cara porque no me esperaba esto, cuando hace lo mismo con el otro lo esquivo y veo que de un salto se levanta y trata de ir hacia mí gritando.

—¡¿Estás loco?!

Noto que Nate y Cash van a intervenir, pero levanto ambas manos para que no lo hagan.

—Creo que acabo de salvarte la vida —le recuerdo.

Miro a la otra, que todavía está bajo el agarre de uno de mis hombres y a la que han colocado un trozo de cinta para que no hable. Ella hace lo mismo, y la que tiene la boca tapada trata de soltarse, el que ha estado a punto de matarla le da un bofetón a su amiga y la salvaje de pelo rosa, de pronto, se lanza a su espalda y se sube como un koala.

—Pequeña mierda, voy a matarte por tocarla —gruñe mientras clava las uñas en la cara de mi hombre.

—¿Intervenimos? —pregunta Nate, viendo que, aunque es como una tercera parte del tipo al que se ha subido, este no logra deshacerse de ella.

—Una vez vi un documental en el que un delfín mataba a un tiburón porque era más pequeño y ágil —suelta Cash sin dejar de mirar la escena.

Mi hombre va por todo el sótano zarandeando a la chica para que se suelte, sin embargo, ella no lo hace. No lleva uñas postizas, no, las de ella son reales, cortas, ni siquiera están pintadas, pero las clava lo más profundo que puede en las mejillas de mi hombre, haciendo que este ruja de dolor. Cuando se lanza contra la pared y ella se suelta por la pérdida de aire que esto le provoca, decido que es momento de intervenir.

—Suficiente —ordeno, y mi hombre se queda quieto, aunque respirando con agitación. Si por él fuera la mataría ahogándola con sus propias manos—. Dejadnos solos.

No necesito a nadie más que a Cash y a Nate aquí, este último es ahora quien sujeta a la de la cinta en la boca.

Miro a la chica en el suelo y sonrío. Lleva un vestido corto que se le ajusta al cuerpo a la perfección, pero lejos de ver su ropa interior, quizás incluso podría haber esperado un tanga *sexy* por si la situación lo hubiera requerido, observo que tiene unos pantalones negros cortos que no dejan que vea nada. Aunque sí que admiro la forma de su culo, y puedo decir, sin miedo a equivocarme, que mi polla sería más que feliz de enterrarse en él.

Con un gesto, Cash la levanta y la trae ante mí. Nate le quita la cinta de la boca a la otra y me paro delante de ellas.

—Bien, ¿quién es Oddity? —pregunto, mirando de una a otra.

—Yo —contesta sin titubear a la que tiene Nate cogida.

—¿Y tú quién eres? —inquiero a la que lleva el pelo revuelto por la pelea que se ha marcado a lo Sastrecillo Valiente.

—Tu igual —suelta, y no puedo evitar reírme.

—¿Mi igual? —La miro de arriba abajo y niego con la cabeza—. Para ser mi igual no deberías estar en un sótano con alguien que quiere ver tus tripas en el suelo.

Alza las cejas y me saca la lengua. Eso me descoloca de una manera que nunca había experimentado. Esta mujer es o muy valiente o muy estúpida o no tiene ni puta idea de dónde se ha metido.

—Suéltalos y hablamos —exige, mirando a sus amigos.

—Primero vamos empezar por los nombres, me gusta saber con quién hablo.

Ambas permanecen en silencio, así que voy hasta la mesa que hay al fondo, cojo un clavo y un martillo y me acerco al tipo de la silla que está inconsciente.

—Puedo averiguarlo, pero no me apetece hacerlo de esta manera —les explico mientras coloco la punta en la cabeza del hombre.

—Soy Cat y ella es Sam —dice la pequeña salvaje.

—No era tan difícil, ¿no?

—Que te jodan —sisea.

Cash hace un barrido con su pie a sus piernas y cae sobre sus rodillas. Emite un leve quejido, pero como ha hecho antes, se aparta el pelo de la cara, me mira con rabia y se levanta. Esta vez le hago un gesto a Cash para que la deje suelta. Quiero ver de qué es capaz si presionas las teclas correctas.

—No tengo claro que sepas quién soy.

—Mylan Graves —contesta sin dilación.

—Vale, sabes mi nombre, ¿y sabes algo más?

—Que tienes un pésimo servicio de atención al cliente.

Me río, Nate y Cash hacen lo mismo.

—Hasta donde sé, aquí tu amiga —señalo a la tal Oddity o Sam—, ha estado metiéndose donde no le llaman en la red oscura. Y este otro —indico con un gesto en la cabeza—, directamente me ha robado. Eso los deja en muy mala posición, pero a ti no sé dónde ubicarte.

—Ellos no tienen nada que ver en todo esto, déjalos fuera.

—Cat —le corta la amiga.

—No, Sam, esta mierda no estaría tan jodida de no ser por mí.

—No, ya te lo he dicho —continúa la chica—, estamos juntas, eres la mantequilla de mi pan.

—Oh, creo que aquí hay algún tipo de rollo bollo que me encantaría ver —suelta Cash.

Miro a ambas y ojalá se equivoque porque la pequeña salvaje me llama demasiado la atención, tanto que incluso puedo plantear posponer su muerte si me la chupa debidamente.

—Los tíos son imbéciles —le contesta Sam a Cash, revolviéndose hasta soltarse, porque así lo indico—. No hay nada lésbico entre nosotras, y no creas que no me jode, sería más fácil eso que buscar a un tipo que no sea un gilipollas integral.

La sonrisa que le da Nate mientras la mira de arriba abajo me hace temer que aquí hay otra ganadora de un boleto para posponer su ejecución si sabe hacerlo bien de rodillas.

La pequeña salvaje se recoloca las tetas en su diminuto vestido, haciendo que me quede enganchado a la vista, y aprovecha para empujarme y coger un arma, que ni siquiera había visto que hay sobre la mesa tras de mí. Supongo que algún imbécil a mi cargo no se ha dado cuenta de que le falta su pistola. Gruño, odio la incompetencia.

Cat apunta hacia mí y levanta la mano libre para que Sam vaya junto a ella. Esta se quita también los tacones y hace lo que le pide.

—No tenéis opción de salir de aquí con vida —les advierto.

—Eso es cosa nuestra —me rebate.

—¿Estás segura de que vas a atreverte a disparar? —le pregunta Cash con sorna.

Ella, ante mi asombro, quita el seguro con la misma mano con la que la sujeta y le apunta.

—¿Quieres comprobarlo? —se burla ella ahora.

—Jefe, tengo la polla dura como una roca —declara Cash. Y rodaría los ojos si no fuera porque no puedo apartarlos de ella y estoy exactamente igual.

—Sam, comprueba a Reed —le pide la pequeña salvaje, y su amiga le hace caso. Está claro quién es la que manda. No lo parecía, es demasiado pequeña, recogida, no sé cuál es el término correcto.

—Está vivo —suspira de alivio la chica, y Cat le da una pequeña sonrisa que provoca un cambio en su cara, es algo mínimo, pero que me deja enganchado queriendo volverla a ver.

—Bueno, ahora vamos a salir de aquí y nos vais a decir cómo hacerlo.

—¿Los tres? —pregunto, señalando al tal Reed que no está ni consciente.

—Sí, no dejamos a nadie atrás —sisea enfadada.

—¿Y cómo lo vas a hacer? —pregunta Cash, que parece divertido con la situación.

Nate, sin embargo, no deja de mirarla de una forma extraña. No es nada sexual, es más como si tratara de averiguar dónde la ha visto antes. Dudo que hayan cruzado sus caminos en algún momento. Odiaría pensar que Nate se la ha follado, aunque fuera solo una noche de juerga y nada más. Espera, ¿por qué lo odiaría? Nate y yo compartimos muchas veces, ¿por qué iba a ser ahora diferente?

—Me vais a decir por dónde sacáis a los cadáveres de esta sala —suelta Cat, sorprendiéndonos a los tres—, ¿o crees que pensaba que nos íbamos a ir por la puerta por donde hemos venido?

Sonrío. Me gusta la mente de esta chica, se ha dado cuenta de que debe haber una salida algo más discreta de la discoteca por donde sacamos la «basura».

—Oh, mierda —susurra Nate a mi lado, y lo miro.

—¿Qué pasa?

—Ya sé de dónde me suena. Es la mujer del agente Chupapollas.

—No me jodas —murmura Cash.

—¿Cuál de ellas? —pregunto, y por un segundo deseo que diga Sam, pero no lo hace.

—La del pelo rosa.

Respiro hondo y me doy cuenta de que el juego ha cambiado. Me acerco en dos zancadas y, con un gesto rápido, le quito el arma. Si por un segundo creía que ella estaba al mando, ahora debe haberse dado cuenta de que solo era una ilusión.

Le tiendo la pistola a Nate y saco la mía. Apoyo mi cañón sobre su frente y presiono con fuerza, tanto que ella retrocede un paso y yo la sigo.

—¿Eres la mujer del agente Michael Roberts? —le pregunto cabreado por el juego al que he jugado sin querer—. No me mientas, lo voy a descubrir.

—No pensaba mentir, sí, lo soy.

—Entonces tengo que matarte.

12

Mylan

Joder, qué putada, si está casada con el agente Chupapollas no me la voy a tirar, básicamente porque no me follo muertos y ella tiene los minutos de vida contados.

—Puedo explicarlo todo —balbucea la chica, mirándome a los ojos desde abajo, ya que mi altura la deja a un nivel inferior.

No aparto el cañón de su frente y no tengo claro si quiero oírla, ahora mismo el cabreo que tengo hace que mi dedo pique por apretar el gatillo.

—Jefe, deja que hable —me pide Cash—, me causa curiosidad saber cómo va a tratar de convencernos de que no es una rata de la Policía.

Miro a mi amigo y lo pienso unos segundos. Asiento y bajo mi arma. El círculo de su frente me dice que por mucho que he empujado ella se ha mantenido firme, solo por eso creo que merece unas últimas palabras.

—Muy bien, tienes un minuto.

Me alejo un paso de ella y Nate saca su arma para apuntar a la cabeza de su amiga, quiero que quede claro que esto no es un juego y que si intenta algo los sesos de alguien van a estar esparcidos por todo el sótano en segundos.

Mira a su amiga y después a mí.

—Tic tac —susurro.

—Hace algunas semanas Sam y yo tuvimos una noche de chicas, bebimos y tuve un momento de lucidez mental que me llevó a…

—Oh, sí, dime que esto va a ser un relato lésbico —suplica Cash, y yo le doy una mala mirada, aunque con una sonrisa.

—No, idiota —le contesta a pesar de que mi amigo podría partirle el cuello antes de que ella siquiera se diese cuenta de que se ha movido—. Tenía la sensación de que Michael me ocultaba algo, Sam y yo investigamos y acabamos esa noche en el edificio de la DEA, de madrugada, tratando de averiguar si mi marido me era infiel.

—Lo es —le confirmo.

Ella se queda paralizada un instante por la sorpresa y continúa.

—Sí, lo es. Supongo que soy la única idiota que no se daba cuenta de que le chocaban los cuernos al entrar por las puertas —farfulla.

—Tic tac —le recuerdo.

—La cuestión es que ese día, bueno, al día siguiente, al ir a trabajar, me encontré con que en mi oficina, la cual comparto con mi amigo —explica, mirando al tipo de la silla que sigue inconsciente—, había un montón de droga.

Miro a Nate porque no entiendo nada. El hombre atado y medio muerto frente a mí no tiene pinta de ser narcotraficante ni consumidor. Es más como un friki de esos que te arreglan los ordenadores y que vive con su madre de setenta años, tres gatos y la esperanza de perder la virginidad antes de morir.

—Él es uno de los casos especiales —me confirma Nat—. Nos pidió dinero para pagar el tratamiento de su hija y no pudo devolverlo. A cambio de no matarlo tiene que vender cien kilos de nuestra mercancía.

Asiento porque ya sé de quién me habla. Lo estuve estudiando antes de acceder a darle esta alternativa. Es un tipo que no ha tenido ni una triste multa de tráfico. Buen padre y marido, solo tuvo mala suerte con las cartas que la vida le repartió.

—Tú —señalo a la chica—, prosigue porque empiezo a perder la paciencia.

—Oye, que es tu matón quien la ha interrumpido —se queja la amiga, y Nate la aprieta contra él.

Está claro que aquí hay algo más que interés, luego me burlaré de él porque dudo que esta chica le chupe la polla si matamos a su amiga.

—La cuestión es que al verse descubierto, Reed —señala al de la silla— me contó todo, y como yo estaba cabreada y había visto una serie en Netflix decidí vengarme de Michael.

—¿Qué tiene que ver una serie con estafarme? —pregunto, no entendiendo qué demonios está diciendo esta chica.

—La serie es *Cómo vender drogas por internet* —me aclara, como si eso explicara todo, pero no, no lo hace.

—Gran serie —murmura Nat.

—Sí, me encanta el de la silla de ruedas —agrega Cash.

Los miro preguntando qué demonios les pasa, y ellos se encogen de hombros. Apunto el arma de nuevo hacia la frente de la chica y ella da un paso atrás y levanta las manos.

—Dame un momento, ya llego a la parte interesante, te lo prometo.

No sé si es por sus ojos o porque, a pesar de que la he apuntado dos veces con mi arma dispuesto a matarla, no ha llorado; el caso es que asiento y me guardo mi pistola.

—Encontré una manera de vender la droga de forma más rápida y segura para Reed, míralo, él no hubiera durado tantos años como camello sin que lo pillaran o lo mataran.

Asiento porque ella tiene razón, y cien kilos son muchos.

—Él sabía dónde se metía —me defiendo porque me mira acusándome de la posible muerte de su amigo si hubiera traficado en las calles como debería haber hecho.

—Reed ama a su familia, es el único pecado que ha cometido.

—Y robarme —le recuerdo.

—Eso lo hice yo.

—No es algo de lo que enorgullecerse.

—Creo que sí, teniendo en cuenta que esos cien kilos iban a estar vendidos en menos de seis meses.

Su afirmación me pilla desprevenido y ella sonríe.

—¿Cómo puedes estar tan segura de ello?

—Porque los cálculos de lo que hemos logrado colocar ya es lo que me dicen. Si quieres puedo enseñártelo.

La verdad es que ha logrado intrigarme. Cualquier otra persona ya estaría muerta y con los sesos desparramados por el suelo, sin embargo, ella tiene algo que me hace preguntarme «¿y por qué no?».

—Bien, enséñamelo —le pido en un tono sugerente que puede tener segundas intenciones.

Rueda los ojos y mira a su amiga, teniendo una conversación no verbal y no puedo evitar mirar a mis hombres y reír.

—Necesito un portátil —me pide.

—Claro, para que solicites ayuda a la Policía —suelta Cash.

—Sí, quiero llamar a mi marido a ver si, con suerte, no se está follando a su compañera y puede sacar su caballo blanco a pasear para venir a recogerme, menos mal que ayer le abrillanté la armadura —le contesta, cruzándose de brazos.

Su actitud me gusta. Tiene carácter, quizás demasiado, y es más que probable que acabe muerta por ello, pero he de decir que me está resultando muy entretenido.

—Cash, avisa para que tengan preparada la limusina en cinco minutos —le pido, y él asiente.

Cat mira de uno a otro y a su amiga. Me acerco a ella y se retira, pero alzo una ceja y se queda quieta. Aprieta los puños en sus costados, preparada para aguantar lo que pueda pasar, entonces rodeo con mi mano su brazo y tiro de ella hacia una puerta que hay más o menos oculta tras unos barriles al fondo.

—Lo sabía —murmura cuando pasamos a través de ella y llegamos a una especie de andén donde mi limusina no tarda en llegar.

Cash nos sigue, entro primero y me sitúo en los asientos que irán de espaldas a la marcha, después, mi amigo prácticamente lanza a la chica dentro, quien, lejos de asustarse, le da una mala mirada antes de sentarse frente a mí. La puerta se cierra y cuando el conductor me pasa un portátil por el hueco que hay entre la parte delantera y esta, y veo que Cash se sienta de copiloto, le doy a un botón que hace que el cristal suba y nos dé la privacidad que necesitamos.

No es que no confíe en lo que puedan oír mis hombres, es que la parte de atrás de mi limusina está insonorizada, por si acaso, además de poseer un sistema de inhibición de señales por si trata de mandar alguna. Si lo intenta, un mensaje llegará a mi móvil y diez segundos después ella estará muerta.

—Toma —le digo mientras le entrego el ordenador—, espero que me sepas convencer porque la vida de tus amigos está en juego, aparte de la tuya, por supuesto.

Coge el portátil y se sienta como un indio sobre mi tapicería de cuero blanca. Por suerte, no lleva los zapatos. Su vestido se enrolla en su cintura, pero por el pantalón que lleva debajo no puedo ver nada. Comienza a teclear mientras el coche se mueve y tengo que reconocer que verla tan concentrada me atrae en cierta manera. No deja de teclear y no me mira ni una sola vez, como si ahora mismo estuviéramos en mundos diferentes.

Le cuesta poco más de cinco minutos llegar a donde quiere, después vuelve la pantalla y me la enseña.

—Aquí tienes las transacciones, las fechas y los números. Haz cuentas.

Me siento al borde de mi asiento y miro lo que me muestra. Los números que veo son increíbles, y de ser cierto aquí hay un negocio jodidamente bueno.

—¿Cómo lo hacéis? —pregunto muy interesado.

Ella se levanta como puede y se deja caer a mi lado de una forma tan casual que casi me hace gracia, después me muestra en la pantalla una serie de imágenes que me explica sin dejar de mirarme a los ojos cada vez que levanta la cabeza del ordenador, haciendo que me quede enganchados a ellos en cada ocasión.

—La empresa para la que trabajamos Reed y yo se dedica a crear vacaciones, aunque no unas cualquiera, ¿la conoces? —pregunta, mostrando la web de dónde está empleada.

—Sí, es esa que ayuda a gente aburrida con dinero a tener una realidad virtual con la que fantasear porque su pobre vida es una mierda.

Sonríe y me gusta, aunque niega con la cabeza.

—Así es como comenzó, era virtual, sin embargo, ahora es todo real. Un cliente viene y contrata, por ejemplo, el paquete Modelo. Yo me encargo de hacer todas las credenciales, meter en las redes sociales perfiles que constaten que esa persona es modelo y arreglamos eventos en los que pueda serlo. Ya sean reales o no, eso depende del dinero que estés dispuesto a pagar.

—Espera, quieres decir que si yo quiero ser un pirata por una semana...

—Te ponemos en un barco con una tripulación, un loro y un mapa para encontrar un tesoro.

Asiento, asimilando lo que me dice. Es increíble, con dinero se puede ser cualquier cosa y, aunque no lo voy a reconocer, me gustaría probar un par de roles que dada mi ocupación actual es imposible que llegue a vivir.

—Cuando Reed me dijo que tenía toda esa droga que entregar pensé que el mercado en el que debía hacerla era demasiado peligroso. Estamos en Los Ángeles, el índice de criminalidad es elevado y él no es precisamente un gánster.

—¿Cómo hacéis para mover la droga? —pregunto curioso, y ella vuelve a sonreír; me gusta que lo haga.

—Tenemos clientes que quieren ser chicos malos, así que, sin que ellos lo sepan, los convertimos en nuestros camellos. Si tenemos un pedido en una fiesta, buscamos el perfil de alguien que podría encajar y le enviamos en una misión. Puedes ser un simple repartidor de bebida, en la cual dentro va la droga. O un DJ con discos llenos de polvo blanco. El cliente de la empresa nunca se entera y el reparto se hace de forma segura.

—Vaya.

Me ha dejado sin palabras y veo que respira más o menos hondo como si entendiera que mi asombro es algo bueno para ella. Yo, en su lugar, todavía no cantaría victoria.

—¿Cómo logras que la Policía no os atrape?

—Eso es, en parte, gracias al ego de mi marido. Él me cuenta cuándo van a hacer redadas, y si recibimos aviso de ese lugar no damos el servicio.

—¿Y por qué te avisa? —pregunto extrañado.

—No es que me avise, es que me lo dice para que vea lo fantástico y maravilloso que es en su trabajo. Yo solo aprovecho mi rol de mujer florero.

Ahora es mi turno de sonreír. Creo que esta chica tiene más escondido de lo que tiene a la luz.

—¿Y si un día no te lo dice y acabáis envueltos en algo policial?

—Entonces no hay manera de que nos descubran porque borramos cualquier rastro que lleve hasta nosotros. Si, por ejemplo, dijeran que han encontrado droga en un bolso azul, en nuestra base de datos aparecería que al cliente le entregamos como atrezo una mochila rosa.

—Es bastante ingenioso —me sorprendo diciendo.

—El problema vino cuando agredieron al cliente y lo mandaron tus hombres al hospital. Porque imagino que fueron ellos.

Asiento, pero no lo digo en voz alta.

—Bueno, de eso también me libró ser la mujer de Michael. Si lo piensas, soy un buen recurso no un lastre.

—Eso lo decidiré yo.

Ahora que ha dejado de hablar, no puedo evitar notar lo cerca que estamos, ella también lo siente y se aleja un poco.

—Me has explicado cómo me estas levantando el trabajo bajo mis narices y con mi mercancía, pero todavía no sé el motivo de subir el precio y robarme ese dinero.

—Si nos ajustamos a la realidad, no te lo he robado porque no lo tenías ni lo ibas a tener. Quiero decir, no es que coja tu dinero, solo pido algo más que tú, por lo que si lo analizas bien no es que pierdas ese dinero, solo que dejas de ganarlo.

Su descaro hace que suelte una carcajada. Ella se encoge de hombros y casi la siento sobre mí para darle un par de azotes en el culo. Me pongo serio porque no sé de dónde ha venido ese pensamiento. Ella es la mujer de un agente de la DEA que, además, me ha robado. No puedo olvidar esto.

—Creo que me parece una enorme falta de respeto que, después de perdonarle la vida a tu amigo, hayáis tenido la osadía de robarme.

Ella va a decir algo, pero se detiene. Creo que iba a recordarme que ese dinero no era mío en cierto modo, sin embargo, ha tenido la sensatez de callarse.

—Reed no lo sabe, él no tiene la culpa.

—Entonces sois vosotras quienes os quedabais con ese dinero. Aunque es tremendamente estúpido arriesgarse solo por un dólar más.

—No es como tú crees. Nosotras cobrábamos de más para guardarlo y dárselo a Reed al acabar de vender todo.

—¿Cómo dices?

—Él es quien se expone, y lo hace para pagar una deuda que ha contraído por salvarle la vida a su hija. Creo que es justo que consiga algo de dinero extra una vez termine de pagarte lo que te debe.

Me la quedo mirando con fijeza y no sé qué pensar de ella, veo en sus acciones una lealtad desmesurada que admiro, pero también veo a un posible topo de la DEA. El coche se detiene y la puerta se abre. Cash se asoma y frunce ligeramente el ceño al ver que ahora ambos estamos sentados en el mismo lado.

—Jefe, hemos llegado.

Asiento y me bajo. Cuando veo que Cat no me sigue le ordeno a Cash que la saque, y lo hace sin mucho cuidado. No me gusta que sea de esa manera, quizás porque en otra vida me hubiera parecido una mujer interesante.

Estamos en un almacén alejado de la civilización, al menos lo suficiente como para que, si ella grita, nadie la oiga.

—Ya te he contado todo, puedo hacer que vendas mucho y ganes más de lo que ganas hasta ahora —comienza a decir, viendo que no es el mejor lugar para estar.

—Te voy a ser sincero, creo que tu plan de venta es uno de los mejores que he visto, sin embargo, hay un enorme fallo que te puede costar la vida —le digo, sacando mi arma.

—¿Cuál?

—Que todavía tengo que contestarme a mí mismo una pregunta, bueno, más bien resolver un dilema.

Ella se queda callada y noto cómo tiembla. Quizás por miedo, quizás por frío, quizás por ambas cosas. Prosigo mientras camino a su alrededor, evaluándola de arriba abajo.

—¿Quieres saber el dilema?

—Sí.

—Ahora mismo tengo dos opciones: puedo confiar en ti y hacerte parte del negocio, o no hacerlo y matarte ahora mismo.

Si quieres que confíe en ella continúa leyendo.
Si prefieres que no confíe en ella ce al capítulo 14 (Pág 169)

13

Mylan

La miro y no puedo evitar querer envolverla entre mis brazos, es extraño este sentimiento. Está temblando, descalza y, aun así, no ha llorado todavía. Me quito el abrigo que me ha dado Cash al entrar en la nave y doy un paso hacia ella, lo que la hace retroceder.

—Tranquila, he decidido que te creo —le explico para que no se asuste.

Le pongo mi abrigo por encima y veo que le queda enorme. Ella se encoge dentro de él tratando de buscar algo de calor. Realmente debe estar helada. Le pido que me acompañe hasta un despacho que tengo aquí y en el cual hay una buena calefacción. Cash no deja de mirarme de forma extraña, pero no dice nada.

Cuando entramos a mi despacho, le señalo una butaca que hay a un lado para que se siente. Ella sin ningún pudor lo hace, subiendo las piernas y metiéndose por completo debajo de mi abrigo.

—¿Mejor? —pregunto mientras me sirvo una copa.

Ella no quiere una cuando se la ofrezco.

—Entonces, ¿está todo bien? —pregunta, aún con cara de cervatillo frente a un coche.

—Sí, al menos de momento.

—¿Qué pasa con Reed y con Sam?

Saco mi teléfono y marco el número de Nate, le doy al altavoz, dejo mi móvil sobre la mesa y me siento sobre ella frente a esta chica que me tiene tan desconcertado.

—Dime, jefe.

—¿Cómo van las cosas por ahí?

—Pues el chico continúa vivo, y la dulce princesa que has dejado a mi cargo sigue probando a arrancarme los ojos con las uñas. —Se ríe y me uno.

—Lleva a Reed para que lo vea nuestro médico y a ella suéltala.

—Como ordenes.

—¡¿Qué has hecho con Cat, pedazo de hijo de puta?! —se escucha a la chica gritar.

—Estoy bien —contesta Cat desde el sofá sonriendo.

—¿Seguro?

—Sí, hablamos cuando salga de aquí.

Cuelgo el teléfono porque esto no es una llamada de amigas y ella me da una mala mirada. Yo le lanzo un beso y eso le hace rodar los ojos y a mí reír. ¿Por qué me comporto de esta manera con esta chica?

—Creo que el siguiente paso lógico si vas a trabajar para mí en ese lugar, es que me haga dueño de ese lugar, ¿no?

—¿Quieres comprar la empresa en la que trabajo? —pregunta extrañada.

—Sí, sería más fácil para poder hacer lo que necesites sin el miedo de ser descubierta, además de que tendrías ayuda de mi gente.

—Y de la Policía, porque en cuanto tu nombre aparezca en esos papeles de comprar sé que medio departamento estaría allí husmeando —bufa.

—¿Me crees tan estúpido como para poner mi nombre en el contrato de compra? —le inquiero, cruzándome de brazos.

—No voy a contestar a eso por ahora.

—Tengo un *holding* de empresas con las que trabajo. Manejo muchos negocios legítimos y respetables que no tienen que ver nada con mi parte menos legal, por así decirlo.

—Solo te aviso de que Michael es gilipollas, pero no es idiota, y si cree por un segundo que estás en algo relacionado conmigo va a ir a por ti.

—¿Tanto te ama?

—No, soy más como su mascota, una a la que cuidas y de la que te sientes orgulloso, y, por supuesto, una a la que tienes que proteger porque es tuya y hacerle algo es como hacérselo a él.

El tono que usa, entre triste y enfadado, me dice que le duele hablar de esto, y a mí me molesta que lo haga.

—Bien, entonces ahora te llevaremos a tu casa y contactaré contigo de nuevo en unos días cuando ya toda la transacción esté hecha.

—¿Cómo lo harás sin que Michael se dé cuenta?

—Tú no tienes que preocuparte por nada de eso.

Me gruñe y me río.

—Michael siempre me dice eso cuando le pregunto sobre algo que no me quiere contestar. Cuidado, jefe —remarca la palabra—, puede que os parezcáis más de lo que os guste a ninguno de los dos.

Que me llame «jefe» me la pone dura, que me compare con esa mierda de persona me cabrea. Llamo a Cash y le pido que se haga cargo de ella y se asegure de que llega sana y salva a casa.

Paso la siguiente semana llevando a cabo los trámites de la compra del lugar, además de vigilar al agente Chupapollas. Ha vuelto de Las Vegas y parece ser que sigue metiéndola en el agujero equivocado. Si yo tuviera a una mujer como Cat a mi lado no le faltaría el respeto follando a una perra como su compañera. Él ni siquiera sabe que no es al único al que se la chupa, la chica debe tener hasta rodilleras porque es toda una profesional.

Reed ha mejorado considerablemente en nuestra clínica privada, aunque está acojonado de estar allí. Sé que Cat lo visita cada día para asegurarse de que todo está bien. De momento, por lo que oí a través de los micros que hay en su habitación, no piensa traer de vuelta a su mujer y a su hija. Chico listo. Aunque si quisiera meterme con ella no tendría problema alguno en encontrarlas.

También tengo a Nate vigilando a Sam. Él dice que tiene ganas de follársela, pero actúa raro cuando Cash le pide permiso para ser el siguiente; esos dos se han pasado las mujeres durante años, sin embargo, esta parece que le interesa demasiado y es posible que esto cause algún problema, tengo que estar atento para que eso no suceda.

—Jefe —dice Nate, entrando a mi despacho sin llamar.

Se lo permito a él, bueno, a él y a Cash; ambos saben cuándo pueden hacer eso, y si lo hacen es porque tienen algo importarte que decirme.

—Ya está todo hecho, la empresa ya es oficialmente nuestra. —Sonríe mi amigo.

—Genial, deberíamos hacer una visita a nuestras instalaciones —comento, mirando el monitor que tengo frente a mí.

Es casi de noche y Cat todavía está allí trabajando. La tengo vigilada por si decide hacer alguna estupidez, de momento parece todo normal. Bueno, todo salvo el hecho de que paso demasiadas horas mirando esa pantalla, más de las que estoy dispuesto a reconocer.

—¿Está Sam? —pregunta Nate, asomándose a la pantalla y sonriendo al ver a la chica EMO sentada en un sofá del despacho que comparten Reed y Cat.

—¿Hay algo que tengas que contarme? —le pregunto abiertamente.

—Me la pone muy dura y se hace la difícil, es divertido.

—¿Solo es eso?

—Sí, jefe.

—¿Y por qué Cash no puede tomar su turno con ella?

—Eso no es por mí, es por él.

—Explícate.

—El muy idiota está enamorado de la mujer de su hermano y ella parece que empieza a dejarlo entrar. Si la caga tirándose a otra y ella lo descubre, adiós oportunidad.

No sé si es la verdad, si lo dice para encubrir lo que él mismo puede sentir por Sam o si es ambas a la vez.

—Bien, si la cosa cambia, me lo haces saber, ¿entendido?

—Sí, jefe. ¿Puedo decir algo?

—¿Cuándo no lo has hecho? —le pregunto, alzando las cejas.

—¿Qué hay de ti y la chica?

—¿A qué te refieres?

—Oh, vamos, Mylan, es obvio que no te es indiferente.

—Creo que estamos igual en esto, me la pone dura y me la follaría sin dudarlo, fin de la historia.

—Muy bien —contesta, no demasiado convencido.

Cash nos espera abajo con el coche. Tiene los cristales tintados y nadie puede ver quién hay en el interior. Por fortuna, el edificio donde se encuentra la empresa está comunicado por el *parking* subterráneo con el contiguo, así que entramos por ese y vamos hacia el ascensor. Antes de llegar, Cash y Nate se aseguran de que las cámaras estén desactivadas y de que el ascensor no haga ninguna parada hasta la planta a la que nos dirigimos. A esta hora ya no quedan muchos empleados, pero las precauciones nunca están de más.

Cuando salimos veo el puesto de la recepción vacío, y me fijo en que hay algunas puertas de despacho más en las que solo aparecen nombres masculinos. Los he investigado a todos y hay un par de ellos que no me gustan, tienen en su historial de trabajos anteriores acoso a alguna de sus compañeras. Espero que no pretendan hacer eso con Cat porque no iban a acabar ni bien ni con todas las partes de su cuerpo en la posición en las que Dios se las colocó al nacer.

—Creo que lo mejor será que pongamos en el puesto de la recepción a alguien de los nuestros y alguno de seguridad. No me gusta que esté aquí sola a estas horas de la noche —comento.

—Mañana estará hecho antes de que entre a trabajar —contesta Cash.

—Y vacía esos despachos. Muévelos a unos mejores con alguna excusa.

Nate asiente, entendiendo mi orden.

Entro sin llamar, yo no hago esas cosas, y ambas chicas me miran desde sus asientos con total calma y serenidad. Esperaba algún tipo de sobresalto, o incluso grito, pero parece que están hechas de otro material estas mujeres.

—¿Qué hacéis aquí? —pregunta Cat al vernos a los tres entrar y cerrar la puerta tras nosotros.

—Solo viendo lo que acabo de comprar.

Ella se acerca a nosotros, nos rodea y gira un pestillo que no había visto.

—Si alguien viene y os descubre aquí esto puede irse a la mierda —me recuerda como si yo fuera un novato.

Paso de ella y voy directo a sentarme tras la mesa más grande que hay, sé que es la suya, es el cerebro del equipo, de eso no tengo duda. He revisado a fondo las cuentas, y si dijera que estoy impresionado me quedaría corto, muy, muy corto.

—¿Tenemos que darte la patita o algo así? —bromea Sam, haciendo el sonido de un perro ladrando.

—Yo estoy deseando que te pongas a cuatro patas —suelta Nate, que ya está cachondo solo de imaginarla.

—En tus sueños —le contesta.

—Te aseguro que sucede, cada noche —murmura mi amigo, y eso deja sin palabras a Sam.

Cat nos mira y se sitúa entre su amiga y Nate, que está a mi derecha. Está claro que no quiere ni que la mire.

—¿Qué necesitas, jefe? —pregunta, cruzándose de brazos.

Si digo ahora que me la chupe quedaría mal, ¿verdad? Porque eso es exactamente lo que imagino que hace, y estoy duro como un ladrillo.

—Te he traído algo como ofrenda de paz, por lo del otro día —le digo, y saco de mi bolsillo interior de la americana unas fotografías que lanzo sobre la mesa.

Ella se acerca con cuidado y las recoge.

—¿Qué es? —pregunta Sam.

—Las pruebas de lo que hace Michael cuando se trabaja a su compañera —contesta, mirando las imágenes varias veces.

—Supuse que si necesitas pruebas para ganar el divorcio esto te podría servir

—¿Quién ha dicho que me voy a divorciar? —cuestiona, mirándome a los ojos.

—Fue una especulación mía, imagino que no es agradable saber que tu marido se folla a otra.

—No, no lo es, pero de momento no voy a hacer nada porque el trabajo de Michael es parte fundamental para que el nuestro funcione.

—Pásamelas —le pide Sam, y ella lo hace.

Su amiga las observa en varias posiciones y niega con la cabeza mientras Cat y yo sostenemos la mirada. Ella está enfadada por el hecho de que tiene que quedarse junto al agente Chupapollas, lo que me sorprende es que yo lo estoy más por el mismo motivo.

—Tiene un culo blanco horrible —se burla Sam, haciendo que rompa contacto visual con Cat, que ahora sonríe a su amiga.

—¿De dónde las has sacado? —pregunta curiosa.

—Lo hemos estado siguiendo y ha ido a parar a un hotel poco respetable en el cual trabaja alguien que, por un poco de dinero, nos ha dejado ver las imágenes que graba para pajearse después —le explico.

—Oh, eso es asqueroso hasta límites insospechados —murmura, y le sonrío.

—Él es quien se folla a otra que no es su mujer, así que asumo que es igual de asqueroso que la situación.

—Lo es —confirma.

Me surge la duda de si tienen un matrimonio al completo, quiero decir, ¿siguen manteniendo relaciones sexuales? Porque eso es algo que no me gusta imaginar.

Cat mira a su alrededor y luego a mí, vuelve a girar sobre sí misma y de nuevo a mí. Entrecierra los ojos y me observa.

—¿Hay aquí cámaras que nos vigilen? —pregunta un poco mosqueada.

—Yo no he instalado ningún sistema de vigilancia —le contesto, y no miento.

No lo he hecho, ya estaba, solo he aprovechado las cámaras que normalmente se encienden solo cuando es de noche para mi beneficio personal.

Sopesa mi respuesta, pero parece que la acepta porque no dice nada más. Va hasta donde está su amiga y se sienta al lado. Se murmuran algo, aunque no sé lo que es.

—¿Cuándo podrá salir Reed? —pregunta al fin.

—Según los médicos, en una semana estará ya fuera, ¿no te fías de su recuperación?

—¿Tú lo harías si los que lo pusieron así ahora pretenden curarle?

—Dejadnos solos —ordeno.

—Ni de puta coña —suelta Sam.

Cat la mira y niega con la cabeza, haciéndole saber que no es momento de enfrentarme. Ni ahora ni nunca, voy a tener que decirle a Nate que se lo explique.

Cuando mis chicos y Sam salen, Cat me mira desconfiada. Le pido que se acerque, pero no lo hace, está tensando la cuerda y me encanta que lo haga.

—Por cada paso que des hacia mí quitaré un kilo de la deuda de tu amigo —suelto, tratando de ver hasta dónde es capaz de llegar.

Ella se lo piensa, y al final se acerca dando pasos más cortos de los que de manera habitual daría, de una forma tan evidente que me levanto y voy a su encuentro.

—Oye, eso es trampa —se queja.

—Primero, nadie ha puesto las reglas, por lo tanto, no hay trampas.

Ella me mira en silencio.

—Segundo, de haberlas establecido, soy de los que las rompe, así que de nada hubieran servido.

Me quedo callado y ella no tarda en hablar, la voy conociendo.

—¿Y tercero? —pregunta, dando otro paso hasta mí antes de que yo lo dé hasta ella y pierda el último kilo que le puedo quitar de la deuda a su amigo.

Bajo mi cara hasta su cuello, paso mi lengua y le susurro:

—Tercero, ahora eres mía, no lo olvides.

Tu historia continúa en el capítulo 15 (Pág 179)

14

Cat

Estoy helada mientras el señor Graves me observa, decidiendo qué hacer conmigo. Saca su arma de la chaqueta que le ha dado Cash y retrocedo un paso. Creo que me va a matar y no voy a poder hacer nada por evitarlo.

—Sabes, creo que es mejor que te quite del medio y evite problemas futuros —dice, cargando la pistola—. Tres menos no suponen una gran diferencia para mí.

Se refiere a Sam y a Reed, mierda.

—No, no, espera, no soy una rata de la Policía, lo juro —me defiendo.

—Eso es lo que suelen decir las ratas de la Policía —interviene Cash y, le doy una muy mala mirada.

—Te lo puedo demostrar.

—No creo.

Mierda, se está cerrando en banda.

—Dime algo que te haría confiar en mí —le suelto sin pensarlo demasiado.

Espero que no me pida que follemos o algo así porque me niego a pasar por eso para probar mis palabras. Me mira y vuelve a guardar el arma, se acerca a Cash y murmuran cosas que no oigo desde donde estoy; parece que mantienen una conversación en la que estoy implicada de alguna manera porque no dejan de observarme mientras lo hacen.

—Bien, hay algo que podría servirnos como prueba —dice al fin el señor Graves, mirándome.

—Lo que sea.

—Hay un informante de la DEA que hace años formó parte de nuestra familia, pero desde que se descubrió fue metido en el programa de protección de testigos y no hemos podido encontrarlo. Hazlo por nosotros y estaréis a salvo tus amigos y tú.

—¿Qué haréis con él? —pregunto, asustada de joderle la vida a una persona inocente.

—¿Tú que crees?

Mis hombros caen, desanimada; no puedo hacer eso, su muerte estaría en mi conciencia. Aunque negarme es tener la de mis amigos y la mía. Joder.

—¿No puede ser otra cosa?

—No.

Decido que voy a buscar a ese tipo y ver si es un criminal, en cuyo caso no tendré problemas en decirles; si por el contrario, es alguien bueno y que solo quiso hacer cumplir la ley, en ese caso cambiaré la ficha por un reo para que crean que está en alguna prisión de máxima seguridad a la que no tendrán acceso. Eso me dará tiempo al menos.

—Si me dais un ordenador lo hago ahora mismo —contesto, tratando de sonar lo más decidida que puedo.

El señor Graves sonríe y llega hasta mí, sube mi cara empujando mi barbilla con la punta de su pistola y me dice sin apartar sus ojos de los míos que no es tan fácil.

—Esos archivos los tienen sin informatizar para evitar este tipo de cosas —me aclara.

—¿Y cómo quieres que lo consiga?

—Adivina en la sede del marido de quién está guardada esa información…

Me quedo callada y asiento, joder, esto no me lo esperaba, no hay forma de hacer cambios en archivos reales.

—¿Aceptas o acabamos ya con todo? —insiste el señor Graves, poniendo la pistola de nuevo contra mi sien.

Trago fuerte y respiro hondo antes de contestar.

—Estoy dentro.

Me explican dónde está lo que tengo que buscar y el nombre de la persona en concreto. También me dejan claro que tengo una semana para lograrlo. Saben que Michael regresa en breve, cosa de lo que no tenía ni idea. De momento, a Sam la liberan y a Reed lo atenderán en una clínica privada que tienen, pero ya me han dejado claro que eso es algo que puede cambiar con rapidez y sustituir sus trajes por bolsas para cadáveres.

Cuando todo está claro, me meten en un maletero de un coche que no he oído ni llegar con una venda y una mordaza, y antes de cerrar me dan una clara advertencia: si los delato no solo yo estaré muerta.

En cuanto escucho que el coche se detiene y se abre el maletero tengo miedo de que todo haya sido un montaje para llevarme a algún lugar y deshacerse de mí. Sin embargo, en cuanto me quitan la venda y veo que estoy en un parque a menos de una milla de casa casi lloro de felicidad; bueno, en realidad lloro cuando el tipo que me ha sacado me entrega mi bolso con mi teléfono y se larga.

Es de noche, hace frío y no llevo zapatos, sin embargo, corro como nunca hasta llegar a casa, donde al entrar cierro y me deslizo por la puerta hasta quedar sentada. El teléfono suena y cuando escucho el tono de Sam descuelgo lo más rápido que puedo.

—¿Estás bien? —le pregunto sin esperar a comprobar que es ella.

—Sí, en casa, ¿y tú?

—También, me han dejado en el Battery Mision Park y he corrido hasta aquí —le explico.

—A mí me ha llevado el estúpido con el que me he quedado cuando los otros dos se han largado contigo. Estaba acojonada pensando en lo que te podrían estar haciendo.

—Casi no lo cuento, bueno, ninguno de los tres, no se fían de mí porque estoy casada con Michael.

—Es normal —racionaliza mi amiga, como siempre hace en estos casos.

—Nada de esto es normal —me quejo.

—Pero sí que es divertido —suelta, y no puedo evitar empezar a reír como una loca, dejando salir así todos los nervios retenidos.

Le cuento lo que tengo que hacer, y tal y como predijo el señor Graves, Michael vuelve a casa solo un par de días después.

Tengo la sensación de que me vigilan, pero cuando trato de buscar de dónde proviene esa mirada simplemente no la encuentro. Me quedan dos días antes de que se me acabe el plazo para lograr la ubicación de ese testigo protegido, y no sé si lo voy a poder hacer. Michael ha vuelto, sí, pero se pasa los días fuera del edificio de la DEA con la cerda de su compañera haciendo comprobaciones.

—Hola, mi cielo —escucho que me dice cuando estoy a punto de comer yo sola, otra vez, en mi gran y perfecta cocina de casa.

—¿Te quedas a comer?

—No puedo, tengo trabajo de campo.

—¿Sales otra vez con Ava?

—Claro, ¿con quién más si no?

Me mira y me evalúa como si fuera uno de esos testigos a los que interroga, lo sé porque lo he visto hacerlo, a veces se graba para, según él, ver dónde mejorar; mi teoría es que le encanta verse haciendo de poli.

—¿Estás celosa?

—¿Yo?

—Ava es solo una compañera.

—Lo sé —respondo de forma escueta.

—Oh, espera, crees que hay otra y que uso la excusa de Ava para verme con ella, ¿es así?

Lo miro y trato de no tirarle un cuchillo al ojo por gilipollas, pero por otro lado pienso que esto es algo que alimenta su ego y es lo que necesito.

—Te amo tanto que no puedo respirar pensando en que estés con otra mujer —le digo en un tono de telenovela tan dramático que hasta a mí me cuesta contener una carcajada—, ¿dónde iba a encontrar a otro como tú si me dejas?

Michael llega hasta mí y me abraza, besando mi cabeza mientras me frota la espalda como si me consolara.

—Mi cielo, tienes que saber que no puedes ocultarme nada, soy muy bueno descubriendo esas cosas.

Lo miro, me sonríe y me besa sin profundizar demasiado, cosa que agradezco.

—Sé que soy más de lo que hubieras imaginado tener, pero te prometo que contigo me vale.

Entierro mi cara en su pecho, aunque lo que quiero hacer es sacarle los ojos con una cucharilla de café.

—¿Qué te parece si vienes esta tarde y nos tomamos algo en el despacho?

Su pregunta me pilla desprevenida, es justo la oportunidad que necesitaba y tengo que jugar bien mis cartas para lograr mi objetivo.

—Solo si me dejas llevarte unos *cupcakes* de la tienda que tanto te gustan —contesto, relamiendo mi labio.

—¿Y cómo quieres que me los coma? —pregunta, pasando la punta de su lengua por toda su boca como si eso fuera *sexy*. Puede que en otra vida me lo pareciera, ahora busco la cucharilla para sacarme yo los ojos y no ver a este imbécil.

—Quiero ser mala y que un poli me enseñe lo que es comportarse —suelto, y noto que se le pone dura.

Sí, hemos jugado a los roles alguna vez. Personalmente no me motivan, pero sé que a él sí. Su teléfono suena y se aparta para contestar, aunque sin dejar de mirarme y tocarse la polla. Asqueroso. Cuando acaba, me dice que hay algo urgente y que me estará esperando esta tarde en su despacho, y su espada de acero valyrio también.

Llamo a Sam en cuanto sale de casa para contarle lo que acaba de pasar, y ella no está segura de que merezca la pena tener que tocar a Michael para conseguir lo que necesito. Yo tampoco quiero que me toque, sin embargo, es mejor opción follar con alguien que detestas a morir.

Michael me manda un mensaje con la hora, y cuando llego todos me miran al pasar. Digamos que me he arreglado de más y se nota. No es que vaya en chándal todo el día, pero sí que mi estilo es un poco más recatado, por así decirlo.

Me dirijo hacia su despacho y los recuerdos de la última vez me provocan arcadas. Cuando Michael me ve deja todo, y yo me contoneo hasta su mesa.

—Ven aquí, mi cielo —me pide, palmeando sus rodillas.

Le hago caso, dejo los pasteles en la mesa, me siento sobre su polla dura y comienzo a restregarme. Él mete su mano debajo de mi camiseta y pellizca mi pezón fuerte, no me gusta, no siento placer, sino repulsión. Comienzo a darme cuenta en cada toque que no puedo dejar que me folle. No lo soporto. El sonido de su polla contra el culo de Ava es lo único que oigo mientras él no deja de gemir y frotarse contra mí.

—Oh, mi cielo, no sabes las ganas que tenía de follarte aquí —murmura, y decido tomar las riendas porque no quiero que lo haga.

Me deslizo hasta el suelo, me pongo de rodillas, le abro los pantalones y, mientras él observa en silencio, yo me meto su polla con lentitud en la boca mientras aprieto sus huevos. Sé lo que tengo que hacer para llevarlo hasta el final, y me aplico a fondo. Necesito no pensar para seguir porque ahora mismo lo único que quiero es vomitar. Prosigo chupando, lamiendo y absorbiendo como una profesional mientras él me agarra del pelo y empuja para meterse más profundo. Ni siquiera me avisa cuando se corre en mi boca, y sin pensarlo lo escupo en la papelera a su lado.

Me mira extrañado y yo le limpio lo que queda con mi lengua mientras trato de no vomitar, cosa que se me está haciendo cada vez más difícil. Cuando llaman a la puerta, me levanto y me giro para que no vean las pintas que debo llevar ahora mismo.

—Voy al baño —me excuso, y salgo sin mirar mientras el compañero de Michael entra y me saluda, pero no se percata de lo que he estado haciendo. Al menos eso creo.

Llego al baño y me meto en un cubículo, el cual cierro de un portazo y vacío todo mi estómago. No puedo evitar seguir haciéndolo hasta mucho después de que ya no queda nada. Cuando creo que ya he terminado, me limpio la boca y salgo para lavarme las manos y la cara.

—¿Estás bien? —pregunta la persona a quien menos quiero ver en este momento.

—Sí, Ava, supongo que algo me ha sentado mal.

—¿No será que estás embarazada? —inquiere y, si no fuera porque sé lo que sé, me parecería hasta genuina su pregunta.

—Bueno, uno nunca sabe, Michael y yo no los buscamos, pero ya sabes, estas cosas pasan cuando se comparte cama —contesto como si mi vida sexual fuera algo más que chuparle la polla a mi marido para que un mafioso no me mate.

Sus ojos me dicen que no le ha gustado mi respuesta, sin embargo, su boca luce una perfecta sonrisa.

—¿Quieres algo de beber? —me pregunta, siguiendo con su farsa y sin saber que me viene genial que lo haga.

—Si no te importa, puedo ir a la cocina y prepararme algo.

—Claro que no, yo aviso a Michael de que estás algo indispuesta y si necesitas que vaya lo llamas.

Me lo dice como si ella fuera su mujer y no yo. Quiero tirarle del pelo hasta que se quede calva, pero en lugar de eso sigo su técnica y sonrío tanto que me duelen los músculos de la cara.

Me dirijo a la cocina que usan para calentar las cosas y prepararse cafés, busco un poco mientras hay un par de agentes allí y me preparo un té. En cuanto me dejan sola, me asomo por la puerta y me dirijo a la que hay justo enfrente. Allí están los archivos clasificados, según me dijo el señor Graves.

Hay muchos archivadores, pero no sé cómo, ellos me describieron dónde lo encontraría, y allí exactamente está cuando lo busco. Saco el teléfono y le hago una foto para enviarla al número que me indicaron. Veo que hay un mensaje de Michael pidiéndome disculpas por una reunión de última hora, que Ava ya le ha contado que estaba enferma y que me ama. Genial, así no tengo que regresar.

Dejo todo con cuidado y salgo sin que nadie me vea. La adrenalina bombea en mis oídos a mil por hora. Escucho mi corazón latir en mi pecho y trato de no correr hasta la salida para no levantar sospechas. Me despido de algunos conocidos y camino por la acera hasta una parada vacía de taxis. Llamo y en menos de un minuto uno aparece, me subo, y voy tan ensimismada mandando un mensaje a Sam de que ya está todo hecho que no me doy cuenta de que no estoy sola.

—Hola —saluda el señor Graves a mi lado.

—Joder, ¿cuándo te has subido?

Una sonrisa genuina tira de sus labios y debo reconocer que es una obra de arte, una que no debo contemplar.

—Ahora sí que podemos confiar en ti —me dice mirando al frente, y me doy cuenta de que el conductor no es otro que Cash.

—¿Cómo habéis sabido…?

Yo misma me callo porque es obvio que tienen mi teléfono pinchado. Soy una novata.

—Como recompensa te traigo esto —suelta mientras me entrega unas fotos que llevaba en el interior de su americana.

Las miro y no es otra cosa que la infidelidad de Michael plasmada en papel. Me jode demasiado verlas, y decido devolvérselas.

—Son para ti, por si las necesitas para tu divorcio.

Casi le agradezco el gesto cuando recuerdo en la mierda que estoy por él y le gruño. Él se ríe y Cash también.

—Bueno, ya tenéis la dirección que queríais, estamos en paz, ¿no?

—Sí, me alegra saber que no has tratado de engañarme.

Sus palabras me hacen recapacitar un momento y me doy cuenta de que todo esto no era otra cosa que una prueba. Ellos ya saben dónde está el tipo del que me han pedido que averigüe su paradero.

—¿Para qué arriesgarse? —pregunto desconcertada.

—Por tres motivos. —Me sonríe.

—¿Los puedo saber?

—¿Estás segura de querer saberlos?

—Siempre.

—Primero, tenía que saber si se podía confiar en ti.

Asiento porque esa es la obvia.

—Segundo, ahora tengo esto en mi poder.

Miro su móvil y veo el vídeo en el cual salgo yo haciendo la foto a los documentos clasificados. Básicamente cometiendo un delito federal. Lo miro enfadada hasta niveles que no sabía que podía, solo que no le digo nada, eso es lo que quiere, cabrearme, y no lo va a conseguir; bueno, lo ha hecho, pero no le voy a dar el gusto de regodearse en ello.

—¿Y tercero? —pregunto, alzando la barbilla con todo el orgullo que puedo reunir en ese momento.

Baja su cara hasta mi cuello, pasa su lengua y me susurra:

—Tercero, ahora eres mía, no lo olvides.

15

Cat

Cojo mi bolso y salgo del despacho corriendo mientras me limpio el rastro del señor Graves del cuello, me encantaría decir que con asco, pero lo que más me aterroriza es que he sentido una punzada en todo mi centro que hacía meses que no sentía.

Me meto en mi coche y me doy un momento para respirar. Miro el móvil y veo que hay como veinte mensajes de Sam. Le contesto que está todo bien y que ya me he largado de allí, aunque no le cuento que casi me corro porque un mafioso ha pasado su lengua por mi cuello.

Pongo dirección a casa y en cuanto llego Michael aparece. Mierda, no me apetece nada lidiar con él en este momento. Por desgracia me ve y no puedo hacer otra cosa que aparcar y entrar.

Lo encuentro en la cocina, revisando botes, y me quedo pálida, ¿sabe algo? Trato de respirar hondo para no entrar en pánico y me siento en uno de los taburetes de la cocina con las manos entre mis muslos para evitar que vea cómo tiemblan.

—¿Qué buscas? —le pregunto en un tono casual.

—¿No teníamos panela?

Dejo escapar el aire que ni sabía que estaba conteniendo, sonrío, asiento y me levanto para cogerla yo misma. Está justo en el bote junto a la droga, así que mejor que ni se acerque; tendré que cambiarlo de lugar o sacarlo de casa. La traje para hacer algunas pruebas con algunos empaques, pero ahora solo es un problema.

—Aquí tienes —le digo mientras se la tiendo.

Él se acerca, la coge y me sonríe, luego le saca una foto y la manda por mensaje mientras escribe con rapidez.

—Les dije a los del curro que nosotros usábamos este edulcorante natural desde hace años —comienza a explicar—. Méndez ha venido tratando de hacerse el entendido en comida sana y recomendando usar esto, que según él jamás lo había oído nadie —se jacta con orgullo.

Bueno, él no lo ha comido jamás, y yo lo compré para uno de estos cursos de repostería saludable que quedan bien en el currículo de esposa. De hecho, dudo que se pueda comer a estas alturas, ¿esto caduca?

—Veremos a ver ahora quién es el que sabe de alimentación sana —prosigue mientras se levanta la camiseta y golpea sus abdominales—, esto no se tiene comiendo mal.

—Claro que sí, déjales claro quién es el que sabe, cariño, por eso tienes el mejor cuerpo de la DEA —le digo sonriendo, inflando su ego, y él no se da cuenta de que mis palabras dicen una cosa, pero mis ojos otra; ni siquiera me mira, está admirando sus abdominales en el espejo del pasillo.

—Mi cielo, mañana tengo cena con los compañeros, así que no me esperes después del trabajo. No creo que llegue tarde, pero ya sabes que los chicos se van en cuanto yo lo hago y van a tratar de retenerme el mayor tiempo posible.

—Por supuesto, eres el alma de la fiesta.

—¿Verdad que sí? Yo opino lo mismo, ya me pasaba en el instituto.

Comienza a hablar sobre sus años de gloria, de cómo fue el rey del baile de graduación y que cada reunión a la que va de antiguos alumnos es al que claramente mejor le ha ido...

Desconecto y limpio la cocina mientras no dejo de pensar en la lengua del señor Graves. Creo que necesito una sesión con mi amigo a pilas de la mesita de noche.

Cuando entro en la oficina al día siguiente lo hago con cautela. Ha habido cambios. Hay varios hombres que creo que son de Graves, también me he enterado de que ya no tengo a los compañeros en las oficinas adyacentes, por lo visto los han mudado a unas mucho más grandes. Y la recepcionista de la planta ahora es un tipo que me suena de cuando fuimos a la discoteca Sam y yo. Básicamente, ahora mismo estoy sola en la planta rodeada de hombres que pueden matarme y ni siquiera tendría sentido gritar porque nadie me oiría para poder venir en mi ayuda.

Por suerte no hay interrupciones de ningún tipo, solo Sam con mensajes comprobando si tiene que venir a ayudarme a escapar junto a un dibujo de cómo lo haría, lo cual me hace sonreír por primera vez en toda la mañana.

Cuando llego a casa, Michael ya no está. No hace mucho que se ha ido porque el perfume con el que se embadurna sigue en el ambiente. Adoraba ese olor, ahora me da náuseas. Pido algo de *pizza* y me quedo hasta casi la una viendo el final de la temporada de *Cómo vender drogas por internet*. Antes la veía porque me encantaba, ahora tomo apuntes de manera literal.

Me despierto cuando siento que no puedo respirar, como si algo estuviera encima de mí haciendo una presión que me impide moverme. Me cuesta unos segundos darme cuenta de que no es una cosa, es una persona. Me revuelvo hasta que mi cerebro procesa el perfume de Michael y entonces comienzo a moverme aún más fuerte.

—Mi cielo, soy yo —murmura subido a mi espalda.

Estoy boca abajo y él está sobre mí, sujetando mis manos a la vez que mece su polla contra mi culo.

—Déjame —le pido, tratando de no entrar en pánico.

—Sabes que me gusta follarte en esta posición —sigue susurrando mientras aprieta con más fuerza sus dedos en mis muñecas. Las tiene cogidas sobre mi cabeza para poder tener una mano libre.

—No, Michael, estás borracho.

—Y, aun así, mira qué dura la tengo —se burla, tratando de bajarme el pantalón del pijama, y me doy cuenta de que él está desnudo porque su polla ahora está encajada en mi trasero.

Notar el contacto de su piel con la mía me da arcadas. Sigo moviéndome y él suelta mis manos para agarrarme del cuello y fijarme en el sitio mientras sigue tratando de bajar mi pijama y mis bragas. Está apretando demasiado sus dedos en mi cuello y siento que me va a dejar sin aire si sigue por ese camino. Estoy asustada, él es más fuerte, también sabe mantener a alguien en su sitio, y ahora mismo estoy por completo a su merced. Trato de salir de debajo de él, pero eso parece animarlo más. Necesito recuperar el control. Respiro hondo, cierro los ojos, y cuando noto un ligero afloje de su mano en mi cuello, lanzo mi mano hacia atrás y logro arañarle la cara.

Michael da un grito de dolor y se lleva los dedos a su mejilla, aprovecho para impulsarme hacia arriba, haciendo que caiga a un lado de la cama y yo pueda salir por el otro. Agarro el teléfono de mi mesita y corro hasta el baño, cierro la puerta y me encierro en él. Estoy temblando, el frío recorre todo mi cuerpo, y cuando veo mi imagen en el espejo me doy cuenta de lo cerca que he estado de ser violada por mi propio marido.

Recoloco mi ropa como puedo, y cuando suena un golpe en la puerta grito por el susto que me da.

—Mi cielo —casi susurra—, lo siento, estoy borracho, sal y lo hablamos.

—No.

—Por favor, te amo, no sé qué ha pasado, te prometo que no te toco.

—Déjame, Michael.

—Mi cielo, lo siento mucho, de verdad, por favor, pensaba que estábamos jugando.

Decido dejar de contestar y me siento en la alfombra del baño, apoyando la espalda en la bañera. Cojo una de las toallas que hay limpias en el armario del lavabo y me tapo con ella, tratando de entrar en calor. Tras un rato de disculpas y lloros por parte del ser que hay al otro lado, dejo de oír ruidos.

Estoy tentada a salir, pero no sé si será una trampa, si de verdad se le ha ido de las manos o si simplemente este el hombre con el que me casé y hasta ahora no me había dado cuenta.

Me acurruco en la impecable alfombra del baño y me hago una bolita, esperando que el mundo desaparezca. Agarro el móvil como si fuera mi peluche favorito. Quiero llamar a Sam, sin embargo, sé que si lo hago ella acabará mal, Michael le tiene ganas y estoy segura de que no iba a quedarse quieta en cuanto viera las marcas de mi cuello o de mis muñecas. No recuerdo cuándo me quedo dormida, pero me despiertan unos ligeros toques en la puerta y me siento, alerta.

—Mi cielo, lo siento, te he dejado el desayuno en la cocina, me voy a trabajar. Te amo. Hablamos luego.

Parece muy afectado por la situación. Me da igual. Lo de anoche fue algo que no puedo perdonar. Necesito pensar en cómo proceder porque alejarme no es una opción, no de momento, solo unos meses más, quizás menos si logro vender todo antes de lo previsto. Necesito ir a la oficina y pensar en cómo acabar con todo esto lo más rápido posible. Escucho el coche de Michael salir del garaje a través del ventanuco del baño. No me puedo asomar porque apenas es un agujero de un palmo en lo alto, «es para dar luz», nos dijo la que nos vendió la casa. Para mi fortuna, reconocería el sonido de su deportivo en cualquier lugar, así que debe haberse ido.

Dejo pasar casi media hora más y salgo con cautela. Recorro la casa, móvil en mano, hasta que confirmo que estoy sola, y entonces me preparo para el trabajo, no sin antes tirar el desayuno íntegro a la basura. Debido a las marcas que llevo, decido ponerme un pañuelo al cuello y manga larga. No tengo cuellos de tortuga porque me agobian, pero ahora hubiera sido una gran opción, quizás de vuelta a casa pare en Walmart y me haga con alguno para los próximos días, no sé cuánto tardará esto en irse.

Pruebo a maquillarme los dedos que tengo marcados en el cuello y se ve fatal, no sé cómo hacen esto con tanta facilidad en las películas, así que opto por dejarme el pelo suelto. Por suerte, en mi oficina ya no tengo que cruzarme con nadie que me guste y con quien pueda pararme a hablar, del *parking* subo directa, y cuando paso por la recepción el tipo que está allí me llama.

—El señor ha mandado instalar un sistema nuevo para acceder a las oficinas —me explica mientras me entrega lo que parece una pulsera de esas como las del gimnasio que sirven para entrar a través del escáner.

Miro hacia la puerta de mi despacho mientras me la coloco y veo que hay un lector de esos junto al pomo.

—¿Todo bien? —pregunta mirando hacia mi muñeca y me doy cuenta de que al colocarme la pulsera no he sido cuidadosa.

—Sí, soy de piel sensible.

Es lo único que se me ocurre. Tampoco es que tenga que darle explicaciones a este gorila. Voy hasta la puerta, y agarrando mi camiseta para que no se deslice, paso la pulsera y se abre. No miro al de seguridad, que está allí apostado, y hasta que no entro no me siento por completo a salvo. Como si la oficina ahora se hubiera convertido en mi refugio.

Recibo mensajes de disculpa de Michael y miles de promesas a las que no contesto. Me concentro en mi trabajo y trato de encontrar la manera de salir de toda esta mierda en menos tiempo. Llevo como una hora más o menos cuando me avisan de que tengo un correo con los almuerzos que hay para poder elegir y que me lo traigan, y yo lo agradezco, ahora mismo no quiero salir de aquí. Como mi bocadillo con mi refresco y continúo hasta que es casi la hora de salir, son las cuatro y lo que menos me apetece es volver a casa. Tampoco puedo ir a ver a Sam, la tengo entretenida con una nueva idea sobre el envío de droga en tampones, pero si me ve va a saber que algo pasa. Así que decido que ir a ver a Reed, es la mejor opción, está todavía hospitalizado, por llamarlo de alguna manera.

—Quiero ir a ver a Reed —digo por el interfono al que quiera estar oyendo allí afuera.

—Ahora le confirmamos —contesta alguien.

No pasan ni tres minutos que lo hace.

—En veinte minutos un coche la esperará en el *parking* para llevarla. Nos ocuparemos de que su vehículo esté en su casa para cuando regrese.

No pregunto cómo lo van a hacer ni les digo que tengan cuidado con Michael, supongo que ya lo saben. Recojo todo y salgo de allí en silencio. Voy en ascensor hasta el lugar que me han dicho y veo una limusina que me suena demasiado.

Cash sale del lado del copiloto y me abre la puerta. Por un momento se me para el corazón pensando en que el señor Graves estará dentro, sin embargo, al entrar veo que estoy sola y respiro aliviada, aunque no puedo evitar pensar que también siento algo de decepción.

Salimos del edificio y gracias a los cristales tintados nadie puede ver que estoy dentro del vehículo. Nos dirigimos por varias calles que no me suenan. Deduzco que han cambiado a Reed de lugar porque cuando media hora después entramos en un estacionamiento privado con varios guardias armados en la puerta, me doy cuenta de que no tengo ni idea de dónde estoy. Creo que no ha sido buena idea venir sin decirle a nadie.

Mientras circulamos por el aparcamiento le mando un mensaje a Sam, pero veo que no sale la confirmación del envío. Me fijo y no hay señal.

—Inhibidores. —Sonríe Cash mientras baja la mampara que nos separaba.

Supongo que no son idiotas después de todo.

Paramos, y cuando me abren la puerta solo veo un ascensor con dos guardias armados a cada lado. Cash entra y espera a que yo haga lo mismo. Me sitúo detrás de él cuando pulsa un código para subir a la planta que sea. No me fijo porque es probable que cambien a Reed más veces de hospital. Cuando llegamos a nuestro piso, Cash se pone de lado y con la mano me indica que salga.

Al hacerlo me doy cuenta de que esto no es un hospital ni un lugar habilitado para ello. Tampoco veo a Reed. Ante mí hay un despacho inmenso, con una vidriera que muestra la ciudad bajo nuestros pies y un par de puertas. Una de ellas se abre y veo a Graves salir sonriendo.

—Hola —me saluda mientras la cierra, aunque antes alcanzo a ver que es un baño.

—¿Dónde está Reed? —le pregunto, siendo maleducada a propósito.

Su respuesta es una risa entre dientes.

—Tu amigo está recuperándose bien, no temas.

—Preferiría verlo con mis propios ojos —le digo, manteniendo la distancia.

Graves me señala la silla de ejecutivo que hay tras la enorme mesa y yo voy hacia ella, rodeando el escritorio por el lado contrario al que él se encuentra.

—Ahí lo tienes —me indica, y veo en la pantalla varias imágenes, como de diferentes lugares, y uno de ellos es la habitación donde se encuentra Reed.

—¿Puedo ampliar la imagen? —le pregunto, y asiente.

Cojo el ratón junto al teclado y lo paso por el cuadrado del vídeo de mi amigo, pero no ocurre nada. Graves se inclina sobre mí, pone su mano sobre la mía, la guía hasta unos controles en la parte izquierda del cuadrado y finalmente clica dos veces, haciendo que Reed ahora ocupe toda la pantalla.

La imagen es nítida y puedo ver que se encuentra bien. Sonrío y me relajo, me recuesto un poco y aparto el pelo de mi cara.

—¿Hemos sido nosotros? —pregunta Graves de pronto, y me giro para ver a qué se refiere.

Señala mi muñeca, la que está sobre el ratón, y yo niego.

—Si alguno de los míos ha hecho eso tienes que decírmelo, no tolero esta mierda —sisea en un tono enfadado que no entiendo.

—No, y no es tu problema.

Toco el pañuelo de mi cuello para asegurarme de que sigue en su sitio y me calmo al ver que es así. De pronto, Graves me gira en la silla, se agacha, me levanta y me coloca sobre la mesa. Se mete entre mis piernas y coge mis manos.

—¿Quién ha sido? —insiste, observando mis muñecas.

No contesto y él decide levantar la tela que las cubre y revisarlas de cerca. Lo oigo gruñir y me mira de forma intensa, tanto que siento que me abruma tenerlo tan cerca. Acaricia con su pulgar las marcas y después sube su mirada hasta mi pañuelo. Levanta su mano y comienza a quitarlo, sin embargo, yo lo mantengo en su sitio con mis dedos. Graves me mira y niega levemente. Me dice sin palabras que no me resista, lo va a quitar quiera yo o no, así que decido que esta batalla no la voy a librar y dejo que lo saque de mi cuello.

Aparta mi pelo y acaricia las marcas con una delicadeza que hace que se me erice la piel. Baja su cara hasta quedar a mi altura, y creo que va a volver a pasar su lengua. Aunque no lo hace, en lugar de eso pasea su nariz mientras siento su aliento cálido por todo mi cuello y suaves besos a lo largo de él hasta llegar a mi oreja.

—¿No recuerdas lo que te dije? —pregunta, y niego un poco con la cabeza; «ahora mismo no sé ni cómo me llamo, no me pidas más aparte de saber cómo respirar para no morir», pienso. Entonces él repite las mismas palabras que dijo en su momento—. Tercero, ahora eres mía, no lo olvides.

Deja suaves besos en dirección a mi boca y enmarca mi cara con sus manos. Muerde mi labio inferior, y cuando está a punto de besarme una puerta se abre.

—Así que es esto lo que hace mi prometido en las horas de trabajo.

«¿Prometido?».

Si quieres que Cat se vaya enfadada continúa leyendo.
Si quieres que se quede, ve al capítulo 17 (Pág 199)

16

Cat

Una mujer preciosa nos mira desde la puerta y no entiendo qué está pasando. El señor Graves me tiene todavía la cara cogida entre sus manos mientras la mira, y ella a mí. Joder, esto es demasiado incómodo. Lo empujo y me bajo de la mesa de un salto. Voy hasta el otro lado de la habitación, tratando de poner distancia con este hombre que me absorbe como nunca antes me había pasado.

—Chastity, déjate de mierdas de la boda, sabes perfectamente cómo fueron las cosas.

Así que es verdad, es su prometida, o lo fue o lo será. Me da igual el tiempo verbal, no puedo hacer esto.

—Mylan, deberías advertirle que lo que pase entre vosotros es confidencial. Y que aprenda a cerrar la puerta, cualquiera puede entrar —dice mientras camina hasta su lado y le da un beso en la mejilla.

—Ya lo veo —sisea el señor Graves, apretando la mandíbula mientras la mira de una forma que me da escalofríos.

—No sé qué crees que pasa, pero no es así, estoy casada y no me interesa nada con nadie que no sea mi marido —le aclaro a la mujer, y no sé por qué.

—Seguro que no es como mi Mylan, tu marido no le llega ni a la altura del betún.

—Hace una cosa con su lengua que dudo que algún hombre lo iguale o mejore —le suelto cabreada.

No es que defienda a Michael, él no hace ni mierda con su lengua, pero es una tara que tengo en mi cabeza: detesto que se metan con alguien de forma gratuita, aunque ese alguien sea un imbécil. Bueno, puede que también influya que no me gusta nada la forma en la que ella ha llegado hasta el señor Graves y lo ha besado. Y me gusta menos que él la haya dejado.

¿Qué te pasa? Como si él fuera algo tuyo, idiota; por favor, ve a la pared y date un buen golpe en la cabeza, a ver si así se te despierta alguna neurona.

—Ella solo es trabajo —afirma el señor Graves refiriéndose a mí y, entonces lo entiendo todo.

El juego que se trae es para tenerme contenta. Está claro que mi marido no me da lo que necesito y habrá pensado que, si él lo hacía, aguantaría esta situación por más tiempo. Soy eso, solo un peón de su juego.

Me siento imbécil y decido que mi día se ha terminado. Ni siquiera recojo mi bolso, tengo las llaves del coche en un bolsillo y el móvil en el otro. Así que voy hasta la puerta, aprovechando que ellos discuten sobre algo de la boda, y me largo de allí. No cierro la puerta para no hacer ruido y llego hasta el ascensor de la planta sin problema. Entro y bajo hasta mi coche. El teléfono suena en mi bolsillo, y cuando veo que es un número desconocido no lo cojo. Algo me dice que es el señor Graves. Suena varias veces más y decido quitarle el volumen. Conduzco hacia casa tratando de no llorar. Puede que sea una tontería, pero creía que de verdad el señor Graves me consideraba de alguna forma una mujer interesante. No digo guapa, está claro que si la de la oficina es algún tipo de pareja para él yo no llego a sus estándares. Simplemente creí que podía atraerle por mi cerebro.

Miro el móvil en un semáforo y veo que tengo un mensaje de Sam pidiéndome que la llame y otro de un número desconocido, que una vez leo tengo claro quién es.

—Hola, perra —me saluda Sam en cuanto descuelga.

—Casi me beso con el señor Graves —le suelto sin más.

—Yo casi me follo al chico que reparte las pizzas del italiano nuevo.

No puedo evitar reírme y parece que todo es menos malo.

—Lo mío casi acaba de pasar hace como diez minutos —le aclaro.

—¿Por qué ha sido solo casi? Dejaría que ese hombre me diera como a moto que no arranca.

—¡Sam! Es un mafioso asesino, ¿te has olvidado?

—No, pero eso no cambia mi opinión. —Se ríe.

—Nos ha interrumpido su prometida, o exprometida, o futura prometida, no lo tengo claro.

—Vaya, eso sí la cambia.

—Asesinos sí, ¿pero infieles no?

—Exacto.

—Te amo —le declaro.

—Lo sé. Pero no te vayas de tema. ¿Qué pasa, Cat?

—Pues que solo ha querido besarme para tenerme controlada.

—¿Cómo es eso?

—¿Te acuerdas del libro que leímos en tercero en el que el chico tenía que enamorar a la chica para que fuera más fácil de manejar?

—Oh, sí, qué cabrón. Aunque al final él se enamoró.

—Ya, no es mi caso, creía que lo atraía, intelectualmente hablando, sé que puede estar con mujeres espectaculares en cuanto a físico, pero algo me encendía al imaginar que era mi cerebro el que lo ponía cachondo.

—Sapiosexualidad —suelta.

—¿Qué dices?

—Que a un tío se le ponga dura por tu cerebro se llama sapiosexualidad. Aunque déjame decirte que se te follaba con la mirada, te metería su pajarito en tu casita del amor, aunque no supieras distinguir entre *software* y *hardware*.

Me río mientras aparco en la puerta de casa; apago el motor, pero sigo metida en el coche. Hoy Michael trabaja por la noche, supongo que se follará a Ava mientras yo me quedo en casa sabiendo que para lo único que soy buena es para ser engañada por los hombres. Mierda. Empiezo a autocompadecerme demasiado, necesito una Budweiser.

—Tengo que armar un plan —digo de pronto.

—¿Para qué?

—Para sacar a Reed de la mierda esta y después largarme lejos de aquí.

—Dirás largarnos, a mí no me dejes en esta ciudad de mierda sin ti —se queja.

—Lo digo en serio, creo que lo mejor es irme y no volver, buscar otro Estado, o incluso otro país, y simplemente esfumarme.

—Sigo siendo tu chica para eso.

Sonrío, aunque ella no pueda verme, porque sé que lo dice en serio. Aunque quiero hacer esto sola, Sam no dejará jamás que así sea.

—No me jodas —murmuro.

—¿Qué pasa?

—Michael está en la puerta de casa con un ramo de flores.

—Oh, vaya, ¿qué ha hecho?

—Mejor no te lo cuento.

—Lo voy a matar.

—No te he dicho qué ha pasado.

—Cat, no es necesario, sé que ha sido algo gordo si me lo has ocultado.

Miro las marcas de mi cuello en el retrovisor, toco las de mis muñecas y me muerdo el labio. No se lo voy a decir, al menos no al teléfono, esto es mejor cara a cara para que pueda convencerla de no coger la pala y la bolsa del maletero.

—Te prometo que te lo voy a contar, pero déjame hacerlo en mi momento y a mi manera —le pido, y ella murmura algo de tener que ir a la tienda a por bolsas más grandes—. Te dejo, Michael ya me mira raro porque no bajo del coche.

—Dile que es un imbécil de mi parte.

—Siempre.

Cuelgo y llego hasta él manteniendo cierta distancia. Me pone su cara de cachorrito y da un paso atrás para dejarme entrar. Lo hago sin darle la espalda y cuando cierra la puerta tengo miedo. No, estoy aterrada de estar a solas con él.

—Lo siento tanto, mi cielo —dice, tirándose al suelo mientras abraza mis piernas, aplastando el ramo entre mis rodillas y su pecho.

Me quedo en silencio porque no sé qué decir. No se lastima a quien quieres, da igual lo cansado que estés o que hayas tenido un mal día, nunca jamás haces daño a quien amas. Y mucho menos la fuerzas.

—Por favor, perdóname, te amo, no quiero que me dejes, eres lo más importante para mí, pídeme lo que quieras —sigue suplicando.

Casi suelto una carcajada, pero me contengo. ¿Que le pida lo que quiera? Quiero que no te folles a otra, quiero que me valores porque tengo cien veces más cerebro que tú, quiero que sientas que soy irremplazable… Quiero demasiadas cosas que nunca voy a tener. Ni con él, ni casi seguro que con nadie. Soy inteligente, y por eso tengo claro que si los hombres me engañan o usan siempre no es porque me lo merezca, es porque es para lo único que sirvo.

Noto las lágrimas recorrer mis mejillas, y no son por Michael ni por la muerte de nuestra relación. Es porque sé que por más que me repita a mí misma que valgo mucho no es real. Que todos no pueden estar equivocados, que quizás no soy lo bastante buena como para que me quieran y me amen como en los libros.

Siento de pronto que Michael besa mis muñecas y después sube un poco mi camiseta y posa sus labios en mi estómago. Debería detenerlo, pero si lo hago, si no soy capaz de conseguir acostarme con él, estoy segura de que se dará cuenta de que algo pasa. Siempre lo he perdonado, nunca ha llegado a tanto, aunque no creo que eso le importe. ¿Y si lo rechazo y me deja? No es que no sea lo mejor, sin embargo, no lo es ahora.

«Ella solo es trabajo».

Las palabras del señor Graves resuenan en mi cabeza mientras Michael sigue besando mi cuerpo y yo me mantengo como una estatua. Es lo que soy. Solo un cuerpo, algo que usar y con lo que beneficiarte. Supongo que si te prostituyes por voluntad propia no es tan malo, ya me he acostado antes con Michael, puedo hacerlo. Así que decido dejar que eso suceda. Me quito la camiseta y Michael se pone de pie.

—Gracias, mi cielo.

Me coge en brazos y me lleva al dormitorio, me lanza a la cama y se baja los pantalones. Su polla me saluda tan fea como siempre, y decido que si voy a hacer esto no será mirándolo. Me doy la vuelta, con la mejilla contra el colchón, y dejo que me baje los pantalones y las bragas. La cama se hunde bajo su peso cuando se sube, me abre las piernas con sus rodillas y se posiciona en mi entrada. Ni siquiera se da cuenta de que estoy seca.

—Joder, mi cielo, sí —suspira en mi oído mientras se introduce.

En ese momento mi mente se desconecta de mi cuerpo. Escucho cómo gruñe y gime, pero no soy yo la que está ahí, la que recibe sus embestidas ni la que soporta su peso sobre mí. No. Yo estoy a cientos de millas de allí, feliz en una playa de esas con aguas azules cristalinas, sentada en el tronco de una palmera que hay caída en la orilla. Mis pies no tocan el suelo, el agua roza las puntas de mis dedos mientras veo cómo el sol se esconde y la brisa del mar mueve mi pelo, y puedo oler el salitre y el coco que lo cubren.

No sé el rato que dura, solo que cuando acaba se corre sobre mi espalda, besa mi frente y se mete en la ducha. En cuanto sale, salto de la cama y me meto debajo del agua. Pongo la posición en la que sale más caliente y me mantengo debajo hasta que asoma la cabeza de nuevo, ya vestido, listo para irse.

—Mi cielo, me voy ya, mañana nos vemos. Te quiero. Eres la mejor.

Sonrío porque es lo único que puedo hacer. Y en cuanto escucho el coche irse por el ventanuco del baño me desmorono. Comienzo a llorar y a restregar mi cuerpo con la esponja. Sé que yo lo he consentido, pero no es lo que quería, solo lo que necesitaba, era necesario para que todo siga como hasta ahora.

Cuando consigo las fuerzas necesarias para salir de la ducha, me seco el pelo y me pongo un pijama limpio. Cuando veo las sábanas revueltas tengo náuseas. Las quito con rabia y las cambio por otras que huelen a suavizante. Meto las usadas en la lavadora y vuelvo a la habitación. Recojo el móvil de mi pantalón, tirado en el suelo, y meto mi ropa en la cesta para lavar. Una vez que ya no queda ninguna prueba de lo que acaba de pasar, me meto en la cama. Apenas son las siete, pero lo único que me apetece es acurrucarme.

Decido que es un buen momento para llamar a Reed. Respiro hondo, apoyo mi espalda contra el cabecero acolchado y espero a que lo coja.

—¿Cat? ¿Pasa algo? —pregunta en cuanto descuelga.

—Solo comprobando que estás bien.

—Todo lo bien que puedo estar dada la situación. Al menos estoy vivo. No te lo he dicho aún, pero gracias.

—Creo que la he cagado al meterme, no te he ayudado.

—Sí, lo has hecho. Si no fuera por ti las cosas estarían mucho peor.

—Reed, es por mi culpa que casi mueres de una paliza —le recuerdo.

—Bueno, eso habría acabado pasando a manos de la gente que vendía en el barrio al que iba al principio. Tú me has salvado, y no solo a mí, a mi mujer y mi hija también.

Me quedo en silencio un momento pensando en cómo he podido hacer eso, pero ninguna respuesta viene a mi mente.

—¿Sigues ahí? —pregunta Reed cuando llevo ya demasiado tiempo callada.

—Sí, es que no entiendo cómo he ayudado a la pequeña Megan o a Marcia.

—No te hagas la modesta, gracias a ti ahora la casa está más que pagada, y hay una cuenta con dinero para la niña por si se llega a enfermar de nuevo, y si no es el caso, ese dinero podrá costear sus estudios universitarios.

—Espera, ¿qué?

—Sí. Nate, un tipo alto grande que debe ser importante, vino a verme y me dijo que gracias a ti esto era posible. Algo sobre un dólar de más que no entendí.

¿Es posible que el señor Graves no sea tan imbécil como creo?

—Bueno, realmente no hice nada —comienzo a explicarle a mi amigo.

—¿Cómo que no? Me dijo que ahora pertenecías a su jefe y lo hacías «por voluntad propia para salvar mi culo», palabras textuales.

«Tercero, ahora eres mía, no lo olvides».

Y lo era, hasta tal punto que había dejado que Michael hiciera lo que quisiera conmigo para que el negocio no se fuera a la mierda. Su negocio. Su empresa.

«Ella solo es trabajo».

Sus palabras se repiten en mi mente. No puedo dejar de pensar en ellas, y un nudo hace que mi garganta se cierre.

—Tengo que dejarte, espero que te recuperes pronto.

—¿Estás bien? —pregunta preocupado.

—Sí, solo algo ocupada con las cosas de casa, ya sabes, ser una mente criminal no te libra de hacer la cena —me burlo para dejarlo más tranquilo y, lo logro.

—Nos vemos pronto.

—No vemos pronto —repito y cuelgo.

En cuanto lo hago, un mar de lágrimas inunda mi cara y me acurruco debajo de las sábanas. Estoy triste, pero también me da rabia. Grito con la cara contra mi almohada para que no me oigan. La impotencia que siento me cabrea. No me gusta ser la víctima y no pienso serlo. Si yo he decidido ser una puta por el bien del negocio, tengo que dejar claro en mi mente que el señor Graves es mi chulo. No hay nada más allá de eso, soy trabajo y dinero. Bien.

Busco el móvil entre las sábanas y decido que lo principal es dejar el punto claro.

Rachel RP

Y la mejor manera que se me ocurre es enviándole un mensaje simple y conciso:

No tienes de qué preocuparte, sigo haciendo mi parte del trabajo, incluso dejar que mi marido me folle. Solo tengo una duda, si esto lo hago por trabajo, entonces ¿eres mi proxeneta?

Tu historia continúa en el capítulo 18 (Pág 207)

17

Mylan

La voz de Chastity me fastidia el momento con Cat. Iba a besarla. Joder, estoy duro y solo he mordido su labio. Miro a la pirada que nos ha interrumpido y me debato entre sacar el arma y volarle los sesos o pasar mi cuchillo por su garganta.

Siento que me empujan y veo cómo Cat se baja de la mesa, alejándose de mis manos hasta quedar al otro lado de la habitación.

—¿Qué demonios haces aquí? —le gruño a mi dolor de cabeza con forma de mujer que se pasea por mi oficina como si tuviera permiso de hacerlo.

—No me coges las llamadas, no podemos seguir así —se queja mientras camina hasta mí, contoneándose.

Se pone de puntillas y me da un beso demasiado cerca de la boca.

—Querida, como puedes ver ya no hace falta la suplente, así que, si eres tan amable, puedes irte y dejarnos solos.

Veo que Cat respira hondo y se dirige a la salida de mi despacho, al que da a la zona de la secretaria. Aparto a Chastity y la cojo del brazo para detenerla.

—No te he dado permiso para irte.

La rabia brilla en sus ojos y es una jodida locura lo mucho que deseo ahora mismo follarla.

—Creo que no es necesario que lo hagas —responde cabreada.

Su teléfono suena y lo saca del pantalón con el brazo todavía rodeado por mi mano. Lo mira y suspira.

—¿Quién es? —pregunto para mi asombro.

—Michael, quiere disculparse, lleva todo el día enviándome mensajes.

La llamada se corta, pero un minuto después vuelve a insistir.

—Cógelo —le ordeno.

—¿Por qué iba a hacerlo?

—Es parte de tu trabajo —siseo enfadado.

Ella me mira y en sus ojos veo un instante de dolor que se clava en mi alma, ¿qué me sucede?

Descuelga y contesta. Chastity me rodea por detrás, clavando sus uñas en mis abdominales. Cat no deja de mirar las manos de ella sobre mí, y creo que no le gusta.

Decido comprobar si estoy en lo cierto: hago pasar delante de mí a Chastity mientras la rodeo con mis brazos por su cintura y dejo que eche su peso en mí a la vez que me mira desde abajo. Cree que está marcando territorio, ni de lejos, solo es parte de mi experimento.

—No, no me ha gustado lo que has hecho —murmura Cat mordiendo su labio inferior, y aprieto la mandíbula mientras veo las marcas de su cuello.

Chastity se gira en mis brazos y deja un beso en mi pecho casi sin darme cuenta porque solo puedo mirar a Cat, pero ella parece que sí lo nota todo y su expresión cambia.

—Ahora vuelvo —suelta antes de salir por la puerta.

Ni de puta coña va a hablar con su marido sin que yo esté delante.

—Quédate aquí —le ordeno al pulpo que trata de retenerme cuando intento ir tras Cat.

Salgo hasta donde está mi secretaria, pero no la veo por ningún lado. Me dirijo hacia los ascensores y tampoco. Un poco más allá veo movimiento, donde las máquinas de café, y al llegar la encuentro paseando de arriba abajo.

—Sí, yo también te quiero —le escucho decir, y la sangre me hierve.

Siente mi presencia y se gira. Ve en mis ojos lo que quiero sin tener que pronunciar ni una sola palabra, y, aunque estoy cabreado, eso me pone todavía más duro.

—Un momento —le dice al imbécil de su marido y me fijo en que pone el silencio en su teléfono para que no pueda escucharnos—. ¿Qué quieres?

—¿Qué haces?

—Mi trabajo, ¿no? Esto es lo que me toca —contesta cabreada.

Ahora mismo sé que estoy siendo irracional, sin embargo, me da igual, para eso soy el que manda en esta puta ciudad.

—Me alegra saber que lo entiendes.

Mis palabras hacen que sus ojos se abran ante la sorpresa. No esperaba que fuera tan duro. Bueno, quizás debería haberlo sido más.

—Así que debo aceptar sus disculpas, ¿no? —pregunta sosteniendo la mirada, y yo no le digo nada.

Para ser sinceros, no sé qué decirle. Por un lado, quiero follarla; por otro, sigue casada con un federal, por mucho que este la haya engañado tengo ciertas reservas, no sé si no lo acabará perdonando. Mira a Chastity, después de todo lo que ha ocurrido y sigue tratando de que le ponga un anillo.

—Entendido —se autocontesta.

Le da al botón para continuar su llamada y lo hace sin dejar de mirarme a los ojos.

—Ahora voy a casa y lo hablamos, seguro que podemos solucionarlo. Al fin y al cabo, te quiero —le dice, remarcando las últimas palabras sin dejar de mirarme.

Cuelga y quiero coger ese teléfono y reventarlo contra la pared. Ella se lo guarda antes de que pueda hacerlo y pasa a mi lado sin decir nada.

—¿Dónde vas?

—A hacer lo que me has dicho, lo primero es el trabajo y conseguir que todo esto no se vaya a la mierda, ¿no?

—Sí.

Cuando pasa por mi lado incluso se atreve a golpearme ligeramente con su hombro. En otras circunstancias me cabrearía, en su caso me causa curiosidad.

Vuelvo a mi despacho y literalmente saco a Chastity de él. Ahora mismo solo tengo ganas de matar. Pasa como una media hora cuando la puerta suena.

—¡No estoy! —ladro, y acto seguido veo cómo entran Nate y Cash riéndose.

—Joder, jefe, ¿qué te pasa? —pregunta Nate, sentándose en el sofá.

—Seguro que tiene algo que ver con la perra de Las Vegas, acabo de ver a tu casi esposa en la cafetería de abajo —agrega Cash.

No les digo que tiene que ver con Cat porque, para ser sinceros, no tengo claro por qué tiene que ver con ella.

—Al menos, Nate, ya no eres el único jodido —se burla Cash, y eso llama mi atención.

—¿Algo que contar? —pregunto curioso.

—Sam lo tiene un poco malhumorado —me explica Cash, y me sorprende.

—No sabía que había algo entre ella y tú.

—Precisamente el que no lo hay es lo que me jode —se queja Nate mientras farfulla algo de tener que «matar a cada repartidor de comida que la mira como si la quisiera follar».

—Y ahora que la otra perra quiere desaparecer todavía está peor —se ríe Cash.

—¿A qué te refieres?

—Tengo el teléfono de las chicas pinchado, también el de Reed —comienza a decir Nate, y asiento porque lo sabía—. Hace unos minutos han hablado y Cat le ha dicho que en, cuanto pueda, acaba con todo esto y se larga.

Mi cabeza comienza a ir muy rápido y tengo toda clase de ideas locas pasando por ella. Nate me conoce muy bien e interrumpe mis pensamientos antes de que haga alguna estupidez.

—No, no creo que quiera ir a la Policía, me parece que lo que trata es de acabar con vuestro trato —me aclara.

Por un lado, siento algo de alivio, si Nate no cree que vaya a denunciarnos es que no lo va a hacer. Es el mejor recabando información. Por otro lado, me jode la idea de que quiera desaparecer. ¿Le pedirá al agente Chupapollas que la acompañe?

Necesito desviar mi mente a otros temas y les pregunto por cómo va la cosa con la novia embarazada del hermano de Cash. Por lo visto está empezando a desistir de esperarlo. Empieza a creerse que en realidad no va a volver, por lo que mi amigo está más que contento. Puede que Cash parezca un cerdo salido, bueno, lo es, pero sé que cuando se enamore, y creo que lo ha hecho, va a hacerlo con el corazón italiano que tiene: de una manera intensa y para siempre.

Pasamos un rato repasando los números de la empresa de Cat. Es increíble lo que esta mujer tiene en su cabeza. Ha logrado montar una operación tan perfecta que, si quisiera, podría sacarme del negocio. Y, lejos de temerla, la admiro. Es la primera vez que me ocurre esto con una mujer.

Le pido a Nate que me mantenga informado sobre las conversaciones de Cat por si decide convertirse en una rata e ir a la Policía.

Cuando Nate y Cash me dejan solo de nuevo, no puedo evitar pensar en Cat, en sus labios, en el olor de su pelo. Me saco la polla y cierro los ojos. Comienzo a subir y bajar mi mano, apretando mientras imagino que es ella la que lo hace. El timbre del interfono con mi secretaria me interrumpe.

—La señorita Chastity quiere verlo, dice que es urgente.

—Que pase.

Lo hace, y cuando me ve en la silla detrás de mi escritorio, con la polla en la mano, se relame. No me excita, es una mujer preciosa, pero hueca en cualquier sentido de la palabra. Aun así, dejo que se acerque, se arrodille y me meta en su boca hasta el fondo, tanto que noto su arcada.

Cierro los ojos y dejo que me chupe como la profesional que es. Solo que no es ella quien lo hace, no, en mi mente es una morena con mechas rosas que está ocupando todos mis jodidos pensamientos desde que la conocí. Aprieta mis bolas y trata de decir algo *sexy*, supongo, pero la corto.

—No hables —le ordeno.

No me interesa saber que es ella la que está aquí. Continúa absorbiéndome hasta que me corro en su garganta y ella se lo traga. Después comienza a levantarse y se sitúa sobre mi mesa. Abre sus piernas y veo que no lleva ropa interior debajo de su vestido. Se pasa el dedo por su centro, húmedo, y suelta un gemido.

El teléfono suena y veo en la pantalla de mi ordenador los mensajes que me llegan de Nate. Cat está hablando con su amigo Reed y este le ha dicho que he abierto un fondo para su hija. Y que lo he hecho por ella. Me hizo ver que quizás alguien como él merecía un poco de ayuda. Todavía me debe mucho dinero, pero no por eso lo hace peor persona, si ha sido capaz de llegar tan lejos por su familia es alguien digno de ayudar. Supongo que me lo agradecerá. Observo a Chastity meterse los dedos e imagino que es Cat quien lo hace. Mi polla se pone dura de nuevo.

Veo que ha llegado un mensaje de Cat e imagino que será en agradecimiento por lo de su amigo. Dejo a Chastity con su particular escena porno y presto atención al chat que tengo con ella. Solo hay un par de mensajes, de momento. Leo el último y me levanto de golpe de la silla, asustando a Chastity.

—¿Qué ocurre? —pregunta mientras me coloco la ropa bien y cojo mi arma del cajón.

Compruebo que tiene balas y vuelvo a leerlo.

No tienes de qué preocuparte, sigo haciendo mi parte del trabajo, incluso dejar que mi marido me folle. Solo tengo una duda, si esto lo hago por trabajo, entonces ¿eres mi proxeneta?

18

Mylan

Las palabras de Cat en ese mensaje me están volviendo jodidamente loco. Sé que es una estupidez estar parado enfrente de su casa, mierda, si alguien nota que estoy dentro de mi coche es probable que llamen a la Policía y entonces el agente Chupapollas podría venir y…

Las luces de la casa están todas apagadas. Es lo normal a las cuatro de la mañana, supongo, yo no tengo horarios fijos, no es mi estilo de vida. Observo una figura moverse y en un segundo tengo el arma en mi mano. Luego se enciende una luz y me doy cuenta de que es Cat, podría reconocer su silueta en cualquier lugar. Mierda, ¿cómo he llegado a este punto?

Suena mi teléfono y lo descuelgo en el primer tono, es Nate.

—¿Dónde estás? —pregunta mi amigo.

—¿Y tú? No creo que esta hora sea algo habitual.

—Frente a la casa de Sam, está jugando en *streaming* y ha pedido unas pizzas. El repartidor es un idiota que le tiene echado el ojo y puede que necesite que le aclare que una mujer puede pedir pizzas sin tener que aguantar al baboso que las entrega.

Suelto una carcajada que hace que algún perro del barrio ladre.

—No me hace ni puta gracia que te rías de mí —gruñe Nate al otro lado de la línea.

—Créeme, no me río de ti —le aseguro—. Estoy haciendo algo parecido frente a la casa de Cat.

—¿Qué has dicho?

—Lo que has oído, idiota, no voy a repetírtelo.

—Mylan, ¿qué demonios te pasa con esa mujer? —me pregunta, y no puedo evitar mirar hacia la casa.

—Eso me gustaría a mí saber —farfullo.

—¿Necesitas que vaya?

—No, estate atento por si acaso, pero en principio me las arreglo solo.

Le cuelgo y veo que ahora la luz de la planta de abajo está encendida. Decido que quiero comprobar cómo está y dejarle claro que no soy su proxeneta. Me bajo del coche y me dirijo hacia la casa. Me he puesto una sudadera y la capucha tapa mi cabeza. Si alguien me ve en estos momentos no tengo duda de que alertará a la Policía, parezco un puto maleante de barrio bajo.

Rodeo la casa y entro por detrás. La puerta está abierta. Voy a tener que darle una lección de seguridad a Cat, ¿quién deja en la noche y estando sola su casa sin cerrar?

«Alguien que vive con un poli», me contesto.

Entro a lo que parece una inmensa cocina y veo el resplandor de la televisión, que proviene de lo que imagino es el salón. Me deslizo en silencio, está acurrucada en el sofá con una manta, mirando la tele con el móvil en la mano. Reconozco la serie, es de la que ella me habló, unos chavales vendiendo droga *online*. Una puta locura que está basada en hechos reales y que me ha enganchado.

La observo agazapado en un rincón oscuro y noto que lleva el pelo suelto, me gusta su melena, y no tiene nada de maquillaje; bueno, ahora me doy cuenta de que normalmente no lo hace; pensaba que era de las que sabe maquillarse tan bien que parece belleza natural. Resulta que es eso: belleza natural.

—¿Vas a quedarte mucho rato mirando como un acosador? —pregunta, sobresaltándome.

—¿Cómo…?

No me deja terminar la pregunta cuando levanta su teléfono y veo mi imagen en él. Me ha estado vigilando con alguna cámara oculta.

—Tengo unos sensores que me alertan si la puerta se abre —me explica.

Camino hacia el sofá y ella me deja un hueco para sentarme, me dejo caer a su lado y veo que tiene un bol de palomitas dulces.

—¿Crees que son horas de comer esta mierda? —le pregunto mientras cojo un puñado y lo meto en mi boca.

—Me lo dice alguien que entra en casas ajenas a las cuatro de la mañana y ni siquiera es para robar, ¿o sí?

—No.

—Entonces, ¿qué haces aquí?

—Eres la segunda persona que me lo pregunta en menos de una hora.

—¿Eso no te da una pista sobre que esto no es normal?

Me encojo de hombros y ella rueda los ojos.

—Estoy aquí por el mensaje que me has mandado —le aclaro. Ella me mira un instante y luego vuelve su atención a la pantalla de nuevo.

—Bueno, me gusta un poco el drama, siento haberte hecho venir para nada.

—No soy tu proxeneta.

—Lo sé.

—Tampoco quiero serlo.

—No lo serás, al fin y al cabo, Michael es mi marido.

Gruño, y eso hace que se sobresalte.

—Puede que te haga viuda —murmuro.

—No lo hagas —me pide.

—¿Por?

Y espero que me diga que todavía lo ama a pesar de todo, que por eso acostarse con él no es tan malo y que cuando todo acabe se irán lejos con el dinero que ella gane. No sé, creo que es lo que ocurre, y eso me cabrea. Sería lo mejor para dejar de pensar en ella, pero me joroba que sea cierto.

—¿Por? —insisto cuando ella no me da una respuesta.

—Puede que sea un imbécil, pero Michael no merece ser asesinado.

Lo sabía, lo ama, y eso me encabrona.

—¿Debo preocuparme por que le acabes contado algo? —le pregunto directo.

Me da la sensación de que con Cat puedo hacerlo, no es una persona que dé rodeos ni oculte sus intenciones. Eso me gusta de ella.

—¿A qué te refieres? —pregunta, entrecerrando los ojos y sonriendo un instante después; mierda, me gusta el brillo de sus ojos cuando lo hace—. Ah, ya, porque soy mujer y nosotras tenemos sentimientos y eso nos hace débiles y vulnerables, ¿no?

—Algo así.

—A ti sí que dejaría que te pegaran un tiro por idiota.

Saco mi arma y la dejo sobre la mesa de café que tenemos frente a nosotros. Ella se tensa un momento hasta que vuelvo a acomodarme en el sofá.

—Ahí la tienes, es tu momento.

Ella estira su mano y la mete debajo del cojín del sofá, cuando la saca, veo que me apunta con un arma a la cabeza.

—¿Qué te hace pensar que necesito tu pistola?

Mierda, me ha puesto duro que ella tenga eso ahí escondido.

—¿Qué opina tu marido de que tengas un arma?

—¿Una? —se burla—. No lo sabe, no es la única que tengo, y no creo que las encuentre alguna vez si llegara el caso.

—Vaya, vaya, así que no dejas la seguridad a cargo de tu esposo —murmuro, recostándome en el sofá sonriendo.

Ella guarda el arma y come un puñado de palomitas como si no hubiera pasado absolutamente nada.

—Y que quede claro, no quiero a Michael muerto porque necesito ver su cara cuando se entere de que he movido droga en sus narices y me he largado sin que él ni siquiera sepa que lo he hecho.

La miro unos segundos, y sin pensarlo demasiado, aparto la manta, la cojo de sus caderas y la coloco a horcajadas sobre mí.

—¿Qué haces? —pregunta desconcertada.

—No quiero que te acuestes con él.

—Es un poco difícil no hacerlo si quiero mantener mi tapadera —suelta, y veo en sus ojos que no le hace ni puta gracia el hecho de que ese cerdo la toque.

—Encuentra la manera —le ordeno, y ella se ríe, jodidamente se ríe.

—¿Qué opina tu prometida al respecto? —pregunta con descaro, y meto mis manos debajo de la camiseta de su pijama para tocar su piel.

Noto que se le eriza, y eso manda una pulsación a mi polla.

—No tengo prometida, ella es historia. Y nunca la he follado.

—Pero…

—No hay pero —le aseguro.

—Oh, vamos, la forma en la que ella se ha comportado no era la de alguien que no ha tenido un poco de acción contigo.

—Le he dejado chuparme la polla, solo eso —confieso.

Ella me mira escéptica, y comienzo a mover su cuerpo sobre mi erección.

—¿Cuándo ha pasado la última vez? —insiste.

—Justo antes de que me mandaras el mensaje —contesto con sinceridad.

Veo que mi respuesta no le gusta y ataco antes de que piense en levantarse.

—Que, si no supongo mal, lo has enviado después de acostarte con el agente Chupapollas.

—La diferencia es que tú querías que te la chuparan y a mí me ha dado asco cada segundo que ha pasado mientras me follaba.

Su confesión me enfurece. Si ahora mismo lo tuviera delante le pegaría un puto tiro para que entienda que una mujer debe querer estar contigo, incluso si es tu esposa, no puedes hacer nada con su cuerpo o su mente que ella no te lo permita.

—Sabes, él ni siquiera se ha dado cuenta de que estaba seca —confiesa, y eso me hace detenerme.

—Mierda, lo siento —le digo, pensando en que soy un imbécil.

—No pares, por favor —me suplica, y se quita la camiseta, dejando sus tetas delante de mí—, borra el rastro de sus manos sobre mi cuerpo.

Me lo pide en un tono que casi hace que me corra en los pantalones.

Saco mi lengua y, sin dejar de mirarla, juego con su pezón tan solo dando pequeños lametazos en la punta. Ella gime y me empieza a doler la erección que tengo. Agarra mi sudadera y me la quita a la vez que la camiseta. Se muerde el labio mientras admira mi cuerpo y se mueve un poco, buscando encajar sobre mi polla. Cuando lo hace, se mueve y se masturba rozando su centro con mi eje.

—Mierda, Cat, no puedo hacer solo esto —le gruño cuando ella araña mi pecho con sus uñas sin dejar de gemir ni moverse.

Se levanta y se baja los pantalones y las bragas, quedando desnuda por completo delante de mí.

—¿Tienes un preservativo? —me pregunta, y yo asiento mientras lo saco de la cartera.

Se lo entrego, lo abre y aprovecho para quitarme los pantalones y dejar mi polla libre y erecta cual mástil de barco.

Me coloca el preservativo y tengo que apartar sus manos y terminar de hacerlo yo porque, si no, es probable que esto acabe antes de empezar. Joder, esta mujer me pone a mil sin siquiera tocarla. Va a colocarse otra vez sobre mí y sus palabras resuenan en mi mente: *«él ni siquiera se ha dado cuenta de que estaba seca»*.

—Ponte de pie —le ordeno, y ella me obedece.

La estabilizo con mis manos y me deslizo un poco más abajo del respaldo del sofá, ahora mismo mi cara está a menos de media pulgada de su coño, y oler su excitación me pone duro.

—Estás al mando —le susurro mientras saco mi lengua y le doy un ligero toque—, baja sobre mi cara o aléjate, lo que tú quieras o hasta que aguantes —la reto.

Ella sonríe y apoya sus manos sobre las mías para sostenerse, baja ligeramente y le doy otro lametón. Vuelve a hacer lo mismo y noto que se excita.

—Lengua fuera y quieta —me ordena con voz ronca.

Lo hago y ella pasa todo su centro con un movimiento de cadera, haciendo que un poco de líquido se acumule en la punta de mi polla. Incluso con el preservativo puedo sentirlo.

—Otra vez —me pide, y esta vez suena como una súplica.

Vuelve a hacer lo mismo y noto su clítoris hinchado. Me mantengo en esta posición y dejo que ella pase su coño por mi lengua de la forma y ritmo que quiera. De vez en cuando muevo mi punta, haciendo que grite. Llega un momento en que suelta mis manos y agarra mi cabeza para hundirme en su centro, y yo aprovecho para saciarme moviendo mi lengua y mordiendo mientras ella gime sin control. Meto mi dedo en su coño mientras muerdo su clítoris, y eso la hace explotar. Cae sobre sus rodillas y, sin pensarlo demasiado, la empalo.

—Mi turno —susurro.

Agarro su culo y comienzo a moverla mientras la embisto. Ella contrae sus músculos interiores y me está volviendo loco. Sus tetas rebotan en mi cara y no pierdo oportunidad de chuparlas y morderlas.

—Sí, Mylan, joder, sí. —No deja de repetir.

La giro y me quedo tumbado sobre ella, subo su pierna a mi hombro y encuentro el ángulo perfecto para meterme muy profundamente en su interior. Explota en un grito ahogado y yo la sigo después de tres embestidas más.

Vuelvo a colocarnos sentados, con ella sobre mí a horcajadas y dejo que se apoye en mi pecho. Su cabeza en mi hombro y mis manos acariciando su espalda.

—Vale, esto ha sido... —susurra contra mi piel y me río, ni siquiera puede encontrar las palabras para definirlo. Yo tampoco.

—¿Estás bien? —le pregunto con algo de miedo a poderle haber hecho daño.

—Mejor que nunca —suspira—. Creo que me estoy durmiendo —dice, tratando de levantarse.

—Quédate donde estás —le ordeno mientras la mantengo en el lugar con mis brazos.

—No podemos dormirnos así, Michael...

—No te preocupes por él.

Ella asiente y respira hondo. Confía en mí y eso me hace sentir como un puto cavernícola.

—Gracias —murmura, y antes de que pueda preguntarle el motivo me lo dice—, has conseguido borrarlo de mí.

Gruño como un hombre de las cavernas y ella se ríe. Parece estar borracha, pero solo es el sueño, que hace mella en su mente.

—¿Puedo llamarte cada vez que necesite borrarlo de mí? —pregunta más dormida que despierta, y eso hace que mi corazón lata rápido y mis ojos se posen en el arma que tengo frente a mí.

—No tendrás que pedirlo —le aseguro, y noto su sonrisa contra mi piel.

—Gracias.

Se está relajando, y dejo que lo haga. Sigo dentro de ella y me importa una mierda, no pienso moverme. No dejo de acariciar su espalda con mis dedos y ella toca mi pelo con su mano. Al menos lo hace hasta que su respiración se acompasa y me doy cuenta de que se ha dormido. Me quedo de esa manera una media hora, sopesando mi siguiente movimiento. Si ahora mismo entrara su marido nos vería y yo tendría que matarlo, lo cual no me parece mal, no, es más, creo que voy a esperar a que llegue. Aunque eso no sería inteligente, no, necesito pensar con claridad.

Alcanzo, con cuidado de no mover demasiado a Cat, mis pantalones. Por suerte están en el sofá y no me cuesta sacar el teléfono. Marco a Nate y este contesta en el primer tono.

—Necesito que vengas a casa de Cat con algunas cosas —le susurro mientras paso mis dedos por el cabello de la mujer que todavía me tiene en su interior.

—Mándame una lista y voy tan pronto como pueda, ¿todo bien?

—Lo estará.

—¿Quieres que lleve a alguien más?

—Trae a Cash, y hazlo rápido, va a amanecer en breve y no quiero que nos vean.

—¿Puedo preguntar qué vamos a hacer?

Sonrío y beso la cabeza de la mujer que me hace cometer locuras.

—Voy a secuestrar a Cat.

19

Cat

La cabeza me duele y tengo la boca seca, siento que mi cuerpo tiembla y no logro concentrarme para abrir los ojos. Escucho voces a lo lejos. No las distingo. Me giro para estar de lado. La cama huele a ropa limpia, me gusta, pero no es el detergente que yo uso.

Trato de ordenar mis ideas, solo que no puedo, mi cabeza está a punto de explotar del dolor y cada movimiento hace que mi cuerpo se estremezca. Aun así, no quiero quedarme aquí sola. Creo que estoy enferma, y si es así necesito que alguien lo sepa.

Las voces que escucho a lo lejos parecen de hombres, ¿Michael? ¿Y quién más? No lo sé, aunque creo que lo mejor será ir hasta él para que avise al médico. Con mucho esfuerzo logro sentarme en la cama. Siento la piel pegajosa. Sí, no hay duda, tengo fiebre. Me levanto y apoyo mi mano en la pared a mi lado, no sé dónde estoy, nunca he visto esta habitación. No estoy a oscuras porque algunos rayos de sol entran a través de las persianas, lo justo para que pueda ver mi camino. Llego hasta la puerta y salgo a un pasillo bien iluminado que hace que me tape los ojos. Las voces están más cerca, creo que al girar a la izquierda.

Camino apoyada en la pared, por suerte no hay cuadros o ahora mismo estarían todos en el suelo. Llego a la esquina, y al mirar hacia donde escucho a los hombres hablar todo me da vueltas. Siento mi cuerpo desplomarse y espero el impacto, pero nunca llega, lo que sí aparecen son dos brazos que me sujetan y me alzan con fuerza, manteniéndome firme contra un pecho muy duro. Este no es Michael.

Abro los ojos una vez que el mundo ha parado de girar y veo al señor Graves con la mandíbula apretada. Me lleva de nuevo a la habitación y ahora sus ojos están clavados en los míos.

—¿Qué ha pasado? —pregunto con la boca seca.

—Algún imbécil usó un tipo de droga mala que te hizo reacción —gruñe, mirando por encima del hombro.

Veo al que siempre va con él, ¿Nate? Creo que se llama así. Rueda los ojos y me mira como si tuviera que disculparlo.

—A mi favor diré que no ponía nada en su expediente médico —se excusa.

—¿Cómo te encuentras? —pregunta el señor Graves genuinamente preocupado.

—Me duele todo y estoy cansada.

—Nate —le gruñe de nuevo, y veo que este busca algo en un cajón a mi lado—. Te vas a encontrar mejor, siento que haya sido así, te lo compensaré.

Noto un pinchazo y los párpados me pesan antes de que pueda protestar. Creo que alguien besa mi frente, solo que no estoy segura porque la oscuridad me ha tragado de nuevo.

Cuando me vuelvo a despertar, esta vez me encuentro mucho mejor, como si hubiera pasado un mal resfriado. Mi piel no está pegajosa y parece que es de noche porque no entra luz por las ventanas. Toco en la mesilla de mi lado el interruptor de una luz de cortesía y la enciendo.

No, definitivamente no he estado aquí en la vida. La habitación es inmensa. Hay una puerta frente a mí que da a un baño, otra a mi izquierda que da a un pasillo. Ambas abiertas. No se oye ningún ruido. Me viene el recuerdo del señor Graves, aunque no sé si ha sido real o a causa de la fiebre. Decido ir a buscar respuestas y me levanto de la cama. Llevo una camiseta de hombre de Metallica, es negra y me cubre hasta casi las rodillas. Miro y debajo tengo mi ropa interior, bueno, una ropa interior que me vale porque esta no es mía, yo no compro en La Perla.

Me levanto y veo un gotero a un lado, miro mi brazo y hay una tira de esparadrapo con un algodón. La quito y un mínimo agujero me dice que he estado conectada a eso. Salgo por la puerta al pasillo, y al llegar al final giro y oigo sonidos en la planta de abajo. A unos pasos de mí hay una escalera de cristal y se escucha como si alguien estuviera cocinando.

Mira a ambos lados y decido coger un jarrón de cristal por si tengo que defenderme. Ahora mismo no tengo ni idea de qué demonios está pasando aquí. Bajo despacio los peldaños transparentes y, antes de tocar el suelo de madera con mis pies descalzos, diviso al señor Graves de espaldas, tras una enorme isla de cocina, removiendo algo en los fuegos frente a él.

—¿Vas a tirarme eso? —cuestiona sin girarse—, lo pregunto porque es un genuino jarrón de Murano y preferiría que, si vas a romper algo, no sea tan obscenamente caro.

—¿Qué hago aquí? —le pregunto entre curiosa y asustada.

Se gira y me sonríe de una forma que me trae los recuerdos de lo que hemos hecho. De que he dejado que me folle. Y me sonrojo.

—Te sentó mal algo y decidí cuidarte ya que era en parte culpa mía —contesta de forma críptica mientras dejo el jarrón en el suelo.

—¿Cuánto llevo aquí? —pregunto, dándome cuenta de que mi marido debe estar buscándome—, ¿y Michael?

—Tranquila, el agente Chupapollas está en misión y ni siquiera ha notado tu ausencia —responde en un tono de voz desagradable.

Mi estómago decide gruñir en este momento y suelta una carcajada.

—Siéntate —me pide, señalando un taburete de la isla—, acabo de terminar la pasta, podemos cenar ya.

—Gracias, señor Graves, aunque no creo que sea necesario.

—Mylan.

—¿Qué?

—Quién —me corrige—, soy Mylan, no el señor Graves.

Se acerca hasta donde estoy ahora, junto al taburete, y pasa un dedo por mi mejilla hasta meter un mechón de mi pelo detrás de la oreja.

—Llámame Mylan a menos que quieras que te folle, entonces soy el señor Graves —susurra en un tono que hace que se me erice la piel.

Me separo de él y voy al taburete que hay detrás de mí, aunque lo pienso mejor y cojo el siguiente, la distancia es mi amiga en este momento.

Mylan me mira con diversión y vuelve a lo que estaba. Saca la pasta, le quita el agua y después la agrega a una olla más grande, donde parece que hay algo verde.

—¿Haces tú la salsa? —pregunto al darme cuenta de lo que es.

—El mejor pesto que vas a probar —asegura.

—Huele bien. Supongo que puedo comer algo antes de volver a casa, ¿seguro que Michael no se va a dar cuenta? Dependemos de eso para que la operación no se vaya a la mierda.

Pone dos platos de comida, una copa de vino para él y una Budweiser para mí. Lo miro extrañada de que sepa lo que bebo.

—Lo sé todo de ti, Cat —confirma.

—Más quisieras —le suelto en un tono relajado que hace que me ponga tensa.

Mierda, le acabo de faltar el respeto a Mylan Graves.

—Relájate, pequeña Cat, quiero conocer a esta, no a la que sobrepiensa las cosas —me asegura, haciendo que me quede más tranquila.

Aunque sigo sin entender qué es todo esto. Bueno, acepto que es muy amable de su parte cuidar de mí porque algo me sentó mal, sin embargo, no entiendo qué es lo que lo hizo.

—¿Qué se supone que tomé en mal estado? ¿Las palomitas? —pregunto, volviendo a lo último que recuerdo.

—No, come un poco antes de que hablemos.

Lo dice en un tono tan serio que no lo cuestiono. Disfruto de la pasta mientras él no deja de mirarme. Sentado me saca una cabeza y, bueno, su brazo es como mi pierna.

—¿Te gusta lo que ves? —pregunta con total descaro.

Me encojo de hombros. Sin esperarlo me da un beso, corto y suave, como el que le das a tu novio cuando llegas o te vas. Esto es raro.

Me centro en mi pasta hasta que termino, y cuando recoge los platos no puedo aguantar más la pregunta, así que me lanzo a por ello.

—¿Puedo saber ahora qué es lo que me sentó mal?

Mylan llega hasta mí, me coge de la cintura y me sienta en la isla de la cocina como si no pesara más que una naranja. No lo reconoceré en voz alta, pero eso ha hecho que se me mojen las bragas; joder, sus manos casi pueden rodear por completo mi cintura.

—Te aviso que no te va a gustar, sin embargo, no hay mucho que puedas decir al respecto—comienza.

—Vale —susurro.

Me coloca otro mechón detrás de mi oreja y vuelve a darme un beso rápido.

—Nate te inyectó algo para dejarte inconsciente y te ha hecho algún tipo de reacción. No es alergia ni nada que te obligue a hacerte pruebas, es solo que tu cuerpo lo ha rechazado en esta ocasión, o eso nos ha asegurado el médico.

—¿Por qué Nate me ha inyectado algo para dejarme inconsciente? —pregunto confundida.

—Porque, de lo contrario, no habrías accedido a venir conmigo —contesta como si fuera obvio.

Abro y cierro la boca un par de veces porque necesito organizar mis ideas antes de hablar. El hecho de que esté entre mis piernas, con sus manos en mis muslos y mordiéndose el labio, no ayuda en nada.

—A ver si me he enterado, tú y yo estuvimos juntos en mi sofá.

—Sí.

—Tras eso me quedé dormida.

—Sí.

—¿En qué momento Nate apareció con algo para inyectármelo?

Se queda pensando unos segundos antes de contestar.

—Creo que tardó como media hora desde que lo llamé pidiéndole que viniera y lo trajera.

—Vale, lo llamaste. A ver, lo llamaste después de que me quedara dormida tras haber follado para que apareciera en mi casa en medio de la noche con drogas para dejarme KO, ¿no?

—Sí, eso lo resume.

Vuelvo a abrir y cerrar la boca como un pez porque estoy muy confundida.

—¡¿Por qué demonios lo llamaste para drogarme?!

—Porque temía que te despertaras antes de llegar a mi casa.

—Esto es muy raro, necesito que te expliques. Si querías que viniera me lo podrías haber pedido, como hace la gente normal.

—Primero, no soy gente normal, y segundo —dice mientras vuelve a darme un beso, esta vez un poco más largo, pero igual de suave—, si te lo pedía podías decir que no, y es algo que no iba a permitir.

—Eso se llama secuestro —le suelto divertida, sin embargo, él sigue serio.

—Sí.

Entonces algo hace clic en mi mente, solo que no puede ser, no está tan loco, eso sería de dementes, ¿no?

—¿Me estás diciendo que me has secuestrado?

—Sí.

Si quieres que lo ataque al darse cuenta de que la ha secuestrado sigue leyendo.

Si está tranquila y lo toma como algo normal, ve al capítulo 21 (Pág 233)

Rachel RP

20

Cat

Cuando me doy cuenta de lo que Mylan está diciendo, todas las alarmas saltan en mi cabeza y busco la puerta de la casa. Estamos en un apartamento, yo creo que debe ser el ático porque esto está muy alto según veo desde donde estoy. No me cuesta encontrar la enorme puerta que sin duda da a la calle y que se encuentra a espaldas de Mylan.

No lo pienso dos veces y lo empujo hacia atrás. Lo pillo desprevenido y por eso se tambalea, lo que me da espacio suficiente para saltar del mostrador y salir corriendo hacia mi libertad.

O eso creía. No tardo ni cinco pasos en caer al suelo con un enorme cuerpo amortiguando el golpe. Me gira sobre mi espalda y lo tengo sobre mí, agarrando mis manos sobre mi cabeza y mirándome con una intensidad que me abruma.

—¿Dónde crees que vas, gatita? —pregunta con una sonrisa malvada.

—¡Suéltame! —grito mientras forcejeo para liberarme.

—No te voy a dejar ir, Cat. Eres mía.

—No lo soy, ni ahora ni nunca —siseo.

No voy a permitir que otro hombre maneje mi vida.

Mylan se inclina y acerca su rostro al mío. Puedo sentir su aliento caliente en mi piel mientras acaricia mi mejilla con la punta de su nariz.

—Lo serás, gatita. Tarde o temprano te darás cuenta de que eres mía —murmura con sus labios rozando los míos.

—No —susurro débilmente, luchando contra el deseo que siento por él.

Mylan se levanta y me deja en el suelo, temblando y confundida. Sé que tengo que escapar de aquí, pero mi corazón late con demasiada fuerza cuando estoy cerca de él. ¿Qué está pasando conmigo?

Lo veo de pie, a cierta distancia, mirándome como si hubiera ganado. Sabiendo que durante un momento he sido débil. Eso me cabrea. Cojo el mando de la televisión que hay encima del sofá junto a mí y se lo lanzó.

Él lo esquiva por poco.

—No empieces un juego que vas a perder —me advierte.

Bien, si piensa que voy a entregarme sumisa solo porque se me han mojado las bragas al tenerlo encima, lo lleva jodido.

Me pongo en pie y comienzo a lanzarle todo lo que tengo a mi alcance. Por el salón cocina salen volando marcos de fotos, figuras de cristal y porcelana, y algunas cosas que no tengo claro qué son.

Algunas le dan, lo que le hace gruñir. Otras las esquiva. Lo que me da tiempo para tratar de llegar a la puerta. Lo consigo. Mi suerte llega hasta ahí. Está cerrada. Mylan vuelve a atraparme, esta vez no voy a dejar que me engatuse y peleo contra él. Le doy patadas, arañazos y todo lo que puedo hasta que me rodea con sus brazos y me inmoviliza.

—Detente —gruñe.

—Jamás —contesto antes de tirar mi cabeza hacia atrás y darle en la nariz, haciendo que sangre.

No se la he roto, no tengo esa habilidad. Es probable que me haya hecho yo más daño. Sin embargo, ahora va a entender mi punto.

—Bien, si estás encendida yo te ayudo a calmarte —sisea, y comienza a moverse conmigo atrapada en sus brazos.

Trato de patalear porque no sé qué va a hacer conmigo. Me lleva por un pasillo largo que hay a un lado. No veo más puertas que la del fondo y creo que debe ser algún cuarto de tortura porque, si no, ¿para qué mantenerlo alejado del resto de la casa y de las habitaciones de la planta superior?

Patea la puerta para abrirla y me encuentro un dormitorio inmenso en tonos negros y verdes. No puedo ver demasiado antes de que entremos por otra puerta, y sin encender la luz, me suelte en el suelo, presione algo que no veo y un chorro de agua fría caiga sobre mí.

—¡Te voy a matar! —le grito a la par que él enciende la luz, riéndose.

—Así que era verdad que a los gatos no les gusta el agua —se burla.

No lo pienso y cojo la alcachofa de la ducha y apunto hacia él. No le da tiempo a reaccionar y lo mojo con la misma agua fría que he tenido sobre mí hasta hace un momento.

—Vaya, a los chicos malos parece que tampoco les gusta el agua —le digo con sorna.

Espero a que se enfade, que grite o que me dejé aquí sola. No ocurre nada de eso. Para mi asombro, comienza a quitarse la ropa y se queda tal y como su madre lo trajo al mundo. Con su polla mirándome, no, mejor dicho, su enorme polla mirándome.

Madre mía. ¿Por qué no se hizo actor porno con eso? O pirata, porque con ese trabuco podría haber conquistado los siete mares sin problema.

—Si lo que querías era verme desnudo solo tenías que pedirlo —comenta mientras se acerca dando pasos lentos, pero seguros.

No dejo de mirarlo a los ojos porque es el único lugar al que puedo hacerlo sin babear. El agua, que antes salía fría, ahora comienza a calentarse, aunque no me hace falta, creo que mi termostato interior está a punto de ebullición.

Cuando está a un paso de mí, se muerde el labio y respira hondo.

—Quítate la ropa —me ordena, y lo hago, ni siquiera me planteo no obedecerle.

Él comienza a masturbarse mientras me saco la camiseta y sigo con el resto de lo que llevo. La visión ante mí es la más erótica que he presenciado en mi vida, y he visto mucho porno con Sam las noches en las que nos aburríamos y queríamos reírnos un rato.

—Si me pides que me ponga de rodillas no lo voy a hacer —suelto como mejor puedo, tratando de recuperar algo de control.

Mylan se ríe y mi centro se encoge.

—A una reina no se le pide que se arrodille —susurra mientras el agua cae por encima de su cuerpo, haciendo que se vea más espectacular si cabe—. A una reina se la alza para que puedan contemplarla.

Dicho esto, pasa su brazo por debajo de mi culo y me levanta mientras con la otra mano barre los champús de una repisa que hay al fondo de la ducha. Me deja ahí y baja su boca sobre mi pecho. Su primer mordisco hace que gima en voz alta.

—Joder, Mylan, sí —suspiro mientras él mete un dedo en mi interior, resbaladizo por el agua y porque este hombre me hace perder la poca cordura que debería tener en este momento.

Sigue chupando y mordiendo mis tetas mientras aumenta el ritmo de su dedo. Mete otro y casi me caigo de la pequeña repisa. Sube su boca por mi cuello y el modo lluvia de la ducha moja mi cara mientras le doy acceso a todo lo que él quiera.

—Ahora —comienza a susurrar en mi oído mientras sigue metiendo y sacando sus dedos a un ritmo frenético que me tiene al borde—, te voy a follar hasta que grites mi nombre.

Sin darme tiempo a pensar me baja de la repisa, me gira y se mete dentro de mí. Su pecho contra mi espalda, mi mejilla en la baldosa y su mano apretando contra mi coño para mantenerme inmovilizada mientras embiste de una manera frenética haciéndome que lo sienta muy, muy, muy dentro de mí.

Subo mis brazos y rodeo su cuello para clavarle las uñas mientras él se empala dentro de mí. Me mantiene firme con un brazo rodeando mi cintura y con la mano del otro pellizca mis pezones.

—Dilo, gatita —me susurra al oído mientras lo mordisquea—, di mi nombre mientras te corres.

Y yo, como una buena mascota, le hago caso.

—Mylan, sí, sí, sí, joder, síí.

Cuando el orgasmo explota en mi interior, grito y hundo mis uñas en su cuello, y sé que le he dejado marca. Él me embiste dos veces más antes de morder el hueco entre mi cuello y mi hombro, haciendo lo mismo.

Sigue moviéndose en mi interior, dejando que cabalgue el placer que todavía me recorre mientras me mantiene sujeta porque mis piernas comienzan a fallarme. Una vez que ya estoy lánguida entre sus brazos, me alza contra su pecho y me saca de la ducha después de apagarla.

—Puedo caminar —murmuro.

—Entonces es que no he hecho bien mi trabajo —se burla.

—Oh, créeme, lo has hecho de sobra.

Su risa retumba en su pecho, haciendo que me mueva, y cuando salimos del baño me deja en la cama, que debe medir como un campo de baloncesto.

Vuelve al baño, saca una toalla de esas que parecen que te van a abrazar como si fuera tu madre el día de tu boda y me cubre con ella. No sé en qué momento se ha puesto unos pantalones, pero lamento haberme perdido la vista de su culo.

—Voy a secarte el pelo, no quiero que cojas una neumonía por mi culpa —comenta mientras sale de la habitación y regresa un momento después con un secador. Lo conecta en la mesilla de noche y dejo que cuide de mí. Es todo tan surrealista que no puedo hacer o decir nada. Se supone que este hombre es un capo, un asesino, un mafioso, y no uno que me seca el pelo.

Cuando termina, hunde su nariz en mi cabeza y aspira hondo.

—Me gusta cómo hueles, pero creo que me gustará todavía más cuando uses mi champú —gruñe—, para que todos sepan que eres mía.

—Mylan —lo llamo, apretando la toalla a mi alrededor—, creo que estás yendo un poco rápido.

—Oh, puedo ir más lento —se burla en tono sugerente, haciendo que ruede los ojos y él se ría.

—Sabes a lo que me refiero.

—¿Qué más da el tiempo? Es solo una medida que alguien eligió para que siguiéramos todos.

Un escalofrío recorre mi cuerpo y él frunce el ceño.

—Ven, metete dentro, vas a coger frío —me regaña mientras abre la cama y se mete a mi lado—. Dame la toalla.

—Déjame una camiseta —le pido.

—No te hace falta, tu traje de nacimiento es lo único que necesitas usar.

Voy a protestar, pero me atrae hacia él y ambos nos quedamos de lado, con la cabeza en la almohada, mirándonos muy de cerca, tanto que nuestro aliento se mezcla con el del otro.

—Cuéntame algo de ti —le pido.

—No hay mucho que saber. Soy hijo único, mi familia es la más amorosa del mundo, no he tenido traumas infantiles ni un pasado turbulento y soy un ciudadano ejemplar.

Alzo las cejas y se encoge de hombros.

—¿Siempre quisiste ser jefe de la mafia? —le pregunto.

—No había mucha elección, aunque sí, es algo que desde que tengo uso de razón quiero ser. ¿Y tú?

—En mi caso sí que tengo traumas infantiles y una familia que no es para nada amorosa, al menos no conmigo, con Michael... Oh, mierda, Michael, ¿qué pasa con él? —inquiero sobresaltada.

—¿Qué con él? —gruñe.

—No puedo quedarme aquí, va a buscarme y a dar contigo y después...

—Shhh, cálmate. Nate se ha encargado de todo. Le ha pedido a Sam que avise a Michael que os vais unos días fuera, en plan amigas, para pensar en todo lo que ha ocurrido.

Asiento y agradezco que no nombre el hecho de que me casi me forzó y después me acosté con él por voluntad propia.

—¿Sam ha accedido sin más? —pregunto extrañada.

—Bueno, parece que Nate está convenciéndola.

Amplío mis ojos ante su respuesta. Vaya, no esperaba esto, aunque me alegro, ella merece un poco de diversión tanto como yo.

—Cat, quiero que sepas que soy consciente de lo mucho que la he cagado anteriormente. Y lo voy a compensar.

—¿A qué te refieres?

—Mi falta de confianza en ti.

—Es normal, supongo que no es fácil viniendo de donde vienes y el mundo que te rodea.

—Aun así, sé que eres una genio cuando se trata de trabajo, así que voy a pedirte ayuda para enviar un cargamento a Las Vegas, ¿cómo crees que podría hacerlo?

Su pregunta hace que sienta algo en mi interior, no, no es deseo, es algo más, algo que me asusta porque creo que me estoy enamorando demasiado rápido de él y sé que solo será un problema. Personas como nosotros no podemos estar juntos, no hay un «para siempre» con alguien como él.

—¿Se te ocurre cómo hacer un envío sin que lo detecten? —vuelve a preguntarme, sacándome de mis pensamientos.

Sonrío y asiento, es algo que se me pasó por la cabeza y le pedí a Sam que viera si era factible. Aún no tengo su respuesta, pero supongo que puedo lanzarle la idea a Mylan y ver si juntos se nos ocurre cómo hacerlo.

Juntos.

Esa palabra me gusta y me atemoriza a partes iguales.

—¿Y bien?

—Tampones.

Tu historia continúa en el capítulo 22 (Pág 241)

21

Cat

Cuando las palabras atraviesan mi cerebro y me doy cuenta de que no está bromeando, ocurre algo muy extraño para mí: me quedo tranquila. Él me mira con atención, todavía situado entre mis piernas, y al ver que no hago nada loco sonríe y mi corazón se acelera. Mierda, ¿cuándo ha pasado esto? ¿En qué momento he empezado a confiar en este hombre?

—¿Todo bien? —pregunta en un tono que hace que mi centro se apriete.

—Sí.

—¿Y por qué tienes esa cara?

—Porque es raro que ahora mismo no esté intentando arrancarte los ojos por haberme drogado y secuestrado —le confieso con total naturalidad.

—Eso, mi pequeña gatita, es porque sabes que me perteneces —murmura con sus labios sobre mi mejilla mientras comienza a bajar hacia mi cuello.

Giro la cabeza para darle acceso y él me recompensa sacando la lengua y acariciando mi piel con ella.

—Eres mi sabor favorito —gruñe.

Mete una mano entre nosotros y busca mi centro, aparta la tela y coloca su dedo a lo largo de toda mi abertura. Inmediatamente me mojo por el contacto. Es algo cálido, dulce y sensual.

—¿Quieres que me mueva? —se burla mientras trato de respirar.

La proximidad con Mylan y la forma en la que me toca empieza a volverme loca por la excitación.

—Sí, por favor —le suplico sin ninguna vergüenza.

—Lo que mi reina quiere, mi reina lo consigue —murmura antes de mover con lentitud, en una dulce agonía, su dedo de arriba abajo.

—Oh, sí, Mylan, se siente muy bien.

Sigue besando mi cuello mientras clavo mis uñas en su nuca. El placer me recorre lentamente y siento que esto no es solo sexo. Sé que estoy haciendo un charco entre mis piernas y no me importa, solo quiero que continúe y muevo mis caderas para aumentar la fricción. Él entiende lo que necesito y mete un dedo mientras frota mi clítoris, llevándome casi hasta el borde de mi orgasmo.

—Quítate la camiseta —me ordena, y lo hago sin preguntar; mi cerebro ahora mismo tiene suficiente con hacer que siga respirando como para ponerlo a pensar en algo más.

En cuanto lo hago, saca su dedo y yo me quejo; él se ríe sin dejar de mirarme con sus ojos intensos y, sin previo aviso, rompe mi ropa interior, dejándome totalmente desnuda. Voy a exigir verlo de la misma manera, pero no hace falta, Mylan se quita su ropa y, antes de que pueda deleitarme, se entierra dentro de mí poco a poco.

—Ahhh, sí, joder, Cat, te sientes increíble —gruñe mientras se desliza en mi interior, y se asegura de estar lo más profundo posible empujando mi culo con sus manos contra su polla.

—Te siento muy dentro de mí —susurro cuando se queda quieto y me mira con una posesividad salvaje que asusta.

—Agárrate —me ordena, y enrollo mis piernas en su cintura.

Él me alza y me lleva hasta el enorme ventanal de su ático, no hay duda de que estamos en la última planta, desde aquí se ven Los Ángeles al completo. Cuando apoya mi espalda en el cristal, me sobresalto un poco por lo frío que está.

—No hagas eso si no quieres que esto acabe antes de que empiece —gruñe.

Me río y él me besa, haciendo que me olvide de que estoy desnuda contra una ventana, enseñando el culo a una ciudad entera. Cuando profundiza el beso comienza a moverse. Entra y sale, manejándome como si no pesara nada. Clavo mis uñas en su nuca y tengo claro que estoy dejándole marcas, pero parece que no le importa porque continúa con su ritmo, torturándome.

—Quiero ver la ciudad que me pertenece mientras me entierro en mi mujer —declara, apoyando su frente en la mía.

—Eso hay que discutir…

Me agarra de las caderas y se estrella con fuerza contra mí, haciendo que se me corte hasta la respiración por el ramalazo de placer que me recorre el cuerpo.

—¿Decías? —se burla.

Aprieto su polla en mi interior y gruñe porque le ha gustado mi movimiento, tanto que lo repito y él comienza a embestirme más rápido y más fuerte. Ya no siento el frío en mi espalda, ahora mismo lo único en lo que puedo concentrarme es en los ojos de Mylan, que me observan con fiereza mientras se mete dentro de mí una y otra vez llevándome al borde.

—Córrete para mí —me ordena, y como si mi cuerpo ya no me perteneciera lo hago mientras grito mi orgasmo.

Él continúa entrando y saliendo a un ritmo frenético que me lleva a un segundo orgasmo, el cual explota a la vez que el de Mylan mientras me muerde en el hueco entre el cuello y mi hombro y yo hundo mis uñas en su nuca de nuevo.

Sigue moviéndose con lentitud para que cabalgue los últimos vestigios de mi orgasmo, y cuando me quedo totalmente relajada me carga en esta posición, sin salir de mi interior, hacia un pasillo que no había visto. Es largo y no hay puertas, tan solo una al final, al abrirla me doy cuenta de que es su habitación.

—Puedo andar —le susurro acurrucada en su pecho como un koala.

—Si he hecho bien mi trabajo no podrás —se burla.

Entra en otra puerta y veo que estamos en la madre de todos los baños. Es enorme. Tiene ducha, bañera de hidromasaje, dos lavabos y espacio como para jugar un partido de vóley sin preocuparte de tocar la pared.

Me deja en la encimera del lavabo y enciende la ducha. Después vuelve a por mí y con cuidado me mete dentro. Cuando apoya mi espalda contra la pared y el agua nos cae a ambos en forma de lluvia, me besa con calma durante una vida, hasta que decide que es momento de salir y yo me quejo por ello.

—Te vas a enfermar —me explica cuando le pongo morritos porque quiero seguir con nuestra sesión de besos bajo el agua—. Te secaré el pelo y nos meteremos en la cama. Todavía no estás repuesta del todo por la reacción al sedante.

—Al menos ahora sé que no me sienta bien que me droguen. —Sonrío.

—¿Siempre ves el lado bueno de las cosas?

—Lo intento.

Besa la punta de mi nariz y me envuelve en una enorme toalla que te abraza como una mamá oso. Luego me sienta en un taburete, que no tengo idea de dónde ha salido, y me seca con otra toalla más pequeña el pelo.

—Ahora vuelvo.

No tarda un minuto que está de regreso con un pantalón puesto y un secador, lo conecta y hace lo que me ha dicho: cuida de mí. Una vez que ha acabado, me recoge tipo novia y me lleva hasta la cama. La abre y me deposita con cuidado, luego me hace rodar hasta que saca la toalla de mi cuerpo y se muerde el labio.

—Mejor así.

Voy a pedirle una camiseta o algo, pero sus ojos me dicen que no está en sus planes taparme, y yo no me quejo; me gusta este Mylan que estoy conociendo.

Va al otro lado de la cama y se mete a mi lado, me giro para poder verlo y nuestras cabezas están tan juntas que si quisiera besarlo no tendría ni que moverme para ello.

—Hazlo —me pide como si pudiera leer mi mente, y le obedezco.

La sesión de besos es tranquila, como si solo necesitáramos hacer esto para estar conectados. Todo es demasiado intenso con Mylan y empieza a asustarme lo cómoda que me siento con ello.

—¿Qué está pasando por esa cabecita? —me pregunta apartándose un poco, pero no lo suficiente como para que nuestro aliento no se entrelace al hablar.

—Esto va muy rápido, ¿no crees?

—A mí me ha parecido que ha sido lento —se burla, y ruedo los ojos.

—Hablo en serio.

—Y yo. Cat, no lo pienses, el tiempo es relativo. Un minuto no es lo mismo si estás cayendo al vacío que si estás casándote.

—Visto así…

—Cuéntame algo de ti —me pide.

—¿Te refieres a algo que no sepas después de investigarme?

Suelta una carcajada y asiente.

—Soy hija única, tengo el título de Decepción de hija, el cual sustento desde que casi tengo uso de razón. Mi autoestima debe ser una mierda porque acabé enamorándome de alguien como Michael… Mierda, Michel.

—¿Qué pasa con el Chupapollas? —gruñe.

—Me va a buscar, no me puedo quedar aquí —digo tratando de levantarme, pero él me retiene y me clava en la cama.

—Eso está solucionado, Nate le ha pedido a Sam que le haga llegar a tu marido el recado de que te vas a pensar en lo sucedido.

—¿Y se lo ha creído?

—Por lo visto, tu amiga puede ser muy convincente. Nate me dijo que con la bronca que le montó ni se planteó que pudiera mentir, incluso le recriminó que la idea de iros era de Sam, y esta le dijo que sí y que iba a tratar de que te divorciaras de él por polla pequeña.

Me río porque imagino la escena.

—Así que ella sabe…

No le he contado lo ocurrido con Michael y no sé si estará enfadada porque no lo haya hecho.

—Lo hace, Nate tuvo que decirle y retenerla para que no le clavara un cuchillo, según me dijo.

—¿Y no se lo ha clavado a Nate?

—No, por lo visto él sabe cómo manejarla.

La forma en la que lo dice me deja entrever que no soy la única que esconde cosas a la otra. Aunque no me enfado, Sam tiene derecho a algo de diversión y Nate está para repetir varias veces la misma noche.

Mylan me mira con fijeza y ahora es él quien parece tener algo rondando en la cabeza, así que me animo a preguntarle.

—¿En qué piensas?

Sonríe como si le gustara que haya sabido que está dándole vueltas a algo y me besa antes de contestar.

—Tengo un cargamento para llevar a Las Vegas y necesito encontrar la forma de hacerlo sin que nos detecten.

Frunzo el ceño confundida.

—¿Por qué me cuentas eso?

—Porque la he jodido mucho al no confiar en ti y quiero resarcirme contándote las cosas a partir de ahora.

Algo se calienta en mi pecho y me dice que lo de «estar enamorándome» ha pasado a «estar bastante enamorada». Mierda. Esto no es bueno, no puede salir bien.

—¿Se te ocurre alguna idea? —pregunta de nuevo, y me viene una a la mente en la que he trabajado con Sam.

Asiento y sonrío antes de contestar.

—Tampones.

22

Mylan

Dos semanas, las dos mejores semanas de mi vida si alguien me pregunta. Así es cómo me siento cuando estoy con ella. Todo es mejor. No hablo de amor, no, estoy jodidamente obsesionado a niveles que podrían ser patológicos, pero no puedo ni quiero evitarlo, ahora solo tengo que hacerle ver a Cat que ella puede sentir lo mismo por mí.

La observo mientras se mueve en mi cocina, bailando alguna mierda latina de esas que tanto le gustan. No me quejo, para mí es ruido, sin embargo, el ritmo de la canción hace que mueva su culo de una manera sensual; si mi polla tuviera manos aplaudiría ante el espectáculo.

Sonrío. Recuerdo el primer día que la vi, y nunca jamás hubiera podido imaginar que la iba a tener de esta manera en mi casa, en mi cama, en mi ducha y en cada jodido rincón de mi vida. No es que sea guapa, lo es, preciosa de una manera natural. No es solo eso. Es que es una jodida genio. Su mente va a una velocidad brutal, y por primera vez no siento que me den la razón cuando hablo solo porque no me entienden. No, Cat me entiende, e incluso me reta con sus constantes giros. Es refrescante y muy, muy adictivo.

Miro mi teléfono cuando suena y veo el mensaje de Nate:

Envío interceptado. Tengo un nombre. Voy a tu casa.

Mi respuesta es escueta, no me fío de hablar por teléfono:

Ok.

Hace dos semanas Cat me dio la brillante idea de enviar la droga escondida en tampones. Es algo que nunca se ha hecho, al menos no que sepamos, por lo que fue de maravilla en los primeros encargos. Sin embargo, en los tres últimos, desde que Tim Holland vino a mi casa para pedirme más material, hemos sido interceptados. Tenemos un topo, alguien está hablando y Cash no encuentra quién es.

Cuando la puerta suena sé que es Nate y le abro sin mirar. Mi amigo entra con una cara demasiado seria y no me gusta. Cat se acerca a saludar y me besa antes de irse a nuestra habitación a ducharse. Mierda. Me gusta meterme bajo el agua con ella, aunque parece que esto es demasiado importante por la cara que lleva mi amigo.

—¿Quieres tomar algo? —le pregunto mientras me acerco al minibar que tengo en mi terraza.

Me gusta hablar aquí fuera porque sé que nadie puede oírnos. No es que desconfíe de Cat, al revés, desde hace dos semanas ella ha estado en todo momento cerca de mí montando las operaciones. Es solo que no me fío de que el topo que tenemos pueda acceder a este lugar, y eso solo hace joderme más la cabeza.

—Sírvete algo fuerte y lo mismo para mí, tengo el nombre de quien está interceptando nuestros envíos.

Le tiendo un vaso con un tequila doble y se lo bebe de un trago.

—¿Quién es?

—¿Todo bien con Cat? —pregunta de la nada, y eso me hace fruncir el ceño confuso, no entiendo el giro de la conversación.

—Sí, mejor que bien.

—El que ha estado recibiendo los chivatazos del topo es su marido.

—¿El agente Chupapollas?

—Sí, nuestro contacto en la DEA lo acaba de descubrir.

—¿Cómo es eso posible? ¿Quién es el topo? —pregunto, cabreado a un nivel que no sabía ni que podía estarlo.

—Donalson ha sido corrupto desde el primer día que entró en la DEA hace veinte años —comienza a explicar—, él ha estado trabajando con nosotros, y gracias a eso hemos podido librarnos de muchas cosas.

—Sí, y por ello cobra un buen sueldo.

—Al parecer no el suficiente, ya que se alió hace algún tiempo con el agente Chupapollas para algunos temas.

—¿El marido de Cat es corrupto? —pregunto ante mi asombro.

—Sí, es por eso que ha tenido una carrera tan rápida hacia la cumbre. Él mismo organizaba los envíos que luego interceptaba y se marcaba el tanto.

—Menudo hijo de puta.

—Donalson nos ha dicho que nunca se fijó en nuestra organización, según él es leal a nosotros y por ello trabajó con este tipo, ya que no se inmiscuía en nuestra mierda.

—¿Pero?

Tras una frase dicha en el tono que Nate ha usado hay un «pero», siempre lo hay.

—Ya no le vale con pequeñas cosas, ahora ha puesto el ojo en ser el jefe de la DEA de aquí, y para ello tiene que atrapar al pez grande.

—Y yo soy ese pez, ¿no?

—Sí.

Pedazo de mierda inútil es el agente Chupapollas. No es capaz de ganarse sus galones. Va de abanderado de la ley y el orden y se pasa todo por el forro de los huevos con tal de tener el poder que el puesto al que quiere acceder le da.

Cat vuelve al salón, está escribiendo en su teléfono, y cuando nos ve fuera sonríe y me guiña un ojo. No puedo evitar quedarme embobado mirándola mientras se sienta en el sofá y recoge sus piernas debajo del culo que me hace perder la cordura. Está preciosa. Con el pelo un poco húmedo, una de mis camisetas y un bóxer que me ha robado que le quedan un poco grandes. Si no fuera porque sé que Nate está loco por Sam, ahora mismo le pediría que se largara ya que la vista de mi mujer es solo para mí.

—¿Desde hace cuánto tiene el teléfono? —me pregunta Nate, mirando hacia Cat.

—Hace unos días —contesto pensando—. Si no me equivoco desde la reunión con Tim, decidí devolvérselo después de que solucionó uno de los problemas para el aumento de materia en los envíos.

—¿Quiénes sabían absolutamente todo de esos envíos? —continúa.

Por seguridad, los que son parte de las operaciones solo conocen un fragmento del plan global.

—Cash, Tim, Cat, tú y yo.

Mira hacia Cat y después a mí. Lo conozco demasiado bien y sé lo que está pasando por su mente.

—Ella no nos ha delatado.

—Entonces solo quedamos Cash o yo porque tanto Tim como tú habéis perdido millones en los cargamentos interceptados.

Su respuesta es tranquila y sé que ninguno de ellos me traicionaría. Vuelvo a mirar a Cat, que teclea en su teléfono con una enorme sonrisa.

—Antes de darle el teléfono le instalé el programa para monitorearlo —la defiendo.

—Si me hablaras de otra entiendo que eso sería suficiente, pero es Cat a la que nos referimos. Una mente como pocas existen con los ordenadores, ¿crees que le sería muy difícil burlar ese programa?

Su pregunta hace que la duda se instale en mí. Nadie más sabía de este asunto. Cash y Nate se cortarían la mano antes que traicionarme. Y Tim, bueno, él es una mierda, pero avaricioso, no perdería dinero por venganza u orgullo. Eso solo me deja con una sospechosa. Una que está en mi sofá y que hace que mi corazón se acelere cada vez que la veo.

—¿Sabes si habla con su marido? —inquiere Nate, y yo asiento.

—Sí, para mantenerlo tranquilo, aunque apenas son algunas palabras cruzadas, no ha habido llamadas.

—Que tú sepas.

No le respondo porque ahora mismo no sé si tengo toda la información.

—Veamos qué ha estado hablando con el agente Chupapollas —suelto, entrando de nuevo y yendo hacia ella como un toro.

—¿Ocurre algo? —pregunta Cat, observando mi semblante.

—Déjame ver tu móvil.

Ella frunce el ceño hacia mí y hacia Nate, que ahora está a mi lado, y me lo tiende. Está desbloqueado, busco en la aplicación de mensajes y no encuentro ninguna conversación, solo la que está manteniendo ahora con su amigo Reed. La abro y compruebo que es el teléfono de él y lo que han estado hablando.

—¿Qué está pasando? —insiste Cat.

—¿Dónde están el resto de conversaciones? —gruño mientras le muestro que no hay nada en donde debería haber al menos chats con Sam y su marido.

—Las borro.

Su respuesta parece sincera, sin embargo, no tiene sentido, ¿por qué eliminar mensajes que son inofensivos? Está claro, porque no lo son.

—Ve a la habitación —le ordeno, entregándole su teléfono—. Ahora.

Mi tono es autoritario y veo que se encoge ligeramente, no me gusta que sienta eso, sin embargo, ahora mismo no puedo tenerla delante o haré algo peor.

Cuando nos quedamos solos, saco mi móvil y mando un mensaje rápido:

Ven ahora mismo y espera en el parking, avísame cuando estés abajo. Si tardas más de diez minutos no te molestes en volver a aparecer.

Me lo meto en los pantalones y voy hacia mi habitación. Nate se queda en el salón, sabe que ahora mismo no debe intervenir o puede recibir él también. De camino a mi cuarto no puedo evitar recordar las estúpidas palabras que le dije hace dos semanas. Me abrí a Cat, le dije que iba a compensar el haber dudado de ella y la forma en la que me lo paga es traicionándome. Mierda, ¿siquiera es cierto lo que me contó de Michael? ¿Era todo un montaje para ayudar a su marido a ascender? No dudo que el agente Chupapollas vendiera a su mujer por subir de categoría, que dejara que otro se la follara si con eso conseguía lo que quería, lo que no esperaba es que Cat fuera de ese tipo de mujeres, tan cegadas por su amor que están dispuestas a lo que haga falta por ver felices a sus hombres.

Cuando entro a la habitación en la que he sido tan feliz enterrado dentro de ella siento que se me para el corazón. Cat está de pie, junto a la ventana. Me mira desconcertada y yo trato de respirar hondo. Debería matarla por haberme traicionado, eso es lo que se merece, es lo que haría con cualquier otra, pero no con ella. Ha conseguido que me enamore como un imbécil. No puedo matarla. No concibo un mundo en el que ella no exista. Al menos de momento.

—¿Qué ocurre, Mylan? —pregunta acercándose.

Voy hasta el armario y saco su ropa. La única que tiene aquí es la que llevaba cuando la secuestré. Está limpia y doblada. Estas dos semanas solo ha llevado cosas mías y he amado cada momento de ello.

—Ponte eso —le ordeno.

—¿Vamos algún lado?

—Solo póntelo.

Mi tono hace que dé un pequeño salto y se quite lo que lleva puesto. Saco mi teléfono y reviso el mensaje recibido:

Ya estoy aquí.

Le contesto:

Sube a la puerta principal del edificio y espera fuera, ya voy.

No quiero mirar a Cat porque me duele y no sé si voy a ser capaz de apartarla de mi lado si lo hago.

—Ponte también los zapatos —le digo cuando acaba con su ropa.

Quedamos en que no iba a salir del apartamento para evitar que alguien la viera. Ella estuvo de acuerdo, no sé cómo aceptó. Bueno, creo que ahora sí lo sé, todo era parte de su plan y yo caí como un imbécil.

—Mylan, ¿puedes decirme qué está pasando?

—Lo vas a saber en un momento.

La cojo del brazo y nos saco de la habitación, no estoy apretando, no quiero hacerle daño, sin embargo, puedo ver en su mirada que está asustada. Supongo que empieza a entender que la he cazado.

Salimos del apartamento bajo la atenta mirada de Nate, que nos sigue de cerca. Subimos al ascensor los tres y marco la planta calle.

—Estás comportándote como un imbécil —murmura Cat, pero no le contesto.

Llegamos abajo y la llevo hasta afuera. Nate va por delante y nos abre la puerta. La seguridad del edificio nos mira, pero no dice nada, sabe quién soy.

Una vez en la calle veo que Chastity está esperando a unos pasos.

—Ven —le ordeno al tiempo que suelto a Cat.

Cuando Chastity llega a mi lado, paso un brazo por su cintura y la acerco a mí. Planto un beso en su pelo y tengo que contener la mueca de asco que siento al oler su perfume demasiado dulce. No es como Cat. Aunque ahora mismo es lo que más me sirve contra ella.

—Bueno, ya ha llegado tu reemplazo, ha estado bien, sin embargo, esto debe acabar —suelto, haciendo que Cat amplíe los ojos por la sorpresa.

—¿Qué estás diciendo? —pregunta confundida.

—Que me he aburrido. No follas mal, pero eres demasiado pesada para aguantarte más tiempo.

Veo en sus ojos cómo algo se rompe dentro de ella, y por un segundo me alegro de que así sea, que sienta la humillación y el dolor que ahora mismo cargo en mi alma. Aunque en el momento en que veo las lágrimas asomar en sus ojos estoy tentado a ir y secarlas a besos.

Antes de que pueda hacer eso, Chastity interviene y sella el trato.

—Oh, vamos, ¿de verdad creías que eras lo suficientemente buena para él? O para alguien.

Se ríe y Cat respira hondo, se gira y se va.

Aprieto los puños y siento que mi corazón se está rompiendo por lo que acabo de hacer. Chastity besa mi cuello y agita la mano en señal de «adiós» cuando Cat se gira antes de desaparecer dentro de un taxi.

—Suficiente, ya puedes largarte —le gruño, limpiando sus babas de mi piel.

No la dejo contestar, me giro y vuelvo a entrar al edificio seguido de Nate.

—Has hecho lo correcto —dice mi amigo al entrar en el ascensor.

—Entonces, ¿por qué no se siente así?

—Date tiempo.

—Ponle a alguien para que la vigile, no quiero que le hagan daño de momento —le ordeno.

—¿Quieres que solo esté atento o que solo observe? —pregunta mientras entramos en mi ático.

—¿Crees que puede estar en peligro?

No se me había pasado por la cabeza y mi mente está a punto de explotar imaginando a Cat herida.

—Que la proteja, aunque sea una traidora sigue siendo mía, solo yo la puedo tocar —gruño, y Nate asiente antes de sacar su teléfono y llamar para cumplir mis órdenes.

Me quedo solo en mi salón y me doy cuenta de que ahora esta estancia está igual que mi corazón: vacío y sin vida. Y lo peor no es eso, no, lo peor es que necesito dejar de amar a Cat porque tengo que matarla.

23

Cat

Subirme a este taxi es lo más difícil que he hecho jamás. Una última mirada hacia Mylan hace que lo poco que quedaba sin romper de mi corazón se destroce. Le doy la dirección de Sam al conductor y me concentro en no llorar, no puedo derrumbarme, no todavía.

Veo las calles pasar y agarro mi teléfono con la esperanza de que todo haya sido una broma, un error o cualquier cosa menos lo que ha sido: Mylan ha jugado conmigo. Como es de esperar, la llamada nunca llega. Cuando el taxi se detiene en la puerta de los apartamentos de Sam, pago con la aplicación de mi móvil y después lo apago. Subo las escaleras y toco varias veces. Hay bastante ruido dentro, creo que he llegado en mal momento.

Por suerte es Sam quien me abre la puerta, me mira y me hace pasar.

—Aguanta un momento más —me susurra—. Por hoy suficiente, necesito que os larguéis todos ahora mismo.

Quejas por parte de los cinco tíos me llegan desde varias partes de su casa, debían estar jugando a algo *online* y les he jodido la partida. Me disculpo hasta que Sam me gruñe por hacerlo. No tardan ni cinco minutos en dejarnos solas, y cuando lo hacen solo basta una palabra de mi amiga para que toda la mierda salga.

—Ahora.

Comienzo a llorar desconsolada. Sam me abraza y acabamos en el suelo. Ella no deja de apretarme y pasar su mano por mi espalda sin decir nada. Deja que todo lo que llevo dentro salga y noto cómo cada pedazo roto de mi corazón corta dentro de mí.

No sé el rato que pasamos de esta manera, pero cuando noto que mis piernas comienzan a dormirse decido que debo parar y levantarme.

—Necesito una alfombra más cómoda —murmura Sam mientras frota su mano contra su culo, dándole palmaditas como si se hubiera dormido.

Eso me saca una sonrisa. Así es ella. La veo desaparecer por la puerta que da a una de las habitaciones que usa de almacenaje, y cuando sale con una pala en una mano y una bolsa en la otra no puedo evitar romper a reír.

—Bien, tú dices el nombre y yo me encargo —suelta decidida, y corro hasta ella y la abrazo.

Esto es lo que amo de Sam, da igual si no es el momento, si no nos hemos visto en varias semanas o si no sabe lo que ocurre, ella simplemente está disponible, haciendo de mi mundo un lugar mejor.

—He sido tan estúpida —me lamento mientras ella me arrastra a su sofá, tras dejar lo que lleva en la mano en la mesita de café, y nos sentamos.

—Bueno, eso no es algo nuevo, especifica.

Meneo la cabeza y ella me saca la lengua.

—Mylan.

—¿El dios del sexo que te ha tenido cautiva desde hace dos semanas? —se burla.

—Sí, el mismo que acaba de pedirme que me vista, me ha sacado a la puerta de su edificio en pijama y, literalmente, me ha cambiado por Chastity.

Me mira un segundo tratando de averiguar si estoy de broma, y cuando se da cuenta de que no, se levanta y vuelve a coger la pala y la bolsa.

—Va a ver ese hijo de puta lo que es bueno —gruñe.

Me río y niego con la cabeza.

—No, Sam, la culpa es mía por creerle.

—Te dijo que...

—Las palabras se las lleva el viento, son las acciones en las que me tendría que haber fijado —me lamento.

—Pero no lo entiendo, estabais bien, tú estabas feliz. Y, según Nate, su jefe cagaba arcoíris por ti.

—Pues debió ser diarrea y ahora que se le ha pasado ya no me quiere tanto.

—No, hay algo más, cuéntame todo —me pide, y lo hago.

Desde el principio. Incluyendo lo de Michael. Sé que ella sabía algo por Nate, sin embargo, al enterarse con detalle de lo ocurrido me pide un momento para buscar un arma por eBay y, palabras textuales, «convertir la mini polla de Michael en un colador».

Continúo con la sesión de sexo en mi sofá, mi secuestro, que me sentó mal lo que me dio Nate y después las dos increíbles semanas al lado de Mylan. Cómo ha confiado en mí con sus envíos. Tanto que me devolvió el móvil tras una reunión en casa con el padre de Chastity, un tipo que no me gustó nada, por eso lo escuché todo desde arriba, no quería que él me viera, aunque Mylan sabía que yo estaba allí porque incluso me guiñó un ojo.

Una vez que termino, Sam menea la cabeza y chasquea la lengua.

—Aquí hay algo que no sabemos. Si de pronto todo estaba bien y después de la visita de Nate algo ha cambiado es porque ha pasado algo que no tiene que ver contigo.

—Algo tendrá que ver cuando me ha largado de su casa y humillado delante de su amigo y la otra perra.

—Bueno, sí, solo que... Espera.

Sam se levanta, coge su móvil de la cocina y regresa. Marca y pone el altavoz a la vez que me pide que guarde silencio.

—Dime, preciosa —contesta la voz de Nate.

—Estaba tratando de hablar con Cat, pero no le llegan los mensajes y su teléfono está apagado. ¿Sabes si va todo bien? —pregunta en tono inocente.

—Mira, no puedo hablar de esto, pero solo te diré que te alejes de ella, nos ha vendido por su marido y no dudo que pueda salpicarte la mierda si esto sale a la luz.

Frunzo el ceño porque no entiendo nada.

—¿Qué ha hecho? —insiste Sam.

—Ya te he contado demasiado, solo mantente alejada, y en cuanto pueda iré por ti, ¿vale?

—Sí, claro.

—Ten cuidado, preciosa —murmura antes de colgar.

Sabía que entre estos había algo, pero el tono que ha usado Nate me deja claro que no es solo sexo.

—Te prometo que no los he vendido y que jamás haría nada que pudiera perjudicarte —le digo a Sam, y ella me da un puñetazo en el hombro.

—¿La estupidez es contagiosa? —pregunta para mi desconcierto—. Por supuesto que no me venderías, ni a mí ni a nadie. Eres la persona más leal que conozco. Nate debería saber que, si tengo que elegir, no va a ser mi primera opción. Valiente idiota, decirme que me aleje de ti y que tenga cuidado —bufa—. Y que vendrá por mí, ¿quién se cree? ¿Sir Lancelot?

Me río porque Sam está realmente indignada, y yo la abrazo porque el alivio de saber que ella me cree hace que todo sea un poco menos malo.

—No sé qué ha pasado, pero por lo visto alguien está tratando de inculparte de algo —piensa Sam en voz alta—. Lo que no me cuadra es que, si Mylan cree que eres culpable, ¿por qué te ha dejado ir?

—¿Porque es un puto psicópata al que le gusta jugar con sus víctimas?

—O porque realmente está enamorado de ti y no es capaz de hacerte daño.

24

Cat

Pienso en sus palabras y niego con la cabeza.

—No creo que sea el caso. Yo no podría hacerle lo que me ha hecho a mí.

No termino de pronunciar la frase que Sam amplía los ojos y sonríe.

—Así que tú sí que estás enamorada.

—Te lo negaría, pero es una tontería. Sí, soy una imbécil que se ha enamorado de un tío que no confía en ella y que la echa a patadas cada vez que puede.

—Bueno, en su mundo es complicando confiar.

—¿Lo estás defendiendo? —pregunto sorprendida.

—No demasiado, es solo que veo el punto de no confiar tan a la ligera. Sin embargo, él ha demostrado que es hombre de palabra. Ha dejado a Reed tranquilo a cambio de que tú te hicieras cargo de todo.

—Sí, y ahora que no lo voy a hacer volverá a ir a por él —me lamento, dándome cuenta de que estoy jodida y, además, estoy jodiendo a los demás.

Rachel RP

Cuando llego al final me doy cuenta de que Mylan cree que soy yo la que le ha dado a mi marido los puntos de entrega de los tampones llenos de droga. Por lo que sé, solo Nate, Cash y yo, aparte de Mylan y Tim Holland, sabemos estos datos.

Se lo explico a Sam y ella asiente.

—¿Crees que Nate o Cash son las ratas? —le pregunto porque no me cuadra. Los he visto alrededor de Mylan y no parecen estar cerca de él por dinero, sino por lealtad.

—No, me da la impresión de que no les mueve la pasta.

Asiento, pensamos lo mismo.

—¿Por qué entonces Tim Holland iba a perder tanto dinero? —pienso en voz alta.

—Nate me dijo que Mylan ridiculizó a su hija y de paso a él, ¿venganza?

—Cuando conocí al tipo me pareció que estaba demasiado enamorado del dinero. No creo que pierda millones por el honor de su hija, no es de ese tipo de tíos.

«No es como Mylan», pienso. Él sí que perdería lo que hiciera falta por defender a su familia. Tiene honor.

—Y si... —Sam comienza a hablar, pero se calla un instante antes de proseguir—. ¿Y si ha sido la tal Chastity? Piénsalo. Ella puede haber oído algo o tener a alguien con su padre al que pueda sacarle la información. Es lo único que se me ocurre.

Medito sus palabras y asiento.

—Podría ser. Si es el caso, Michael debe haber contactado con ella. ¿Me dejas tu portátil?

Sam salta del sofá y vuelve con su adorado ordenador. Solo yo puedo tocarlo, aparte de ella. Lo abro y, como siempre, ya está encendido. Tecleo y busco el teléfono de Chastity, después me cuelo en el móvil de Michael. Por suerte, está conectado a una red wifi por lo que veo en la web de la manzanita, Dios bendiga a las grandes marcas por facilitarnos el trabajo a los locos acosadores. Cotejo las llamadas recibidas y enviadas y, efectivamente, coinciden en los días previos a las entregas. No solo eso.

—Mi marido es gilipollas.

—¿Por?

—Ha guardado el número de Chastity en su agenda.

—No me jodas.

—Sí, y ha sido tan original de poner Chast. Holl.

Sam y yo nos reímos.

—Es todo un genio del mal.

No sé cómo he estado tantos años cegada por él. Es un auténtico inútil, y encima corrupto. Vale, no soy quién para juzgar y blablablá, pero al menos no he jurado ante la bandera hacer cumplir la ley y luego me he limpiado el culo con ella.

—Bien, tengo lo que necesito, es hora de darle el golpe de gracia a mi marido. —Sonrío.

—¿Qué vas a hacer?

—Demostrarles a los hombres de mi vida que no soy una muñeca con la que jugar, voy a hacer que me arresten, declararé en contra de Michael y destaparé que soy yo la que ha llevado a cabo el plan de los tampones.

Sam me mira atónita.

—Eso es básicamente entregarte para ir a la cárcel.

—Solo un tiempo, no tengo antecedentes y por buena conducta puedo salir pronto.

—No, no lo harás, Mylan te mandará matar para que no puedas declarar.

Rachel RP

—No declararé en su contra. No quiero hacerlo. Debería, sí, pero no soy de esa manera. No quiero venganza en su contra, quiero demostrarle que se ha equivocado conmigo, demostrarle a Michael que se la he jugado en sus putas narices y demostrarme a mí misma que tengo la fuerza necesaria para no huir.

—Pero...

—Es la única manera de zanjar todo esto. Reed tiene familia, tú estás pillada por Nate, no me lo niegues, ahórratelo. Y yo, yo estoy enamorada de Mylan. Si me entrego, si me atrapan y declaro en contra de Michael, me echo toda la culpa y dejo a Mylan a un lado, en unos pocos años podré salir de allí y tener una vida nueva, propia.

—No lo veo bien.

—Pues cierra los ojos. Esto va a pasar.

Sam me mira indecisa. Por un lado, quiere quitarme la idea de la cabeza, por otro sabe que tengo razón, esto se nos ha ido de las manos y tiene que acabar ya.

—Déjame que vaya contigo —me pide—, la cárcel para dos puede ser divertida.

Sonrío y niego con la cabeza. Me levanto y voy al baño. Necesito lavarme la cara. Me echo agua fría, y al secarme con la toalla veo en la papelera la caja de algo que no puede ser. Me agacho, la cojo y me doy cuenta de que esto es real al sacar el palito y ver las dos rayas.

Salgo del baño con él en la mano y, sin decir nada, cuando Sam me ve rompe a llorar. Mierda, ella nunca llora. La abrazo, es mi turno de estar aquí.

—¿Él lo sabe? —pregunto, teniendo claro que es de Nate.

—No.

—¿Se lo vas a decir?

—No lo sé.

—¿Quieres que lo abandonemos todo y nos larguemos de aquí?

—No, quiero decir, me gustaría ir contigo a la cárcel, pero no quiero desaparecer, no hasta que sepa qué pasa con esto, Nate y yo.

—Lo de ir a la cárcel conmigo está más que fuera de discusión.

—Pero...

—No, te necesito fuera, ¿quién me va a traer tabaco para hacer contrabando?

Ambas nos reímos y nos abrazamos. Me estoy condenando y, por primera vez en mucho tiempo no tengo miedo de lo que pueda pasar porque esto ha sido decisión mía.

Le mando a Donalson la ubicación de una entrega menor que sé que se va a llevar a cabo a las afueras. Es algo de menudeo, por así decirlo. No hay apenas carga, por lo que la pérdida no será demasiado y tampoco estará Mylan. No quiero que se vea involucrado.

Sam se ha quedado monitorizando todo desde casa. Tengo que mantenerla alejada de esto para que no la relacionen. Si Michael sospecha es probable que trate de salvarme. También me he asegurado de dar el chivatazo al jefe de mi marido alegando que, si atrapan a la mujer que llevará está operación a cabo, pueden dar con el topo que tienen dentro del cuerpo. Espero que me hayan creído.

De camino al punto de encuentro bajo la ventanilla y respiro hondo. Dejo que el aire fresco golpee mi cara y disfruto del sol contra mi piel. Si todo sale bien, pasará algún tiempo antes de que pueda volver a hacer esto.

Si soy sincera, estoy algo asustada. No por lo que voy a hacer, estoy segura de ello, más por si voy a ser capaz de sobrevivir en la cárcel. No es un lugar bonito, si se parece algo a la serie *The Orange is the new black* voy a tener muchos problemas.

Sam me ha dicho que va a tratar de contactar con gente del gobierno para que me contraten y me saquen de allí. Va a *hackear* algunos sistemas, y cuando busquen verán mi nombre. Es algo común entre los de nuestra especie, en vez de ir a la cárcel, a los que dominamos los ordenadores nos reclutan. Será otro dueño y seguiré teniendo correa, pero al menos estaré libre.

Cuando llego al sitio, un lugar lleno de almacenes casi abandonados, me dirijo andando en busca del que sé que es donde va a ocurrir todo. El número veintitrés. Lo encuentro bastante alejado de la entrada. No me he cruzado a nadie, no creo que haya ni seguridad mínima en este lugar. La verdad es que da un poco de miedo. El sol está poniéndose y respiro hondo antes de empujar la puerta metálica que abre el almacén donde sé que tienen la carga que va a ser enviada mañana. Ahora solo tengo que esperar a que la Policía llegue y hacerme la sorprendida cuando entren.

—¿Qué demonios crees que haces?

Miro hacia arriba y veo a Mylan a unos pasos de mí, furioso y con cara de querer matar a alguien.

—Vete —le susurro.

—No sin antes una explicación.

—¡No te debo una mierda, lárgate! —le grito.

—La Policía está de camino —gruñe—, alguien le ha dicho que esto está aquí. No hay tiempo de sacarlo, pero tú te vienes conmigo.

Y antes de que pueda decir nada, llega hasta mí y estampa su boca sobre la mía, haciendo que me plantee si debo seguir adelante o dejar que vuelva a engañarme con la ilusión de que le importo.

Si quieres que siga con el plan, continúa leyendo.
Si quieres que se vaya con Mylan, ve al capítulo 27 (Pág 279)

Rachel RP

25

Cat

En cuanto recupero la cordura, lo empujo lejos de mí. No puedo dejar que vuelva a tomar las riendas de mi vida, no otra vez.

—Creo que no lo has entendido —siseo, dando un paso atrás para tomar distancia—. Al igual que tú, yo solo te he utilizado.

Mylan frunce el ceño y trata de acercarse, pero niego con la cabeza.

—Vamos, Cat, podemos hablar de esto en otro lugar.

Las sirenas de la Policía se oyen a lo lejos y sonrío.

—Es hora de que te vayas, vuelve con tu perra traidora y corre porque voy a hablar, les voy a contar todo lo que sé para que me metan en protección de testigos y nunca volvamos a vernos.

—Cat, sé que mientes, no lo harás, no eres así.

—¿No soy así? ¿No soy una rata? Porque eso no es lo que pensabas cuando me has largado de una patada en el culo de tu ático para meter a Chastity —siseo.

Hubiera preferido que mi voz no destilara tanto veneno para que no vea lo mucho que me ha afectado, sin embargo, es algo que no puedo controlar. Los trozos rotos de mi corazón se clavan dentro de mí cada vez que respiro.

—Cat —gruñe—. Mierda, necesito tenerte cerca, joder, aún eres mi obsesión.

Y lo entiendo, ha sido casualidad encontrarnos, no ha venido por mí, él no cree en mi inocencia, pero todavía no puede alejarme.

Las sirenas están demasiado cerca.

La puerta por la que he entrado se abre de golpe y aparecen Cash y Nate.

—Hora de irse, jefe.

—Vamos —me ordena, pero, lejos de hacerle caso, corro en dirección contraria y me meto en un baño que huele fatal.

Cierro el pestillo y al instante noto que golpean la puerta con fuerza. Puños que no dejan de aporrearla.

—¡Cat! —el grito de Mylan me encoge el alma.

—¡Tenemos que irnos! —escucho a Nate.

—¡Joder! —Ese vuelve a ser Mylan, y creo que Cash trata de calmarlo mientras las voces se alejan.

Se está yendo tal y como le he pedido, entonces, ¿por qué me siento tan sola?

—Cat —la voz calmada de Nate se oye al otro lado—. Ven con nosotros, podemos hablarlo y solucionarlo.

—No, él decidió que no me quería a su lado, esta es mi decisión.

—¿Segura?

Asiento, aunque no me ve.

Las sirenas suenan ya demasiado cerca, van a pillarlos y no es lo que quiero, si los cogen a ellos no serán tan indulgentes como conmigo.

La obsesión de Mylan

—Nate, lárgate ya, necesito que cuides a Sam por mí mientras no estoy.

—No es necesario que lo pidas, aunque sí que deberías hacerle llegar un memorándum a ella, parece que no está por la labor de dejar que la cuide.

Sonrío.

—Insiste, ella te va a dejar entrar en su vida y va a ser el mejor regalo de la tuya.

—Lo sé. Tú lo has sido en la de Mylan.

Dicho esto, todo queda en silencio salvo por las sirenas, que están cada vez más cerca. Hasta que sé que se han detenido justo delante del almacén. Sigo escondida aquí porque no tengo muy claro cómo debo hacer para que crean que me han pillado. Espero hasta que un gran alboroto se escucha tras la puerta en plan peli de los SWAT y decido hacer mi aparición.

—¡Manos arriba! —grita alguien, y de pronto hay como veinte tíos con chalecos apuntándome.

Bien, quizás debería haber pensado mejor todo esto, al menos la parte de salir de sorpresa, al menos he sido lista apareciendo con las manos en alto para que ninguno de estos vaqueros pudiera pensar que tenía un arma.

—¿Cat?

La voz de Michael llega de mi derecha.

—Oh, Michael, supongo que me has pillado.

Baja el arma y frunce el ceño.

—Es mi mujer —explica a los demás, y todos asienten como si supieran quién soy, no los conozco, supongo que Michael les ha hablado de lo insignificante que soy porque todos se relajan y eso me cabrea.

En cuanto se acerca lo suficiente, le quito el arma y le apunto. Y todos los demás hacen lo mismo conmigo de nuevo.

—¿Qué cojones crees que haces? —gruñe Michael.

—Me parece obvio, pero parece que no eres tan inteligente ya que he movido droga debajo de tus narices sin que te enteraras, esposo.

Remarco la última palabra para que nadie olvide que es mi marido, el gran agente de la DEA que no ve la mierda ni aunque la pise.

—Déjate de juegos, Cat, y dame el arma.

—No, quiero salir de aquí con vida, bastante malo es que haya perdido este cargamento, a alguien en Las Vegas no le va a hacer ni puta gracia.

Mis palabras hacen que entienda que soy parte de esto, que no es un juego y que se la he metido cruzada hasta la garganta empezando por el culo.

—Cat —me llama otro agente que conozco, alguna vez lo he visto en la oficina y siempre ha sido amable conmigo—, estás en desventaja, tenemos el edificio rodeado, entrégate antes de que salgas herida.

—Y dile a Mylan Graves que salga de su escondite —gruñe mi marido.

Sonrío. Sí, es a él a quien esperaba encontrar y ponerse así la medalla que necesita para ascender.

—Ese es un pelele que trabaja para mí —bufo—. ¿De verdad os habéis creído que es él quien manda en esta ciudad?

Todos ponen cara de incredulidad porque la trayectoria de Mylan viene de lejos, sin embargo, jamás han podido detenerlo. Supongo que tiene a la gente adecuada comprada y no es ninguno de estos idiotas.

Veo la duda en los ojos de los agentes que me miran mientras me apuntan, y decido darles algo de información que va a sellar mi destino.

—Fue mi idea meter la droga en los tampones, ¿no te has dado cuenta de que son la marca que uso, querido?

Noto un movimiento por el rabillo del ojo y sé que estoy a punto de ser asaltada por uno de los agentes que antes me apuntaba. Bien, parece que mi plan funciona. Antes de que pueda siquiera respirar hondo, un cuerpo salta sobre mí haciendo que caiga de lado contra el duro cemento del suelo, golpeando mi cabeza.

Todo se vuelve algo borroso y solo escucho voces, aunque no las entiendo. Creo que tengo una conmoción cerebral. Me giran para estar boca abajo mientras me ponen unas esposas. Luego me levantan tirando de ellas, haciéndome gemir del dolor en los brazos que eso me provoca. Mi cabeza sigue dando vueltas mientras me llevan fuera, y veo que ya es de noche. Me meten sin ningún cuidado en una patrulla y me llevan a toda velocidad a lo que supongo es mi destino.

26

Mylan

Apago la televisión en cuanto el caso de Cat sale de nuevo en antena. Hace una semana que la detuvieron y hoy comienza su juicio. Tiro el mando contra la puerta de mi despacho a la vez que Nate entra por ella y no le doy por una pulgada.

—Hola a ti también.

Gruño en respuesta.

—Parece que no estás de humor hoy —murmura mi amigo.

—Hace días que no está de humor —agrega Cash, y le doy una mala mirada.

El teléfono de Nate suena, y por su cara veo que el mensaje es de Sam, se le ilumina cuando ella le escribe o lo llama. Mierda, siento celos de esos dos.

—Sam me dice que necesita hablar contigo —comenta Nate.

—No me apetece hablar con ella.

—Es sobre Cat —insiste.

—Claro que es sobre ella, no tenemos nada más en común, bueno, sí, al idiota enamorado de mi amigo.

Nate saca el dedo del medio y le transmite mi respuesta tecleando con rapidez. Al segundo de hacerlo suena su teléfono. Sonríe. Contesta y lo pone en modo altavoz.

—¿Ya me oye el estúpido de tu amigo? —pregunta Sam enfadada.

—El estúpido de su amigo puede hacer desaparecer tu cuerpo si le faltas el respeto —gruño.

—Sí, sí, eres un gran hombre malo.

Cash y Nate se ríen mientras yo ruedo los ojos.

—Bien, di lo que tengas que decir, pero te advierto que no estoy de humor para aguantar mierdas, y ser la mujer de Nate no te va a salvar si me cabreas.

Se escucha un bufido indignado.

—No soy la mujer de nadie, y te recuerdo que puedo vaciar tus cuentas mientras cago, así que hagamos de esta una conversación civilizada, solo necesito saber algo.

Miro a Nate y le prometo que esta me las va a pagar. A otra persona no le permitiría todo esto, sin embargo, ella es de Nate y eso cambia las cosas.

—Bien, dispara.

Ella se ríe.

—¿Eso es un chiste de mafiosos?

Logra hacerme sonreír mientras Cash y Nate sueltan una carcajada.

—Se te acaba el tiempo —suelto para que no se entretenga más.

—¿Es verdad que el abogado ese tan caro que tiene Cat lo has mandado tú?

Miro a Nate y se encoge de hombros.

—Sí —gruño.

—Así que mi amiga te importa.

—No te voy a contestar a eso.

—Lo harás si quieres saber la verdad sobre los envíos que fueron interceptados por la DEA.

Cash, Nate y yo nos miramos.

—Nena, ¿a qué te refieres? —interviene Nate.

—Mylan, responde —me ordena, y lo hago porque la curiosidad me puede.

—Sí, me importa Cat.

—Ya lo sabía —suelta con sorna—, solo necesitaba que lo dijeras en voz alta para que te dieras cuenta de que lo hacías.

—Ahora es tu turno de explicarte.

—Fue Chastity, la perra por la que echaste a mi amiga de tu ático.

—Si esto es una broma —gruño, pero Sam me corta.

—Mira tu correo, te estoy mandando las pruebas. Cat y yo creemos que debió haber escuchado algo y lo usó a su favor. No sé los detalles, aunque te aseguro que Cat no te delató. Y no lo hará en el juicio. Ella te ama. No te lo mereces, pero lo hace.

Reviso el correo y comienzo a repasar los documentos, son llamadas entre el número de Chastity y el de Michael, hay datos de geolocalización y algunos mensajes que se han intercambiado. Hija de puta.

Entonces caigo en lo que acaba de decir Sam.

—¿Me ama? —pregunto confundido.

—Sí, tanto que decidió entregarse para acabar con toda esta farsa, ir a la cárcel algunos años, destapar la corrupción de Michael y alejarse de ti para poder olvidarte.

Toda la información que tengo en estos momentos me está haciendo explotar la cabeza. Creí que tenía un acuerdo con Michael, la arrestaban, él lograría un trato por delatarme y podrían vivir felices. Mierda, ¿cómo de equivocado he estado?

—¿Cómo supisteis que Michael era corrupto? —pregunta Nate mientras sigo tratando de digerir todo lo que sé ahora.

—Porque llamaste a Donalson una vez estando conmigo y memoricé el número. No os enfadéis con él, sigue creyendo que las pruebas de la corrupción de Michael se las entregó a alguien que trabaja para ti, Mylan.

—Mierda, me gustas y me asustas a partes iguales —se burla Cash, y Nate gruñe.

—Ni se te ocurra pensar un segundo sobre mi mujer —sisea.

—Bueno, os dejo para que os saquéis la polla para medírosla y en tu caso, Mylan, para que te la cortes y te la metas en el culo por haber desconfiado de Cat.

La línea se queda en silencio y sé que ha colgado. Mi mente es un torbellino y no sé qué hacer con todo lo que tengo dentro. Ahora mismo la rabia que sentía se ha convertido en culpabilidad. Una vez más, le he fallado. Y esta vez hasta tal punto que quiere ir a la cárcel para olvidarse de mí. Mierda. No. Eso no va a suceder. Ni ir a la cárcel ni olvidarse de mí.

—Jefe, Sam dice la verdad —suelta Nate, que está al teléfono; no me he dado cuenta ni de que había llamado a alguien—. Tengo a Donalson al otro lado, que me confirma lo que ha dicho mi mujer.

Siento que me falta el aire.

—El abogado también me confirma que Cat no ha intentado hacer ningún trato inculpándote, y que Michael no ha procurado sacarla de ahí. Ella ni siquiera ha permitido que la vea —comenta Cash, también con el móvil en la oreja.

Me levanto de golpe tirando la silla, agarro el borde de la mesa y la vuelco con todo lo que tengo encima. Me da igual. Ahora mismo no hay nada que me importe salvo llegar hasta Cat.

—Prepara a los hombres, vamos a asaltar los juzgados —gruño, sacando el arma del cajón que ahora está boca arriba.

—Jefe, no puedes hacer eso —trata de calmarme Nate.

—No voy a dejar que se pudra en una puta cárcel —siseo.

—Tampoco te estamos pidiendo que lo haga, solo que sacarla en mitad de un juicio tan mediático no va a ser fácil, habrá víctimas, y nadie te dice que una de ellas no sea Cat —interviene Cash, y grito frustrado porque tiene razón.

—Entonces, ¿qué me sugieres?

—Primero deberías hablar con ella —contesta Nate—, si todavía no ha empezado el juicio puede que el abogado logre tenerla al teléfono unos minutos.

—¿Y qué quieres que le diga? ¿Que soy un imbécil por dudar? ¿Que incluso si hubiera sido culpable la hubiese perdonado porque la amo? ¿Que la esperaría una puta vida si con eso volviera a verla sonreír entre mis brazos?

Nate y Cash asienten antes de que este último conteste.

—Está bien para empezar —se burla, y lo apunto con el arma que todavía tengo en la mano.

—No es momento de perder el tiempo, el juicio va a comenzar, así que si quieres tener una oportunidad de hablar con ella es ahora —me recuerda Nate, y bajo el arma porque tiene razón.

Cash me tiende el teléfono y le gruño al abogado que mueva su culo y consiga que pueda hablar con mi mujer antes de que el circo empiece.

Me mantiene a la espera lo que me parece una eternidad hasta que escucho la voz de Cat, de mi Cat, y una enorme presión se instala en mi pecho.

—¿Quién es? —pregunta en un tono apagado que me dice que esto está siendo duro, y apenas comienza.

—Soy Mylan.

La línea se queda en silencio, aunque sé que no se ha cortado o ha colgado porque escucho las voces de fondo de los que deben ser sus abogados.

—No es necesario que digas nada, solo escucha —le pido—. Sam me ha contado lo de Chastity. Sé que no me has delatado ni lo ibas a hacer. Aunque, si te soy sincero, me lo merezco y deberías hacerlo.

Cash y Nate me miran como si hubiera perdido mi puta cabeza, y es probable que lo haya hecho.

—No pasó nada con ella cuando te saqué del ático, solo quería que te sintieras tan mal como yo. Pensaba que me habías traicionado, y esto no es una excusa, solo es una explicación. También necesito que sepas que, incluso si lo hubieras contado todo sobre mí, no podría haber dejado de amarte. Eres la mitad que me faltaba para entender la vida. El alma que me robaron al nacer y sin la cual no he podido respirar hasta encontrarte.

Escucho un sollozo al otro lado y se me encoge el corazón.

—Cat, necesito que sepas que voy a ir al infierno por ti para poder llevarte de nuevo al cielo al que perteneces. No estás sola.

«Tiene que entrar ya en la sala, hay que cortar la llamada», se escucha de fondo.

—Recuerda, Cat, ¿qué es lo tercero? —le pregunto, tratando de que recuerde cuando le dije las tres razones por las que hacía las cosas.

—Soy tuya —murmura.

—Sí, eres jodidamente mía y voy a ir a buscarte para llevarte a casa, y no, no me refiero al ático, tu hogar no son paredes, tu hogar está entre mis brazos hasta el día en que me muera.

Tu historia continúa en el capítulo 28 (Pág 289)

Rachel RP

27

Mylan

Joder, no sabía cuánto había echado de menos su boca hasta que me he lanzado sobre ella. Solo han pasado unas horas, pero han sido las más largas de mi vida. La presiono contra mí porque no puedo evitarlo, necesito saber que no se va a ir, aunque después de cómo me he comportado no tengo dudas de que es lo que me merezco.

—¿A qué viene esto? —pregunta, apartándose de mí.

—Tenemos que irnos, la poli va a llegar en cualquier momento.

—No es de tu incumbencia.

—La mercancía que hay aquí —le contesto, moviendo el dedo a nuestro alrededor—, dice lo contrario.

—Lárgate —me ordena, y niego con la cabeza.

—No sin ti. Tenemos que hablar.

La puerta por la que he entrado detrás de Cat se abre de golpe y aparecen Cash y Nate.

—Hora de irse, jefe.

Las sirenas se escuchan demasiado cerca.

Miro a Cat, y de un solo vistazo sé que va a tratar de huir de mí. A unos pies de distancia hay un baño y entiendo que ese es su objetivo. No le dejo ni intentarlo, la agarro de la mano y tiro de ella.

—¡No pienso ir contigo a ningún lado! —grita revolviéndose.

—Jefe… —insiste Nate ante la cercanía del sonido.

Respiro hondo y de un gesto hago que se plante frente a mí, cojo su cara entre mis manos y la miro a los ojos.

—Cat, te amo, la he jodido, lo sé, si me has vendido me importa una mierda porque la cárcel no puede ser peor que no estar contigo. Ven conmigo, hablemos, pero no aquí, necesitamos alejarnos.

—¿Me amas? ¿Y Chastity?

—Da un salto de fe por mí una última vez, por favor —le suplico, apoyando su frente en la mía—, tenemos que irnos.

—No quiero que me hagas daño otra vez, prefiero quedarme —contesta, y mi alma se hunde, pero tomo una determinación.

—Si tú te quedas yo también lo haré —gruño.

—¿Qué cojones? —sueltan a la vez Nate y Cash.

La confusión pasa por los ojos de mi preciosa mujer, y antes de que pueda hacer nada más ella tira de mi mano en dirección a la puerta.

—Soy una imbécil por tropezar diecisiete veces con la misma piedra, lo sé —masculla entre dientes, y sonrío.

Salimos de allí y nos montamos en dos coches. Cat va conmigo y mis hombres justo detrás. Piso el acelerador y nos largamos de allí, rezando por que nadie nos siga. Tenemos un punto de reunión y pongo rumbo a él mientras veo por el retrovisor que Cash y Nate giran en la dirección opuesta a la mía.

Una vez que estamos a cierta distancia, paro a un lado de la carretera porque necesito que hablemos antes de que nos reunamos con los demás. Detengo el motor y me giro para mirarla. Sonrío. Ella me completa de maneras que no sabía siquiera que necesitaba.

—No me mires así —se queja.

—¿Cómo? ¿Como si fueras el aire de mis pulmones?

Cat se ruboriza y no puedo evitar acercarme y besarla de una forma lenta y tierna.

—Siento lo de esta mañana, estaba enfadado, mucho. La traición es algo que...

—No te he traicionado.

—Cat, ahora necesito que me digas la verdad. Podemos solucionarlo juntos, pero no más mentiras.

Ella niega con la cabeza y sale del coche. Hago lo mismo y me sitúo a su lado para impedir que se vaya andando sola por la calzada.

—No confías en mí, no lo has hecho y no lo harás —me recrimina.

—Sí que confío, es solo que me cuesta entender por qué jodiste lo que teníamos, ¿fue por dinero? ¿Por ayudar a Michael? ¿Sientes algo por él todavía?

Los ojos de Cat se amplían y sería cómico si no fuera porque ahora mismo quiero gritar para aliviar algo la frustración que siento.

—¿Todo esto es por celos? —pregunta incrédula.

—No —gruño, aunque al final cedo y lo reconozco—. Sí. No soporto pensar que me has traicionado para ayudarlo a él.

Cat rueda los ojos y menea la cabeza.

—Jamás te traicionaría, y menos para ayudarlo a él, ¿es que no lo entiendes? Me he enamorado de ti, aun sabiendo que era una estupidez y que me iba a arrepentir, no he podido evitarlo.

—¿Quieres decir que no me has traicionado por él? —pregunto esperanzado.

—Eres imbécil —suelta, y me descoloca—. No te he traicionado, ni por él ni por nadie, no soy la traidora, esa es tu amiga Chastity.

Tardo unos segundos en procesar lo que acaba de decir.

—Explícate —le ordeno, y ella me da una mala mirada, así que suavizo el tono—, por favor.

Cat saca un teléfono que no es el suyo y teclea algunas cosas. Me cuenta la conversación que tuvieron antes con Donalson, el agente al que tengo en nómina, y que le lograron sacar Sam y ella la información que necesitaban. También me muestra el teléfono de Michael, sus registros y conversaciones con un tal Chast. Holl que, por supuesto, no es otra que Chastity Holland. Joder. Maldita hija de puta.

Cuando acaba de mostrarme todo, me llevo las manos a la cabeza y revuelvo mi pelo. Quiero sangre y la voy a obtener. Entonces hago lo único que puedo hacer en este caso, me arrodillo ante ella y le pido perdón.

—Lo siento, Cat.

Veo las lágrimas formarse en sus ojos, y cuando va a decir algo escuchamos la sirena de la Policía. Mierda.

—Vuelve al coche —le ordeno, y con rapidez saco mi teléfono para marcar a Nate.

—Jefe, Donalson nos ha dicho que te buscan, saben qué coche llevas. Han encontrado algo en el almacén que parece incriminarte. Aunque nuestro agente cree que ha sido el Chupapollas quien ha dejado ahí esa prueba.

Gruño mientras arranco.

—Estoy con Cat a cinco minutos del local de Joe, nos vemos en el callejón, necesito una extracción rápida.

—Jefe, ¿solo una? —pregunta, sabiendo lo que estoy diciendo.

—Sí, solo una.

Cuelgo y, antes de acelerar, le pongo el cinturón a Cat.

—¿Qué ocurre? —pregunta asustada, y pongo mi mano sobre la suya para tranquilizarla mientras serpenteo por las calles para llegar a mi destino.

—Parece ser que tu marido me quiere entre rejas. Han encontrado algo en el almacén.

—Oh, no, mierda, lo siento, no debía ser así, no tenías que estar involucrado. Me aseguré de que...

—Shhh, creemos que las pruebas son falsas. Que Michael las puso allí. Tú no tienes nada que ver.

Estamos en la avenida principal cuando veo que hay dos patrullas acercándose con las luces puestas. Mierda, nos han descubierto antes de llegar.

—Agárrate —le pido, y acelero. Invado el carril contrario y me muevo entre los coches mientras Cat se sujeta a donde puede.

Me meto por varias calles tan estrechas que los retrovisores laterales saltan, pero así gano el tiempo que necesito. Estoy cerca del callejón en el que tengo que reunirme con Cash y Nate. Mi única misión ahora es llegar hasta allí. Sé que la Policía anda cerca, así que no tengo tiempo que perder. En cuanto aparco, salto del coche y saco a Cat. Cojo su cara entre mis manos y la beso. Apoyo mi frente y respiro su aroma una vez más.

—Te amo, no lo olvides, por ti voy a ir al infierno solo porque sé que es el camino hacia mi cielo. Mi hogar... tú.

Ni siquiera sé si me ha perdonado, no hay tiempo para averiguarlo. Hago un gesto con la cabeza y Nate coge a Cat por la cintura, alejándola de mí.

—¿Qué haces? —pregunta desconcertada.

—Nos vamos.

—Jefe, suerte —dice Cash.

—¡¿Qué?! —grita Cat, y al instante se da cuenta—. No, no, no, Mylan, ven con nosotros.

—Tenéis que iros ya —gruño, metiéndome en el coche mientras trato de no escuchar el llanto de Cat.

Salgo del callejón y veo a la Policía de frente, se detienen los dos coches cruzados y yo miro por el retrovisor cómo el todoterreno negro en el que se va el amor de mi vida se aleja en dirección contraria. Respiro hondo, abro la puerta y salgo con las manos levantadas.

—¿Me buscabais? —Sonrío y espero a que el agente de turno me espose y me meta en su coche.

Respiro aliviado al ver que no quieren a nadie más que a mí. Bueno. Es momento de llamar a los abogados.

Seis días llevo aquí encerrado y aislado. Tan solo puede visitarme mi abogado. El agente Chupapollas no ha dudado también en regalarme su presencia jactándose de que me ha atrapado. El único que lo ha logrado. Joder, está tan muerto que podría incluso tenerle algo de lástima.

Estoy esperando a que mañana inicie mi juicio. Tengo una legión de abogados y dudo mucho que logren meterme demasiado tiempo entre rejas. Todavía no sabemos qué tienen en mi contra ya que son pruebas clasificadas al ser un juicio por asociaciones delictivas, vamos, por tratarse de la mafia.

—Supongo que es momento de rendir cuentas —suelta el agente Chupapollas mientras entra en la sala de interrogatorio en la que me tienen.

No sé las horas que he pasado aquí, han tratado de hacer que delate a alguien. Me han amenazado con todo lo que han querido y, por supuesto, lo han hecho sin mi abogado presente. Creen que un poco de presión me va a hacer saltar. No tienen ni puta idea de con quién están hablando.

—¿Qué tal tu mujer? —le pregunto con sorna.

—¿La estás amenazando?

Me río porque no sabe nada sobre ella y sobre mí, ni que no la va a volver a ver en su vida. Tampoco que ella es mía y que va a pagar por lo que le hizo. Gruño al recordarlo.

Mi abogado entra junto a otro agente, que le susurra algo al oído al Chupapollas y este me mira cabreado.

—Eso no puede ser, joder —suelta antes de salir de allí.

—Vaya, parece que alguien tiene un mal día —me burlo.

—Y tú tienes demasiada suerte, estás libre —sisea el agente que ha entrado hace un instante.

—¿Qué dices?

—Sí —confirma mi abogado—, te han exculpado de todos los cargos, eres libre de irte en estos momentos.

No sé si esto es una broma o un error por parte de la ley, no me pienso quedar a averiguarlo. Me levanto y me coloco la americana mientras mi abogado saca una bolsa con mis pertenencias y la deja sobre la mesa. La abro y cojo mis cosas, guardo mi cartera, coloco mi reloj y el resto lo introduzco en mi bolsillo.

Salgo de la sala de interrogatorio y escucho gritos. Creo que son del agente Chupapollas. No me detengo, y cuando estoy fuera respiro hondo. Cash y Nate están esperándome, Sam, la amiga de Cat, también, pero ella no está aquí.

—¿Dónde está mi mujer? —pregunto extrañado.

Que Nate y Cash se miren entre ellos me da muy mala espina.

—No lo sabíamos —comienza a explicar Nate—. Cuando Sam se la ha llevado pensábamos que iban a comprar mierda de chicas.

Esto no me gusta ni un pelo.

—Que alguien me diga qué cojones pasa.

No tardo en saber la respuesta, aunque de manos de quien menos me esperaba, y eso me cabrea hasta límites que no conocía.

—¡No sé qué mierda has hecho, pero lo voy a descubrir! —grita el agente Chupapollas como un energúmeno desde la puesta de la central donde me tenían retenido—. Voy a averiguar qué tienes en mi contra para que mi mujer se haya entregado para que tú puedas salir.

Vuelve a entrar y da un portazo al hacerlo.

Sus palabras me dejan helado, y cuando doy un paso para volver a entrar, Cash y Nate se posicionan a mi lado para impedírmelo.

—Ahora no, estás fuera —murmura uno de mis amigos—. Mantén la calma y salgamos de aquí.

—No sin ella —siseo.

—Mylan —me llama Sam—. Cat quiere hacer esto, respeta su decisión.

—Pero…

—No, no hay peros, si quieres ayudarla haz que este tipo meta su culo ahí dentro y nos traiga de vuelta a nuestra chica.

Miro al abogado y con un gesto de mi cabeza le indico que entre.

—Llámame en cuanto estés con ella —le ordeno, y él asiente.

Nos vamos al coche y me pongo de copiloto junto a Cash dejando a Nate y Sam detrás. Ahora mismo necesito pensar muy bien. El viaje hasta mi ático lo hacemos en silencio. Tengo muchas preguntas, pero primero tengo que ordenar mi mente.

Mi teléfono suena y veo que es el abogado.

—Te la paso —dice en cuanto descuelgo.

—¿En qué estabas pensando? —pregunto cabreado.

No se oye nada al otro lado de la línea. Mierda.

—Lo siento, es solo que no puedo afrontar el hecho de que te hayas sacrificado por mí.

Mi corazón late a mil por hora. Necesito tenerla a mi lado. Si la condenan no saldrá de allí con vida, la protegeré, pagaré lo que haga falta, sin embargo, sé que no será la misma y eso me mata por dentro porque es culpa mía, yo la traje a mi mundo. Respiro hondo y hablo.

—Recuerda, Cat, ¿qué es lo tercero? —le pregunto, tratando de que recuerde cuando le dije las tres razones por las que hacía las cosas.

—Soy tuya —murmura.

—Sí, eres jodidamente mía y voy a ir a buscarte para llevarte a casa, y no, no me refiero al ático, tu hogar no son paredes, tu hogar está entre mis brazos hasta el día en que me muera.

Rachel RP

28

Cat

Estoy en un calabozo en el mismo edificio donde empezó todo, el lugar donde vi a mi marido follarse a su compañera de trabajo y en el que mi vida se rompió. No he podido hablar con nadie desde hace tres días, salvo mi abogado, e incluso con él siempre hemos estado vigilados. No me gusta, a Mylan tampoco, por lo que me ha dicho el pasante que me visita cada día dos veces para asegurarse de que estoy bien, él cree que hay algo que no nos están contando porque no es normal cómo me tratan. No tengo antecedentes, no soy peligrosa. Este encierro y la forma en la que me miran los agentes que me custodian me dan escalofríos.

Ni siquiera tengo una ventana, tan solo una manta y una almohada. Al menos sé que están limpias porque mi abogado me las trajo. No he podido hablar con Mylan porque no han dejado que pase ningún móvil cerca de mí alegando mis conocimientos informáticos.

Escucho ruido fuera de mi celda. La puerta de metal me impide ver quién es, así que espero para saber si es mi abogado o simplemente el cambio de turno. No tengo reloj y no sé qué hora es. Los días los cuento gracias al pasante.

La puerta se abre y escucho a uno de los que me custodian gruñir la advertencia que le hizo el primer día a mi abogado.

—Nada de trucos, hay una cámara y en todo momento sabremos lo que estáis haciendo. Y antes de que te saques alguna mierda legal de la manga te lo advierto, ella es la que pagará las consecuencias de tu actitud.

Dicho esto, se aparta y cuando veo a Nate entrar por la puerta me dan ganas de abrazarlo, pero no sé si eso está permitido, así que me acurruco en mi cama, sentada con la espalda en la pared, y espero a que nos dejen solos.

—Un momento. —Sonríe a la cámara que nos graba y se pasea un poco por la celda. Después vuelve a mirar y guiña el ojo.

—¿Qué haces?

—Sam ha conseguido entrar en el circuito cerrado, le ha costado un poco y por eso no hemos podido llegar antes a ti, pero ahora mismo estamos a solas. Ellos ven un vídeo en bucle de mí paseando y moviendo la boca como si hablara.

—Dile a Sam que la amo.

Y tal cual lo acabo de soltar, corro a él y lo abrazo. No lo conozco demasiado, pero está aquí y no me odia, y si Sam confía en él yo también.

—No tenemos mucho tiempo, el circuito detecta anomalías y saltará la alarma.

Asiento y escucho atenta lo que me dice.

—Estamos trabajando en sacarte por lo legal. Mylan no te ha abandonado ni lo va a hacer. Tarde lo que tarde va a llegar hasta ti, solo necesitamos que aguantes un poco.

—Lo que haga falta —contesto, sintiéndome fuerte al saber que tengo a gente fuera que me quiere.

—La cosa está jodida, no solo tienen el cargo de narcotraficante, tratan de meterte también el de homicidio por la muerte de nuestro confidente.

—¿Qué? ¿Donalson ha muerto? ¿Y yo qué tengo que ver?

—Tu marido está presentando pruebas para desprestigiarte y que lo que puedas tú decir de él no quede en más que una acusación por despecho.

—Hijo de puta —siseo.

—Hay más, pero de momento no necesitas que tu cabecita tenga mierda, ya vas sobrada por ahora. ¿Estás bien? ¿Te han hecho algo?

—De momento solo darme malas miradas y hacer que me vuelva loca sin ver el sol. No sé ni qué hora es.

Nate estira el brazo y se saca un reloj muy caro de la muñeca y me lo da.

—Lamento que no sea uno de esos a los que les llegan mensajes o llamadas, pero me gustan más los clásicos. —Sonríe mientras me lo tiende.

Lo miro y la marca me dice que con esto podría comprar una casa.

—¿Estás seguro?

—Mylan me cortaría las pelotas si no lo hiciera, ahora mismo está mirando a través del botón de mi americana. —Sonrío y miro con dulzura hacia donde me ha dicho—. Bueno, no te voy a mentir, a quien temo es a Sam.

Ambos nos reímos y después él se sienta a mi lado en la cama.

—Casi puedo oír gruñir a Mylan por estar en la cama con su mujer, pero me arriesgaré para decirte que no te conozco, sin embargo, eres familia de las personas más importantes de mi vida, solo por eso haré lo necesario para ayudarte y cuando todo esto acabe nos tomaremos unas cervezas para conocernos mejor, ¿bien?

—Gracias, por todo.

Se escuchan voces fuera y la puerta comienza a abrirse.

—Vaya, no sabía que mi esposa tenía tan buena relación con la mano derecha del mayor criminal de Los Ángeles. —Se oye antes de entrar y me tenso, es Michael.

—Espero que tenga pruebas de lo que dice, agente Roberts —comienza a decir Nate mientras se levanta y va hacia él.

—Bueno, todo el mundo lo sabe. De todas formas, no puedes estar aquí, ella está aislada por una buena razón. ¿A este también te lo follas? —pregunta, asomando por un lado del cuerpo de Nate porque es más bajo que él y no puede hacerlo por encima del hombro.

—Debería hablar con más respeto a mi cliente —contesta para mi asombro, y por lo que dice después, también el de Michael—. Sí, soy abogado, estudié en Stanford y me gradué *Cum Laude*, así que tengo todo el derecho de estar aquí con mi clienta.

—Tu tiempo se ha terminado —le dice el que me custodia, y Nate se gira, me guiña un ojo y yo le sonrío y asiento para que sepa que está todo bien.

—Y tú —sisea mientras sale de la celda—, trátala con respeto porque todo vuelve.

—¿Me estás amenazando? —pregunta Michael furioso.

—Para nada, solo te aviso de que el karma es muy jodido.

Lo veo desaparecer, y mientras Michael y el otro agente hacen lo mismo, aprovecho para esconder el reloj debajo de la almohada, ahora que he conseguido recuperar algo de cordura no quiero perderla. Cuando ya no se oyen los pasos de Nate, Michael le pide al agente que se vaya a tomar un café y eso hace que un escalofrío recorra toda mi espalda. No quiero estar a solas con él, incluso si hay una cámara que nos vigila.

—Bueno, querida esposa, tenemos mucho de qué hablar, ¿verdad?

La obsesión de Mylan

Cierra la puerta, llega hasta la pequeña cámara y le quita el cable de atrás, haciendo que el punto rojo que me decía que estaba encendida desaparezca.

—¿Qué quieres? —le pregunto, esperando que esto sea breve y se largue.

—Solo he sentido la necesidad de informarte de lo jodida que estás, mi cielo.

No pienso dejar que me atemorice, no lo va a lograr. Ya no soy la idiota que se hacía pequeña a su alrededor para que él no se sintiera mal. No, soy un gigante y pienso aplastarlo bajo mi pie.

—¿Qué tal es eso de que se te rían a la cara porque tu mujer ha estado traficando con droga en tus narices y no te has dado ni cuenta?

Veo que se pone rojo de la ira y avanza hasta mí. Me pongo en pie y lo encaro.

—Tú no eras la que mandaba, solo a la que el verdadero jefe eligió como cabeza de turco y de paso meter su polla en caliente. Aunque, para ser sinceros, ha tenido que ser un duro trabajo follarte, mi cielo, eres jodidamente aburrida.

—Supongo que prefieres a Ava, ¿no?

Mis palabras provocan que amplíe los ojos, sin embargo, recupera la compostura con rapidez y cambia de tema.

—Bueno, debes saber que antes de que entres en prisión tú y yo estaremos divorciados. Por supuesto, tus padres te han repudiado públicamente y se avergüenzan de tenerte de hija.

Sonrío y muevo la cabeza, eso hace demasiado tiempo que no me importa.

—Ni siquiera sabía que habían vuelto a la ciudad, cuando los veas les puedes decir que yo ya sentía vergüenza por ellos desde hace años. Follarse a la sirvienta y al jardinero estando tu hija en casa da mucho asco. O quizás no, deja que se lo diga yo en cuanto salga de aquí.

Michael sonríe.

—No lo sabes, ¿verdad?

—¿Qué?

—Donalson ha muerto, y con él las pruebas que pudiera tener.

Me hago la sorprendida y me callo que tengo esas pruebas a buen recaudo, Sam hizo copias digitales y las esparció por media *darknet*.

—Seguro que hay alguna manera de convencer a Ava de que testifique contra ti —lo amenazo.

Sí, no solo eran amantes, también estaban metidos en mierdas juntos, aunque, por lo que vi, Ava no debía tener ni idea de la mitad de las cosas; ella sí que estaba destinada a ser cabeza de turco.

—No creo que los muertos puedan ir a un juicio —suelta, y esta vez mi cara de sorpresa es real.

—¿Ha muerto?

—No, de momento, está grave porque alguien en tu nombre ha ido a por ella. De hecho, Donalson murió en ese mismo tiroteo, qué suerte la mía, ¿no?

Frunzo el ceño porque no entiendo nada.

—No es necesario que te cuente los detalles, dan igual, solo necesitas saber que mañana, a estas horas, tu gran testigo estará muerta y yo seré un puto héroe.

Escuchamos la puerta de fuera y sé que el guardia ha vuelto. Michael llega a la cámara y la conecta. Después, sin esperarlo, se acerca y me da un guantazo con la mano abierta que me tira al suelo. Me pita el oído, y cuando se abre la celda sé que tengo sus dedos marcados.

—Ha intentado atacarme —se justifica mi marido, y el agente ni me mira dos veces. Ahora sé el motivo, creen que Ava, su compañera, ha sido herida por mi culpa.

Las lágrimas salen sin control. Estoy furiosa, frustrada y con ganas de matar a alguien.

Vuelvo a sentarme en la cama y recojo mis rodillas debajo de la barbilla. No pasan ni diez minutos que la puerta se abre y esta vez sí que es el pasante de todos los días.

Cuando ve mi cara, se horroriza.

—¿Qué ha pasado?

—¿Así de mal está? —pregunto, sabiendo que me duele y me arde, pero sin un espejo en el que mirarme no puedo calibrar el daño.

—El jefe se va a poner furioso —murmura mirando hacia abajo, y entiendo que ahora él también lleva una cámara encima—. Te traía buenas noticias, tu juicio se va a celebrar en dos días y mañana podrás salir de aquí para trazar una estrategia con el abogado principal de tu caso.

Y entonces algo se cruza por mi mente, una idea algo loca que, si funciona, puede hacer que Michael caiga; yo lo haré con él, pero estaré feliz de arrojarme por un precipicio sin con ello hago que mi marido se estrelle contra el suelo a mi lado.

—Pide que te dejen papel y boli, necesito hacer llegar una cosa a quien tú y yo sabemos.

—No puedo, todo lo revisan —contesta.

—Mierda, ¿no hay manera de que puedas sacar algo escrito por mí y que no te lo lean?

El chico se queda pensando y se le ilumina la cara cuando se le ocurre una respuesta.

Se levanta, y a través del ventanuco que se abre para darme la comida pide papel y bolígrafo.

—Luego tendrás que enseñármelo —gruñe el guardia.

—Mi clienta ha pedido hacer testamento, y eso es algo privado amparado por la constitución, así que no vais a poder tener acceso.

—Pero...

—Si el juez quiere le mostraré el documento cuando lo redacte en mi despacho antes de traerlo a firmar con un testigo.

Joder, esto de tener abogados buenos es jodidamente genial.

—Aquí tienes —me entrega el pasante, y comienzo a escribir mi idea.

Una vez que acabo, se la entrego y al leerla me mira, sonríe y se la guarda en su maletín.

—Puede funcionar.

Eso espero porque una de las cosas que hemos hablado es que, si Ava muere como mi marido ha insinuado, puedo ser trasladada a Nevada para que me juzguen allí por el homicidio de una agente federal y con ello pedir la silla eléctrica. Sí, Michael no solo me quiere encerrada, quiere que me ejecuten y casi seguro estar en primera fila para verlo.

29

Cat

Cuando me sientan junto a mi abogado en la sala donde se va a celebrar el juicio y me quitan las esposas, siento miedo por primera vez. No hay nadie a quien conozca. No veo a Sam, ni a Mylan, a Nate o incluso a Cash. No. Tiemblo, ¿qué ocurre?

—Están cerca —susurra mi abogado, poniendo su mano sobre la mía.

Es un hombre mayor y siento más empatía hacia él que hacia mis padres. En todo momento ha tratado de tranquilizarme y hacerme sentir que todo va a salir bien. Y en mi mente tenía claro que era así. Ahora estoy asustada.

El juicio comienza y las pruebas de mis delitos se exponen. La abogada de la defensa no deja de sonreír, es un juicio fácil, se lo hemos dado todo en bandeja. Aunque no sé si mi idea ha funcionado. Al menos no lo sé hasta que llaman a declarar a Michael Roberts. Lo hace mi abogado, lo ha citado porque ha presentado pruebas de que yo no era la mente de estos delitos, no, la mente pensante era él. Básicamente le he dado lo que siempre ha requerido: el reconocimiento de ser superior a mí. Bien, parece ser que se ha asustado lo suficiente como para huir.

—El agente se encuentra en paradero desconocido —asegura la abogada contraria—. Hay una orden de búsqueda y captura por el asesinato de la agente Ava Livingston.

Sí, mi idea fue decir que éramos socios, bueno, que él era el jefe. Que sabía todo sobre la droga y que trabajaba con narcos importantes. Por supuesto, me he hecho la tonta y no sé ningún nombre. Y tal y como me trataba Michael, todos han creído que, en efecto, yo no sabía nada, que solo era su títere. Lo que selló el trato para que me creyeran es que les llegó un soplo de que iban a matar a Ava, supongo que no llegaron a tiempo porque ella ha muerto. Lo cual no me importa. Creo que soy un poco más sociópata de lo que creía.

—Tenemos el vídeo en el que alguien con la altura, peso y complexión de tu marido asfixia con la almohada a la agente Livingston. El jefe se lo envió a tu marido y, por lo visto, se asustó lo suficiente como para recoger sus cosas y largarse.

Todo esto me lo cuenta el abogado entre susurros. El alguacil está demasiado cerca y podría oírnos. Así que, sin mostrar esa evidencia, Mylan ha logrado que Michael huya, haciendo más creíble mi historia. Mierda, si antes lo amaba ahora he subido un nivel porque no solo estoy enamorada de su físico y su personalidad, también de su cerebro.

El juicio transcurre con bastante rapidez. Mi sentencia es de cuarenta años, revisable dentro de quince, y a la espera de encontrar a mi marido, el cual podría aportar nuevas pruebas, y hay que ver si la muerte de Ava fue solo cosa de él o yo también estaba involucrada. Cosa difícil de demostrar, según mi abogado, porque estaba detenida. Aunque como Michael me visitó podrían tratar de tirar de ese hilo. Bueno. No me preocupa. De momento quince años son una buena losa, sin embargo, mientras me ponen las esposas para trasladarme a la prisión federal de Chowchilla siento un peso menos en mi pecho. Todo ha terminado y he podido hacer que el mundo vea a Michael como es en realidad.

Y sí, eso me va a costar mi relación con Mylan porque, seamos sinceros, nadie te espera tanto tiempo. Sin embargo, siento que lo volvería a hacer todo de nuevo porque, aunque han sido pocos días a su lado, he podido sentir lo que es ser feliz de verdad; solo por eso merece la pena.

—No estás sola —me asegura el pasante mientras veo cómo el autobús de la cárcel se para delante de mí.

—Supongo que el conductor irá también —bromeo al ver que no hay nadie más dentro.

—El jefe se pondrá en contacto pronto —murmura, y me abraza.

Es un buen chico y va a ser un buen abogado. Me subo y me sientan por el medio. Estoy sola junto con el conductor y el agente custodio. Arranca y miro hacia todos lados esperando ver alguna cara amiga, pero no hay ninguna. Empiezo a sentir que me han podido engañar, que he declarado que soy culpable de cosas que no he hecho para salvar a Mylan y que él me ha usado.

—No, te dijo que vendría a por ti —me digo a mí misma.

—¿Qué dices? —pregunta el guardia, que está de pie hablando a través de las rejas con el conductor.

—Solo rezaba.

—Hazlo en voz baja o cállate.

Lo miro y le saco el dedo del medio. El tipo llega hasta mí, saca su porra y me da con ella. Tengo el tiempo justo de taparme la cabeza para recibir el golpe en el brazo y no en el cráneo.

—Vas a ser un bonito culo en la cárcel —se burla, y decido recitar mi oración particular.

Si ojos tienen que no me vean,
si manos tienen que no me agarren,
si pies tienen que no me alcancen,
no permitas que me sorprendan por la espalda, no permitas que mi muerte sea violenta, no permitas que mi sangre se derrame.
Tú que todo lo conoces, sabes de mis pecados, pero también sabes de mi fe, no me desampares. Amén.

Cuando llevamos una hora y poco de camino el conductor grita algo, sacándome de mis pensamientos. Miro y un todoterreno negro está a un lado del autobús. Parece de los que usa la DEA. ¿Ha venido Michael a matarme?

No me da tiempo a pensar porque lo embiste haciendo un golpe californiano. El autobús gira sobre sus ruedas y, en un intento de mantenerlo, el conductor comete el error de poner el freno de mano, lo que hace que volquemos y yo salga disparada contra los asientos del otro lado. El bus se desliza unas yardas antes de parar. Me duele la cabeza y las costillas. Siento que no me llega bien el aire. Miro hacia abajo y un hierro que se ha soltado del asiento atraviesa mi costado. La sangre brota como si fuera una fuente y sé que me voy a morir allí.

Se oyen disparos y cristales caer. Luego una mano se posa en mi mejilla y abro los ojos. Ni siquiera me había dado cuenta de que los había cerrado.

—No, no, no, así no tenía que pasar —se lamenta Mylan, mirándome asustado.

Veo lágrimas en sus ojos y me doy cuenta de que esto es muy jodido.

—Has venido —le sonrío feliz porque, al menos, he podido saber que no me había abandonado.

—Siempre —contesta, besando mis labios—, siempre voy a volver a por ti.

Escucho que ladra órdenes, pero mi mente no está clara. Me tratan de levantar y grito por el dolor. Veo al guardia y al conductor muertos, uno lleva una bala en la frente. El otro tiene el cuello en una extraña posición antinatural.

—Vamos a salir de esta —me asegura Mylan. Yo no lo tengo tan claro, así que le pido que cumpla lo que me dijo.

—Llévame a casa —murmuro.

—Lo voy a hacer, mi amor, está llegando el helicóptero.

—No al ático, a mi hogar.

Mylan entiende lo que le digo y me pone en su regazo con cuidado mientras me abraza. Siento las lágrimas en mis mejillas mientras aspiro por última vez el olor que tanto me gusta y pienso que, si he de morir, esta es la mejor manera de hacerlo. Ahora, por fin, tengo todo lo que quiero, lo único que me ha faltado es tiempo para disfrutarlo.

Epílogo

Mylan

Han pasado tres meses desde el día en que Cat me pidió que la llevara a su hogar y todavía tengo pesadillas con eso. Miro a Nate y después a Michael, sí, el agente Chupapollas no se largó, lo atrapamos y dejamos su casa como si él hubiera huido. Llevo desde entonces torturándolo. Está remendado y cosido por tantas partes que ya no distingo lo que es carne sana de la que está podrida. Huele a cadáver y tan solo habla para pedir su muerte. Bien. Hoy la va a obtener. He de decir que no pretendía que esto se alargara tanto, pero he disfrutado de cada momento.

—¿Qué muestra el último escáner? —le pregunto a Cash, que me lo tiende sonriendo.

A diferencia de Chastity, la cual recibió su castigo en forma de fuego. Sí, la quemé con lentitud, la dejé vivir con ese dolor y esperé a que muriera de hambre. Su padre estuvo de acuerdo, era una puta rata. Michael estaba recibiendo un castigo algo más retorcido por todo lo que le hizo a Cat.

—La ameba se ha comido ya casi todo su cerebro, jefe.

—Joder, Mylan, esto es asqueroso hasta para ti —se queja Nate.

Aunque tiene algo de razón. Resulta que hay una ameba zombi, o come cerebros, que es muy fácil de meter en tu cabeza, solo inyectando agua contaminada por tus fosas nasales es suficiente para que nuestra amiga se instale allí arriba. Poco a poco se va cargando tu cerebro y lo hace desde dentro, con dolor y provocando una angustia tan intensa que muchos se suicidan. Los que pueden. En el caso del agente Chupapollas no es posible.

—Ha llegado tu hora —le digo, colocando el silenciador a mi arma.

El tipo ni me mira. Pongo el cañón en su sien y creo que sonríe antes de que la bala atraviese su cerebro y haga que mi mujer se quede viuda.

—Vamos, no quiero hacer esperar a la novia —les digo a Nate y Cash, y ambos se colocan las camisas de lino blanco que tenemos a una distancia prudencial colgadas para que no se manchen de nada de lo que ha salido del difunto marido de mi futura mujer.

Salimos de allí y ordeno que limpien mientras abrocho los botones de mi camisa y me encamino, por el sendero que da a la playa, hacia donde han montado un altar para que espere a Cat.

Llego hasta allí y me sitúo frente al cura, Nate y Cash a mi lado. No hay invitados, tan solo una cámara para que Reed, el amigo de Cat y por quien la conocí, pueda verlo todo. Por supuesto que su deuda está saldada. Y ahora vive feliz y tranquilo con su mujer y su hija al otro lado del país.

—Oh, mierda —murmura Nate, y cuando alzo la vista veo a Sam, que está preciosa, y no puedo evitar sonreír pensando en que mi amigo aún no se ha dado cuenta de que va a ser padre.

Junto a Sam viene Cat, vestida con un traje blanco que hace que se me corte la respiración. Es sencillo, corto por delante, sin zapatos y al más puro estilo ibicenco. Es preciosa, incluso ahora que se ha teñido el pelo de negro entero puedo decir que es una mujer impresionante que destacaría entre mil con el mismo tono.

Llega hasta mí y la beso. Me da igual que eso se haga al final. Ella es mi mujer sin importar si un cura nos da la bendición.

Poso mi frente sobre la suya y le pregunto, antes de seguir con esto, si está segura de lo que va a hacer. La cosa en su rescate no salió bien y ha estado hospitalizada mucho tiempo. Yo quería una boda en el hospital, pero Sam me lo prohibió. Quién iba a pensar que sería una romántica.

—Ya no hay vuelta atrás —la amenazo mientras la beso de nuevo.

—Eso también va para ti. —Me sonríe.

—Te voy a devolver tu vida —le prometo.

—No la quiero, me gusta vivir en esta isla y sentir la emoción de estar en la lista de los más buscados del país.

—Joder, eres perfecta.

La beso, la miro y comprendo toda la suerte que he tenido.

—Puede continuar —le pido al cura, y siento un leve tirón de mi mano.

Me giro y la veo observarme con indecisión.

—¿Ocurre algo? —le pregunto tratando de no ponerme nervioso.

—Bueno, hay algo que deberías saber antes de proseguir.

—¿Qué?

—Ayer hablamos de que un matrimonio era mejor no empezarlo con mentiras, ¿verdad?

Asiento. Ayer me sinceré sobre todo lo malo que he hecho en mi vida. Quiero que sepa con quién se casa. Y ella hizo lo mismo. Claro que yo ya sabía todo lo que dijo. Mi obsesión por ella empezó desde el día que la conocí.

—Cuando te dije que estaba con gastroenteritis te mentí —confiesa, y mira al suelo.

—¿Hay algo mal? —pregunto, empezando a asustarme de que hayan quedado secuelas de su rescate. Joder. Casi la pierdo ese día.

—Digamos que en la comida no voy a poder beber las Budweiser que hay enfriándose ya en la fuente de hielos.

Frunzo el ceño y miro a Sam, que se toca un instante su vientre, aún demasiado plano para que el idiota de mi amigo se haya dado cuenta, y entonces caigo en la cuenta.

—¿Estás embarazada?

—Resulta que la medicación, por todo lo que pasé, ha debido anular los efectos de los anticonceptivos y...

Corto su explicación con un beso largo, profundo y posesivo.

—Gracias —susurro contra sus labios—, gracias por hacer que la vida cobre sentido. Te amo como no sabía que se podía, no, más allá de eso, siento que el latido de mi alma se ha sincronizado con el de tu corazón, así que soy tuyo hasta tu último aliento.

—Te amo, Mylan, porque contigo soy yo, siempre lo he sido.

Ella me mira con lágrimas en los ojos y se abraza a mí. Beso su pelo y apoyo mi barbilla en su cabeza.

—Mi preciosa Cat, amo cuando te encierras en mis brazos y creamos nuestro hogar.

La obsesión de **Mylan**

¿Fin?

Índice

Prólogo	7
1	11
2	23
3	37
4	53
5	65
6	77
7	89
8	101
9	113
10	129
11	137
12	149
13	159
14	169
15	179
16	189
17	199
18	207
19	217
20	225

21	233
22	241
23	251
24	257
25	265
26	271
27	279
28	289
29	297
Epílogo	303
Otras novelas de la autora	311

Espero que os haya gustado este libro y hayáis disfrutado de todas las opciones que ofrece. Si quéreis escribir una reseña os dejo el enlace directo:

Muchas gracias por compartir este viaje conmigo.

Otras novelas de la autora

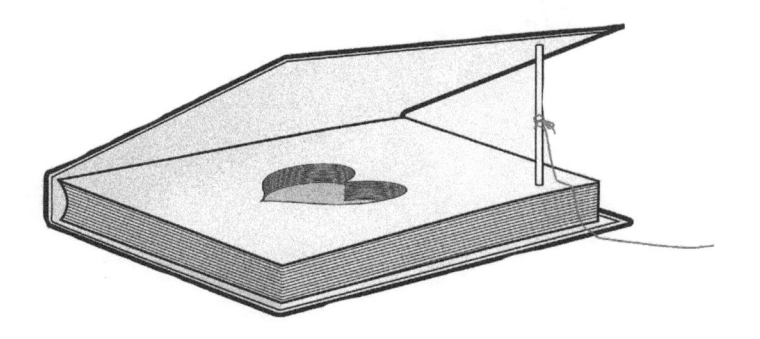

FEYER

RACHELRP

La obsesión de Mylan

Hace mucho que dejé de ser Feyer, del reino de Lumen.

Llevo diez años en la esclavitud, la sangre y el dolor son parte de cada una de mis jornadas, hasta que en una de ellas casi muero. Un morbidaar ataca a nuestro grupo y yo quedo atrapada en el Camino, lista para morir, pero no lo hago.

Cuando despierto y creo estar a salvo tengo frente a mí al príncipe Dyzek de Terrae, él me da más miedo que cualquiera de los monstruos de Etherum, porque no quiere solo matarme, no, quiere hacerme sufrir y hacer que cada una de mis jornadas se convierta en la peor de mi vida.

Cuatro reinos, cuatro príncipes y un destino entrelazado por la magia y la profecía. Adéntrate en un mundo donde el amor y la fantasía desafían a monstruos y leyendas en la encrucijada del destino.

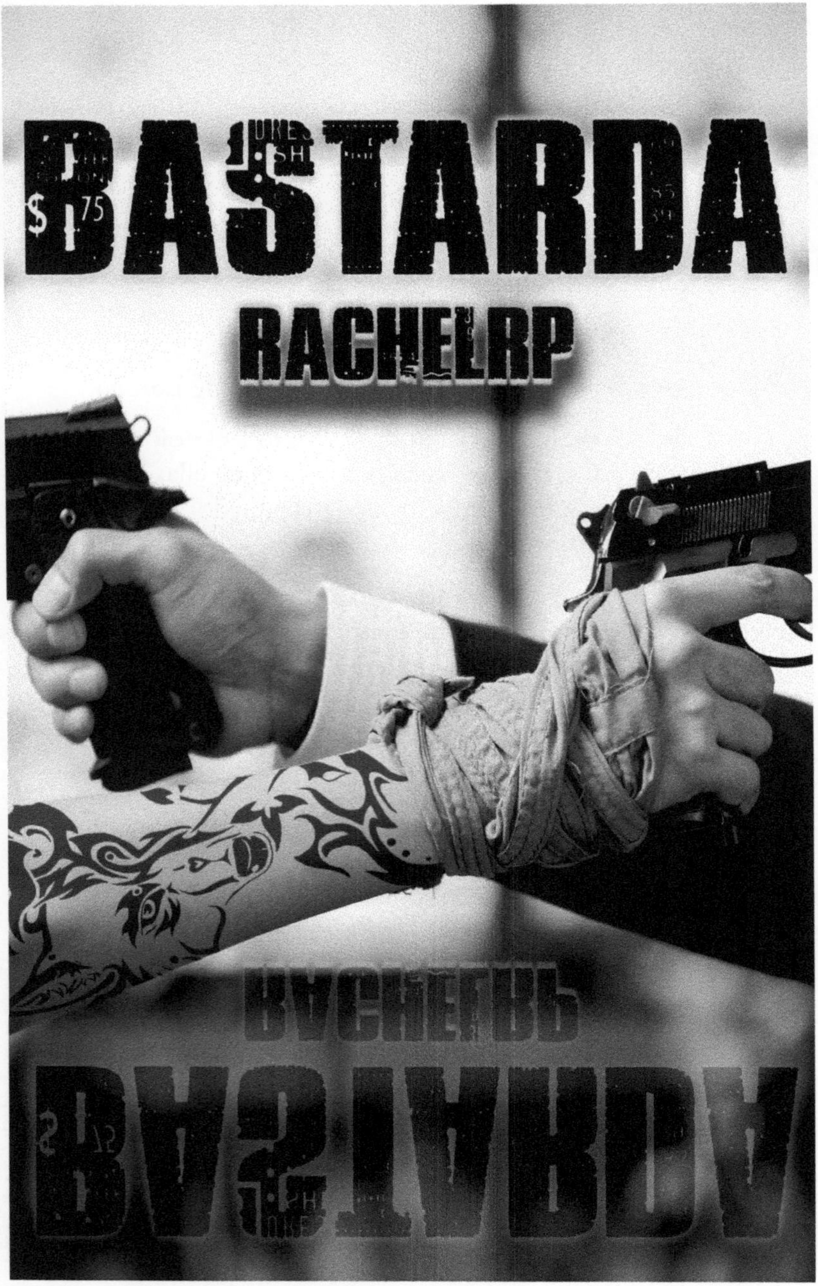
BASTARDA
RACHELRP

Heaven ha vuelto a South Arc para el entierro de su abuela, pero nadie sabe quién es ella realmente. Entrenada para ser una asesina implacable, Heaven tiene una misión clara: proteger al hijo adoptivo de su padre biológico, un hombre al que nunca ha conocido.

Jaxon Lockheart es el jefe de todas las redes criminales de South Arc. Hijo adoptivo de uno de los cabecillas más importantes del país, ha logrado mantener a todos bajo su mando gracias a su fuerte carácter. Pero cuando descubre la existencia de Heaven, todo cambia. Ella es la Bastarda, una mujer fuerte que no necesita un apellido ni una familia para imponerse. A pesar de las dudas iniciales, Jaxon se siente atraído por ella y pronto descubre que hay mucho más detrás de la fachada de asesina fría que Heaven presenta al mundo.

En una historia llena de peligro y pasión, Heaven y Jaxon tendrán que luchar contra todo lo que se interpone en su camino para estar juntos. Descubre un romance oscuro, lleno de acción y suspense en el que dos personajes fuertes y decididos lucharán por superar sus miedos y descubrir la verdad sobre sus orígenes.

¿Podrá el amor triunfar sobre el pasado de ambos, o las sombras que los rodean acabarán separándolos para siempre? Sumérgete en esta historia llena de giros inesperados y descubre si la Bastarda encontrará su lugar en el mundo y en el corazón de Jaxon.

Jay
by RachelRP

Una noche va a cambiar el destino de ambos… o no, eso tendrán que decidirlo mientras se conocen y la cuenta atrás se acerca a cero.

Tay es un soldado del amor: cualquier agujero le parece buena trinchera. Para él no existen las relaciones, aunque no es raro, la primera mujer que debería haberle enseñado a amar lo cambió por…

Gwen quiere una vida normal, aburrida, una que no se parezca en nada a la que conoció mientras crecía debido al trabajo de su madre. Pero las viejas costumbres son difíciles de cambiar, sobre todo si vives en Las Vegas y eres la contable de un club de striptease.

Dos personas que se encuentran en el lugar donde todos tienen algo en común: están rotas.

Conoce el universo Broken, un club de striptease en el que puedes sentirte en familia a pesar de las cicatrices que tenga tu alma.

Si te gustan las lovestories, el romance oscuro y la romántica contemporánea, este es un libro que vas a disfrutar desde la primera página.

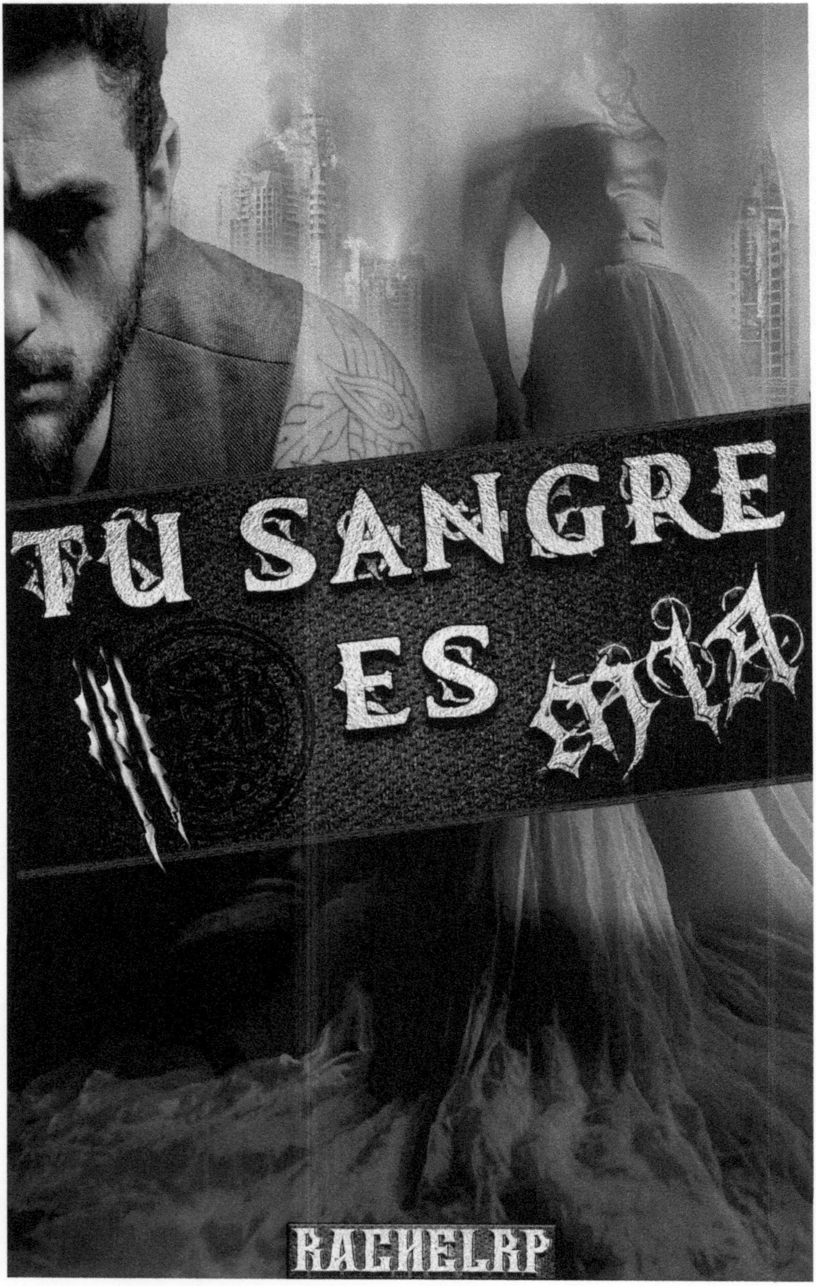
TU SANGRE
ES
RACHELRP

Descubre un mundo de romance paranormal lleno de secretos y misterios

La Gran Guerra marcó un antes y un después en la Historia de la humanidad. Los seres sobrenaturales que antes se escondían se unieron para luchar contra los humanos. La guerra no fue justa, los seres sobrenaturales ganaron sin apenas bajas y doblegaron a sus enemigos posicionándolos en la base de la cadena alimentaria. Han pasado siglos de eso y hoy en día los perdedores conviven en ciudades cúpula dirigidas por vampiros, cambiantes y brujos o aislados en asentamientos humanos de los cuales nadie sale... hasta ahora.

Kiara es huérfana en un asentamiento humano lo que significa que es esclava de sus propios padres adoptivos y que jamás ha salido de su ciudad. Pero gracias a Joe, un anciano a quien considera familia, logra llegar a Ciudad V para hacer las pruebas de Riders y así pagar la deuda que como huérfana tiene.

Eirian es el mayor de los hermanos Bane, nunca muestra sus sentimientos y sabe controlarlos como nadie, pero le basta un solo encuentro con Kiara, mirarla a los ojos, oler su sangre, para que todo su mundo se desmorone. Ahora necesita hacerla suya incluso si ella no quiere.

Un vampiro milenario, una humana inocente y muchos secretos que desvelar, aunque al final tan solo importa una cosa... tu sangre, es mía.

www.ingramcontent.com/pod-product-compliance
Ingram Content Group UK Ltd.
Pitfield, Milton Keynes, MK11 3LW, UK
UKHW031335290125
4347UKWH00029B/154